媳婦說得是

2

風 文創 507

沐榕雪瀟 著

目錄

第三十章　產生誤會

雨更大了，水位已超過警戒線，守河官員派人請海誠和范成白親臨現場指揮洩洪。清平王府開價十萬兩的莊子被用做了洩洪通道，官府賠償的銀子直接給了海家。不知蕭梓璘怎麼跟清平王談的，清平王府沒吭聲，連洛川郡主也沒鬧騰。

高燒低熱交替，整整七天，海琇才清醒，又調養了兩天，她的身體才恢復如常。聽說是蕭梓璘冒險下水救了她，她滿心感激，要親自登門拜謝救命之恩。

「琇兒，妳別急，咱們搬到驛站來住了，臨陽王殿下也住在驛站，就隔了一座院子，妳想謝他，隨時都可以，他現在不在，妳先幫娘看看送他的謝禮。」

「好。」海琇窩在床上，翻開禮單，和周氏商量。

荷風進來傳話，說蕭梓璘有事要見海琇，令海琇和周氏都吃了一驚。

周氏先是微微一怔，緊接著眉開眼笑。

海琇知道周氏又有想法，怕她說出不中聽的話，趕緊離開了。回到房間，她靜下來想了想，覺得蕭梓璘要見她很正常。

看到周氏帶著丫頭拿了許多衣服首飾過來要打扮她，海琇有些不願，又不想壞了周氏的興致。費了好長時間，終於把海琇打扮好，周氏還沒來得及讚嘆，就有丫頭來傳話，說蕭梓璘有急事要處理，先走了，又拿給海琇一份圖紙，是蕭梓璘拿來讓她修改的。

「怎麼就走了呢？有什麼事這麼急？」周氏白費了一片苦心，很失望。

「太太，奴婢聽臨陽王殿下的隨從說他們稍晚要去羅州。」

「寶貝女兒，咱們也回羅州，反正朱州也沒什麼事，妳身體也好了。」

「這麼著急回去幹什麼？」海琇知道周氏的心思，輕聲嘟囔。

「回去收銀子呀？這些日子，西南省全境都在洩洪，娘買下的地方都派上了用場。不只加倍奉還土地，還補償一筆銀子，這銀子來得比金礦、玉礦都快。娘開始沒想賺銀子，只想支持妳的想法，沒想到歪打正著，發了一筆橫財。」

「橫財來得容易，往往不得好花，娘還是趕緊想辦法花掉。」

「不行，這些銀子我要留著給妳做嫁妝，妳要是高嫁……」

「娘，咱們回羅州吧！您趕緊去收拾行裝，我去和父親商量。」海琇真是怕了周氏，人家的娘都捨不得女兒出嫁，她倒好，看到好的就想招來做女婿。

蕭梓璘與她非親非故、素未謀面，卻肯捨命救她，這是莫大的恩情，每每想起，她心底都有暖流湧動，感知到那溫熱的心悸，她不由粉面飛紅。

海琇笑了笑，問：「臨陽王殿下長什麼樣？」

「長得……他太有威嚴了，奴婢跟他說話都沒敢抬頭，不知道他長什麼樣？可看他的側臉應該是很俊的人，只是氣勢太壓人，誰還敢抬頭看他的正臉呀！」

「有機會去見識一下。」

海琇把圖紙改好已是午後。她簡單打扮了自己，帶上圖紙還有一萬兩銀票去了蕭梓璘的院子，一樣一樣準備禮物謝救命之恩太繁瑣，不如銀票來得直接。

蕭梓璘剛回來，正盤腿坐於榻上，以最端正的姿勢閉目養神。黑衣暗衛從窗外飛進來，落到軟榻後面，在他耳邊低語了幾句，他微微點頭，嘴角挑起笑容。

「傳話下去，撤掉守衛，無須通報，讓她進來。」

「是，殿下。」

海琇要來給他送圖紙和銀票，人未到，暗衛就把消息傳來了。這些日子，暗衛會把海琇和周氏等人說的話一字不差給他傳回來，因而他對她的瞭解逐漸加深。他現在是尊貴神武的臨陽王，不是懵懂呆傻的唐二蛋，去年他不辭而別讓她怨懟不已，此次再相見，他已換了身分。想看看海琇認出他時最真實的反應。

剛恢復記憶的那幾天，他總是時夢時醒，複雜紛亂的畫面斷斷續續交織在腦海，他想起了自己的身分，也沒忘記他是唐二蛋時接觸的人、發生的事。與此同時，他的腦子裡又多了許多奇怪的影像，有以前的、有將來的、有發生過的，也有即將發生的，他試著跟現實的記憶結合，短短幾個月，就規避並改變了許多事。

他不知道那些奇怪的影像正是他前世的縮影，更沒有被此嚇倒。

在他前世的記憶中，海四姑娘是他的妻子，也是他那一世虧欠最多的人。他記憶中的海四姑娘木訥、沈悶，總是小心翼翼，總想討他歡心，但每次都適得其反，和他現在面對的海四姑娘截然不同，他想不通為什麼分明是同一個人，差距卻如此之大？

如今，他捨命相救的人想用一筆銀子打發他，這不是侮辱他嗎？高貴如他，若為銀子跳下洪流救人，豈不成了貪戀重賞的勇夫？這些她真的不懂嗎？

輕碎的腳步聲踏進院子，小心翼翼的，離他的房門越來越近。

她來他的院子怎麼跟作賊似的？她不是來送圖紙、送謝禮嗎？難道她認為跟他見面不是光明正大的事？還是這樣才符合她小女人的心思？

他微微一笑，端坐到正對著房門的軟榻上，閉目養神。守衛都撤掉了，沒人通傳，他想知道她會不會推門進來？進來後看到他閉目而坐，又會有什麼反應？

輕碎的腳步聲在房門外徘徊了一盞茶的工夫，他都等得有些著急了，才聽到輕輕的推門聲。人進到房裡，一陣香風撲鼻而來，人也朝他撲了過來，柔軟甜香的身體倒在他懷裡，軟綿綿的手臂勾住他的脖子，這時他才睜開眼睛。

是洛川郡主？怎麼會是她?!

他曾多次經歷生死，可此時的軟玉溫香、投懷送抱，竟比處於生死邊緣還令他犯怵、令他反感。他一把推開洛川郡主，又一下子從軟榻上跳起來。他武功高強、時刻警覺戒備，可今天卻一時疏忽，險些犯下致命的錯誤——進來的人不是他要等的人，他竟然遲遲未覺。

「怎麼是妳？妳來幹什麼？」

「你以為是誰？你在等人？這院子裡的守衛都撤了，難道你私會一個見不得光的人？」

洛川郡主可不笨，她年紀不小，尤其對男女問題更為敏感。

蕭梓璘挑嘴一笑，反問道：「這世間還有比妳更見不得光的人嗎？到處宣揚自己是皇家寡婦，妳對這重身分不以為恥，反以為榮嗎？」

「哈哈哈哈……你這話說得太可笑了，我不宣揚，我遮遮掩掩，我不照樣是皇家寡婦嗎？我以這重身分為恥又能怎樣，這身分不照樣跟我一輩子嗎？」洛川郡主撥弄自己單薄的夏衣。「你娶我，幫我擺脫這重身分好不好？你能做到。」

「別作夢了！」

洛川郡主是家族利益的犧牲品，起初蕭梓璘對她還多少有點同情，現在只剩反感了。可恨的是洛川郡主竟然對他生出覬覦之心，他認為這是對自己的褻瀆！

「怎麼院子裡這麼安靜，連個通傳報信的下人都沒有？是不是臨陽王殿下不在？他真的回來了？」院子裡靜悄悄的，令她感覺很奇怪。

「是呀！金大跟奴婢說殿下下午都在驛站，讓姑娘改好圖紙就給他送過來。」

「房門沒鎖，臨陽王殿下或許是臨時有事出去，我們別在這裡久留，免得引起誤會，還是到院門口等他回來，再把圖紙交給他。」

荷風聽到房裡有動靜，忙說：「姑娘，房裡有人。」

「房裡當然有人，只是不便出來迎接妳們罷了。」洛川郡主倚門而立，一手搖著團扇，一手整理有些凌亂的衣服。「臨陽王殿下在裡面，妳們有事就進來吧！」

無緣無故被洛川郡主推下水，差點丟了命，海琇對這個皇家寡婦已嫌惡憎恨到了極點。見洛川郡主與蕭梓璘獨處一室，院裡院外連個下人都沒有，海琇自然就多心。難怪蕭梓璘要把這件事壓下去，原來私情才是個中因由！海琇心裡因蕭梓璘捨命救她產生的悸動瞬間消失，取而代之的是輕蔑和氣惱。

「荷風，妳把圖紙給臨陽王殿下送進去，別誤了公事。」海琇只把圖紙給了荷風，卻按下了銀票。蕭梓璘救她只是不想讓洛川郡主擔上重罪，她何必謝他？

洛川郡主知道海琇誤會了她和蕭梓璘的關係，這正中她下懷，輕哼一聲，笑得更加甜美嬌柔。不管海琇來找蕭梓璘是不是只為公事，她都希望別人誤解自己與蕭梓璘的關係。

荷風拿著圖紙剛走到門口，蕭梓璘就迎了出來。他深深看了海琇一眼，從荷風手裡接過圖紙，轉身就進屋。洛川郡主衝海琇主僕妖嬈一笑，也跟進去了。

「走吧！」海琇朝屋裡撇了撇嘴，快步離開這座院子。

銘親王世子和蕭梓璘可是堂兄弟，這算什麼？叔嫂私會？真是骯髒。

洛川郡主坐到軟榻上，端起蕭梓璘的茶盞喝茶，拈酸嘲笑道：「你把院子內外的守衛打發得這麼乾淨，原來是要和海四姑娘私會呀！看樣子她誤會了。」

「滾出去！」蕭梓璘把圖紙扔到一邊，無心查看了。

「我不出去，你能把我怎麼樣？你不嫌累，儘管罵我，反正我也不怕。要不你抱我、推我或拖我出去，這樣我們就有了肌膚之親，我求之不得；你還可以姦了我，我願意把還清白的身子給你，天天盼著呢。你還有什麼招數對付我，儘管使出來，沒有，你就輸了。我就願意看你能殺伐決斷，卻奈何不了我的樣子。」

「人不要臉，天下無敵，形容妳正好。哼！我再說一遍，滾出去。」

「我不滾，你能把我怎麼樣？我……」

蕭梓璘一掌拍到桌子上，一股勁風直逼洛川郡主而來。洛川郡主的話還沒說完，就好像被人用力推拉著一樣，連滾帶爬，撞開房門，出去了。

「陸通、陸達，你們都瞎了嗎？」蕭梓璘抄起茶盞，朝房頂扔去。

兩名暗衛從房頂上跳下來，不顧洛川郡主拚命掙扎，拉起她就往外拖。

「蕭梓璘，有本事你殺了我，我告訴你，只要我不死，就會把你跟海氏私會的事嚷嚷得天下皆知。」洛川郡主咬牙大笑。「除非你答應我的條件。」

「我和她男未婚、女未嫁，私會又怎麼樣？求皇上下一道指婚的聖旨再簡單不過，只要人們不相信我和妳私會就行。」蕭梓璘冷笑幾聲，又說：「我知道妳的條件是什麼，我也能做到，就是不答應，妳就等著被皇家寡婦的身分拴死吧！」

海琇快步走出蕭梓璘的院子，回頭看了一眼，嘴角挑起輕蔑的笑容。她放慢腳步，長吁一口氣，仍覺得憋悶，又衝牆角狠啐了兩口，心裡才舒服。

「姑娘，您覺得臨陽王殿下和洛川郡主可能有私情嗎？」

「人家有沒有私情不關妳的事，我告訴妳，今天的事不許再提一個字，免得惹禍上身。還有，太太問起來，妳就說我讓妳來送了圖紙，別說我來過這裡。」

「知道了。」荷風看了看海琇，低聲說：「姑娘，奴婢還想說一句話。」

「與今天來這座院子有關的事半句都不許再說。」

「可是……姑娘，有一句話奴婢必須說。」荷風見海琇不再反對，湊到她身邊，低聲道：「奴婢看臨陽王殿下像唐二蛋，這兩個人長得太像了。」

「妳說什麼？咳、咳！」海琇被唾沫嗆到，差點岔了氣。

「奴婢每次見他都不敢抬頭，可看他的背影就覺得熟悉。剛剛送圖紙時離得很近，奴婢仔細看了他一眼，確定他跟唐二蛋長得像……雖然，還是有些地方不一樣……」

「知道了。」海琇長吸一口氣，沈默片刻，說：「荷風，妳記住，這件事和我們剛才在院子裡看到的事一樣，跟任何人都不能提起。」

洶湧湍急的河水裡，她掙扎、窒息、昏厥，隨波濤飄流時，也有片刻清醒。蕭梓璘抱住她時，她能感覺到他的懷抱溫暖而熟悉，他的聲音乃至呼吸溫柔而熾熱。她三次落水，唐二蛋救了她兩次，蕭梓璘救了她一次，對她來說卻是本能的相熟。

荷風說蕭梓璘長得像唐二蛋，海琇就已然確定三次捨命救她的是同一個人。不僅是因為他們的面容可能有幾分相像，還有她對唐二蛋和蕭梓璘來自於心底熟悉的感覺。

唐二蛋恢復記憶之後，就派人把老唐頭接走了，這說明他顧念和老唐頭的父子情。海琇以為自己跟唐二蛋很熟，畢竟他連媳婦都叫了，可她卻沒等到他一聲道別。

海琇對這件事頗為介意，心裡始終對他有些怨懟。一直沒見到面倒還好，如今見到了面，還是在那麼尷尬的情況下，此時她的心裡可不只是介意，而是耿耿於懷了。

蕭梓璘來朱州幾個月，還是她的直屬上司，卻不想撕掉那層面紗。他一直沈默，應該是想淡忘，淡忘他做唐二蛋時那十個月的光陰，畢竟在他從前或以後濃墨重彩的生命中，只有那段日子不甚光彩，不能現於人前。

成為海四姑娘之後，她睜開眼第一個看到的人是唐二蛋，這個人就刻到了腦海裡，她很珍惜和唐二蛋之間的點點滴滴，無關情愛，但蕭梓璘卻想摒棄。

「荷風。」海琇停住腳步，輕聲道：「妳是不是認為臨陽王殿下和洛川郡主根本不可能有私情？認為妳今天看到的這一幕是假造出來的？」

「奴婢確實認為他們之間不可能有私情，若要假造，也一定是洛川郡主的詭計。銘親王世子死了，她不想做皇家寡婦，就想攀上臨陽王殿下。」

海琇冷笑幾聲，提起一口氣，說：「我和妳的想法恰恰相反。」

「姑娘認為臨陽王殿下和洛川郡主有私情？怎麼可能呢？」

「他們是否有私情，我們不得而知，哼哼！也沒必要知道。我是說剛才我們看到的那一幕始作俑者不是洛川郡主，而是臨陽王殿下的一片苦心。」

荷風愣住，搖頭道：「奴婢不明白。」

「不明白也好，明白了反而會讓人慪心，更讓人噁心！」海琇快步走出一段距離，又道：「臨陽王武功不錯，又是頗有手段的人，驛站裡這座只有貴人能住的院子只住了他一個人，如果不是他願意，洛川郡主能算計他嗎？」

「姑娘這麼說，奴婢也想明白了，估計他們是你情我願，他們……」

「就此打住，這件事連同今天中午發生的事都不許再提起。」海琇想咬牙發洩一番，卻感覺牙齦酸澀，根本使不上力，只好重哼兩聲作罷。

或許今天的事只是蕭梓璘故布疑陣，目的是想給她提個醒，提醒她今後別再想著唐二蛋，因為她和他不是一路人，過往越是溫暖，對他而言就越是負擔。

不管怎麼說，蕭梓璘曾經救過她三次，還幫過她不少忙，她的確欠了他，卻回報有限。當作謝禮的一萬兩銀子還未出手，拿了這筆銀子，她也算占了便宜。

海誠回來，又跟周氏提起重謝蕭梓璘之事。海琇說她給蕭梓璘送了一萬兩銀子當謝禮，蕭梓璘很痛快地收下了。海誠和周氏聞言沒再說什麼，這件事到此也就結束，白賺了一萬兩銀子，就是看到再多污染眼睛的東西，海琇也覺得值。

第三十一章 回京再遇

採用疏導通道的方式洩洪排流成效不錯，羅夫河朱州段的水位已維持在警戒線以下。因疏導地形有利，又採取了多處分流的方法，並沒給下游的城市造成水患。

原先打算回羅州的蕭梓璘，在拿到圖紙的第三天轉而去了華南省，欲將西南省治河的經驗推行至華南省。臨行前，他邀請海誠和海琇一同前往，海琇隨便找了藉口婉拒了。

海琇把自己的治河之法同羅州、朱州等地的實際試行情況結合在一起，編撰成書，交到官府，又把三省的圖紙重新查漏補缺一遍，交到各級負責人手裡。

接下來的日子，海誠同范成白等人沿羅夫河幹流和支流河道巡查，並推行築壩與疏導相結合的方式，有效緩解了洪災肆虐。進入汛期近三個月，羅夫河西南省全線除了少數地形極其特殊之處還偶爾有山洪發生，其他地方治河都很成功。

海誠和范成白接著又去了華南省，海琇和周氏及海珂則回了羅州。去朱州的時候還是暮春，回來已是仲秋了。她們回來得正好，闔府上下正為過中秋節忙碌呢！

剛回府裡沒幾天，海琇就收到蘇灩的信和中秋節禮，又收到洛芯親手做的桂花糕；蘇瀅也從京城給她寄了信，還有金桔蜜餞和果釀，令她歡欣不已。

她一一給她們回了信、回了禮，又陪周氏到蘭若寺住了幾天。她給周氏畫出新莊子的設計圖紙，並和周氏一起監督建造，又跟周氏學了許多經營治家的經驗。一段日子忙下來，等她能鬆口氣時，已是十月，秋去冬來。

十月初八是海珂的生日，她今年及笄，要舉辦及笄禮。

海珂的及笄禮辦得頗為隆重，有前途大好的父親，還有一個做女官的妹妹，她的身分水漲船高。來觀禮的賓客之中，身分顯赫者不少，令海家華堂生輝；連洛川郡主也來參加海珂的及笄禮，還送了厚禮，她不請自來，令海家上下更加反感。

上個月，皇上以陸太后之名頒下旨意，大致意思是洛川郡主還有大好的青春年華，因此廢除她和銘親王世子的婚約，她可以另議親事，而非改嫁。沒了皇家寡婦的桎梏，洛川郡主低調了不少，性子也變了，但海琇對她的嫌惡未減半分。

剛進臘月，朝廷封賞的聖旨以及賞賜的物品送到了。

羅夫河水患治理成功，奠定了新的治河模式，接下來的一切自有官府運作，海琇這個治河女使也就功成卸任了。羅夫河的洪災、水患得到緩解，朝廷對治河成本的投入和百姓的損失都降到最低，對此海琇功不可沒，賞賜之物自不會少，朝廷甚至還封了她一個琇瀅縣君的封號。

海誠仍為羅州知府，官階沒升，但吏部對他的考評是清一色的優；皇上亦十分看重他，給了他不少賞賜，這足以讓闔府上下眉開眼笑了。

女兒有了封號，丈夫得了賞賜，可周氏卻笑不出來，她眼前有麻煩事亟待解決。

海珂及笄了，婚嫁之事提到日程上來，就需要周氏這個嫡母操心了。海誠把這件事交給周氏就不管，海珂和秦姨娘則天天長待在周氏房裡，母女二人殷勤奉承、做小伏低，以往的輕蔑仇視消失殆盡，令周氏很不適應。

來海家提親的人家不少，周氏挑了幾家讓海珂和秦姨娘選，這母女二人全都否決。周氏詢問海珂想嫁什麼樣的人，女方也可以託媒人登門提親，可秦姨娘覺得這麼做丟臉，海珂一聽就開始哭，母女二人又鬧騰上。

「唉！妳說這二姑娘究竟想嫁什麼樣的？」

海琇附到周氏耳邊低語了幾句。「娘，您若能讓這人來提親，這事準成。」

周氏搖頭冷笑。「她們母女都是心比天高的人，只可惜太自不量力了。范大人比妳父親官階要高，又是青年才俊，得皇上寵信，前途無量，人家會看上一個庶女嗎？要說范大人還真是不錯，我覺得跟妳很般配，妳覺得怎麼樣？」

海琇挑眼一笑，說：「我覺得我和臨陽王殿下最配，必須做正妃。」

「娘也覺得臨陽王殿下不錯，可是……唉！妳爹的官階太低，他要是能做到一省總督、一部尚書，妳就能配得上親王正妃之位了。」

「我寧願我父親一直做州府小官，不風光，卻平安……娘別這麼看我，我跟您說笑呢，我才不稀罕臨陽王正妃之位！」海琇挽起周氏的手臂，陪笑說：「蘇四姑娘說皇上要給銘親王府的郡主和范大人賜婚，她為此灑了一盆傷心淚。蘇四姑娘略通醫術，在京城小有名氣，她都沒戲，二姊姊就更別提了。」

說起婚嫁之事，海琇還會想起唐二蛋，想起蛻變之後的蕭梓璘，關於他們的記憶成了她心裡的陰影，偶爾想起還會讓她難受，也遮掩了照進她心裡的陽光。

光陰流逝，歲月無聲，時間如輕徐柔軟的春風拂過，轉眼又是幾個冬去春來。

四月二十是海四姑娘的生日，今年她該及笄了，要行及笄禮，這個生日就格外重要。無論是周氏的娘家還是柱國公府，都惦記著海琇行及笄禮的事。

去年，海誠在羅州任期已滿，調任為西南省巡守道元，今年則該回京述職了。在西南省為官十年，他打算在京城謀一個職位。

海珂的親事至今沒定下來，她年紀不小，已過了談婚論嫁的最佳時機；海琇及笄之後，婚事也該提到日程上；被送回府的海璃今年年底亦要及笄，同樣該張羅婚事；海岩則言明高中後再成親，然而嫡長媳位重，也須提前相看準備。

一路平順，他們歷經一個月的路程，總算到達了京城。

回到前世死去的地方，海琇禁不住心潮澎湃，一顆心也被諸多情緒撐得快要滿溢。

程汶錦死了，她回來了，重回京城。即使重生之後她得到了許多溫暖和疼愛，也有屬於她的新身分、新生活，但這都難以撫平她致命的傷痛，無法抵消她刻骨的仇恨，也不能抹去她前世的不平與心酸。

海四姑娘離開京城時才六歲，她今年十五歲了。離開近十年，她和周氏對柱國公府已十分陌生，她還需要時間去適應、去應對。柱國公府的骯髒、齷齪、醜陋比錦鄉侯府有過之而無不及，尚未回京，她就感覺到了危機。想到自己幾年的鬱結將得以宣洩，她再次鬥志昂揚。

人不犯我，我不犯人；人敬我一尺，我敬人一丈；人惡意欠我一尺，我至少討回兩尺。有仇報仇，有恩報恩，老天賜與她重活一世，她就要活得痛快淋漓！

將來的日子，她不求大富大貴，不求威儀天下，只想與知心人相守，富足安康，歲月靜好。她對柱國公府沒有任何奢求，但若有人想當攔路虎，她也會鬥個天翻地覆。為了自己，為了愛她的家人，她會把一切牛鬼蛇神都踩於腳下。

「太后娘娘南山祈福回鑾，閒雜人等迴避，一應車馬行人暫緩通行。」

高亢渾厚的聲音拖著長長的尾音響起，驚醒了沈思之中的海琇。

車馬都停了下來，人們經過一路顛簸，終於可以鬆一口氣了。陸太后體諒行人奔波辛苦，詔令路人免禮，只需文官下轎、武官下馬，女眷也能下車透口氣。

海琇扶著丫頭的手下車站定，遙望幾十丈之外巍峨的南城門，一聲輕嘆。

「海四姑娘一路安好？」范成白慢步走來，衝海琇微微一笑。

「見過范大人。」海琇給范成白行了禮。

范成白半個月前就讓皇上給特詔回京，順便到吏部述職。自朱州一別，海琇與范成白已幾年不見，今日又見到他，她心裡湧起濃濃的感觸。

聽到范成白的聲音，海珂趕緊從馬車上下來行禮請安。范成白受了她的禮，禮貌地問候了幾句，讓她激動得咬唇露癡，幾乎熱淚盈眶。

「清明節臨近，海四姑娘可有安排？」

海琇笑了笑，說：「清明節主要祭拜是先人，還能有什麼安排？我們一家離京近十年，再回京城，需要適應京城的習俗，還有幾家親戚需走動往來。」

范成白點點頭，沈默片刻，問：「我明天想去祭拜故人，不知姑娘可否同行？」

沒等海琇回答，海珂趕緊上前，笑道：「范大人的故人必是天下聞名的青年才俊，不知小女子可否有幸與大人同祭同悲，也瞻仰一下這位故人的絕世風采？」

「海四姑娘以為呢？」范成白把能否接受海珂的難題甩給了海琇。

不用問，海琇就知道范成白要祭拜的故人便是她的前身程汶錦。有祭拜的必要嗎？那座墳墓裡埋的只是一具沒有靈魂守衛的枯骨，真正的死物。

海琇嘲弄一笑，說：「多謝范大人抬愛，恐怕小女子不能同行。」

「四妹妹也知道范大人邀妳祭拜故人是抬愛，妳拒絕豈不是有違禮數？若父親母親得知此事，我想他們也肯定願意讓妳與范大人同去。」海珂義正辭嚴地勸說海琇與范成白去祭拜故人，心思昭然若揭，畢竟能夠與范成白相處的任何機會她都想抓住。

海琇體諒海珂的心境，對她的言辭不置可否，只淡淡一笑。

范成白見海琇拒絕得徹底，沒再相邀，話題就引到了他們一路上見聞的風土人情。

「我是該去祭拜大人的故人了，但明天不是好日子。」海琇仰頭望天，心中自有萬千感慨，也只有這個姿勢，她的眼淚才不會輕易流下來。

范成白深重的目光掠過海琇的臉，又抬眼看向遠方，一聲長嘆。

一朵盛開的桃花落在海琇的鬢角，海琇拿下桃花，拈於指尖，剛要欣賞，就聽到海珂的傷心啜泣。桃花無味，只能看一幕梨花帶雨，真難為了她這賞花人。

又一瓣桃花飛來，落於海琇領口，恰到好處地點綴出幾分旖旎的嬌豔。海琇順著花來的方向望去，只見離她一丈遠處多了一匹白馬，馬上有人。太后娘娘通行，誰還敢騎在馬上？膽子真不小！待看清馬上之人，海琇不禁心跳加速。

蕭梓璘坐在馬上，雙腿垂在一邊，不時晃動兩下。他一身素衣，襯托英俊的面容，笑容淺淡的，更顯清逸澄淨。一枝粉色的桃花拈在他手裡，風吹來，桃花顫動，在他眸光流轉間，平添幾分春光的風情與迷離。

任誰見了，都要懷疑他是否真是傳說中那個殺伐決斷、陰詭狡詐的臨陽王？

此時他這般模樣，像極了海琇記憶中的唐二蛋，只是現在的他衣服乾淨整潔了，臉上的污垢洗淨了，隱含在眉宇間的貴氣也散發得淋漓盡致；或許，那個純樸溫厚、看她的目光總帶著幾分怯色的少年郎真的離她遠去了。不管她當時有多少不捨、多少埋怨、多少遲疑，他都走得義無反顧。

如今，他又回到了她的視線裡，只是變化太大，如清風流水，如光陰歲月，即便再不想只是游移而過，卻總也留不住。

自那年在朱州驛站撞見洛川郡主與蕭梓璘獨處，這些年的時間，她刻意忘記與唐二蛋和蕭梓璘有關的一切，迴避與他們相關的任何話題。相離經年，她以為她已把那個人徹底忘了，卻沒想到今日一見，竟仍是這般熟悉……

第三十二章　家事官司

「你們談得真熱絡，本王來好久了，居然被忽略了。」蕭梓璘彈指一揮，手中的桃花落到了范成白懷中。「南山寺的桃花，開花早、花期長，是桃花中的極品。」

范成白看了看海琇仍拿在手中的桃花，給蕭梓璘行禮。「多謝臨陽王殿下抬愛成全。」

海琇聞言，把桃花扔到丫頭手中，同在場的人一起給蕭梓璘行禮，表情冷淡。

「西南省相識一場，本王以桃花贈故人，范大人才思敏捷，不會是會錯本王的意了吧？」蕭梓璘嘴角挑起嘲諷，眼角眉梢間透出幾分輕佻。

范成白瞬間臉紅，忙岔開話題。「太后娘娘的鑾駕可是由臨陽王殿下護衛回京？」

「由錢王殿下護衛，我只是跟去遊玩散心，又提前回來了，估計現在鑾駕還在一里之外，范大人若閒來無事，就陪我們的故人多等一會兒。」

「下官還有公務在身，先告退了。」范成白怕蕭梓璘再吐尷尬之辭，趕緊抱拳離開。

「范大人走好，小女子去給家母請安，小女子告退。」海琇也施禮離開了。

海珂適才掩面痛哭，海琇充耳未聞，自有不便問的理由，但見海琇未問因由，連一句勸慰都沒有，這令海珂很不滿。她恨恨地跺了跺腳，到後面坐到了秦姨娘的車上。

海琇見周氏一臉竊喜，皺眉問：「娘，有什麼事？」

「妳跟范大人說話時，那個坐在馬上的男子朝妳扔桃花，妳沒發覺？」

「他還朝我飛媚眼了，娘沒看見？」

周氏很鄭重地回答：「好像是飛了，對，是飛了，還不止一個。」

「娘，您想什麼呢？您沒認出他是臨陽王殿下嗎？」

「真的？」周氏拍了拍前額，怪只怪蕭梓璘今天打扮平民，又沒有親王的儀仗，誰能認出他？

「女兒，沒準臨陽王殿下……」

「一萬個準兒，不可能。」海琇沈臉皺眉。她年紀還不大，就被周氏隨便總拉郎配攪得煩不勝煩了。「他也向范大人扔桃花了，娘是不是覺得他們挺般配？」

「胡說，他們在一起不是般配，是浪費。」

海琇忍俊不禁，放聲大笑，然而下一刻，車窗外竟突兀地響起敲擊聲，令她笑聲戛然而止。丫頭掀開車簾，只見蕭梓璘站在車外，正認真地注視著她，不由粉面飛紅。

周氏趕緊下車給蕭梓璘行禮。「敢問臨陽王殿下是來找……我家老爺的嗎？」

「不是，是有人找夫人，侍衛不准進入，本王破例帶來了。」

「是誰？」周氏看清找她的人是周家的下人，忙問：「有什麼事？」

「回姑太太，柱國公府的楊嬤嬤偷偷派人送出消息，說海老太太前幾天就把姑太太留在國公府的下人關起來了，還說海老太太、大老爺和大太太一早就鬼鬼祟祟出了門，肯定沒好事。大老爺不讓太太回海家，咱們家都安排好了。」
周氏冷哼一聲。「知道了，毒婦和老虔婆要出什麼么蛾子，我都奉陪到底！」
清妙悠揚的樂音如行雲流水一般嫋嫋傳來，愈漸清晰。陸太后的鑾駕緩緩行來，金甲侍衛，英姿勃發，彩衣宮娥，衣袂翩躚，儀仗綿延數里。
好一派繁華鼎盛的太平景象！
行經的路人，無論官民男女，俱都垂手低頭，面露恭謹，無一雜音。陸太后體恤路人辛苦，免去跪拜大禮，路人對鳳儀天下的太后娘娘就更加尊敬了。
可惜，偏偏有人要來破壞這本來一片和悅的氣象。就在陸太后的轎輦經過時，打鬥聲也隨之響起。
「有刺客！保護太后娘娘！」
心裡正數銀子的六皇子聽說有刺客，打了一個激靈，趕緊指揮儀仗隊的侍衛兵分兩路，在陸太后的轎輦周圍排起了人牆，一路圍住了打鬥者。看到交手的人一個是蕭梓璘，一個是一身短打布衣的年輕男子，侍衛都不敢輕舉妄動。
蕭梓璘武藝高強，能跟他打成平手的人肯定不弱。儀仗隊的侍衛大多是世家子弟，花拳繡腿的功夫也只比不懂武功的人強一點，對陣高手，他們豈不是白搭？
「姑娘，是唐融，他……」

聽說跟蕭梓璘交手的人是唐融，海誠一家上下都捏了一把汗。唐融和蕭梓璘拚力纏鬥，打得難捨難分，兩人打鬥的身影也距離陸太后的轎輦越來越近。阻擋鑾駕通行已是重罪，若不小心傷了陸太后，唐融必是死罪，海誠一家也會被他連累。

看到唐融髮髻上還插著一枝桃花，頭髮上撒落幾片花瓣，海琇就明白了。唐融一向安分，絕不會惹事生非，肯定是蕭梓璘挑逗他才打起來。蕭梓璘這時候挑釁他，就是陷阱、是圈套，實誠的唐融偏偏上了當！

蕭梓璘故意給唐融挖坑，肯定有陰險目的，海琇想不明白，恨得直咬牙。

金大、銀二帶來數名黑衣侍衛圍攻唐融，此刻，一抹花裡胡哨的身影飛奔而來，正是烏蘭察加入了戰局。

高手過招，少不敵多，唐融和烏蘭察很快敗下陣，被生擒帶走了。六皇子鬆了口氣，和蕭梓璘貧嘴了幾句，趕緊指揮侍衛排查潛在威脅。

「璘兒，你不是說皇祖母回京就有驚喜嗎？怎麼變成驚嚇了？」

「皇祖母知道孫兒從不信口胡說，驚喜還需要進一步驗證。」蕭梓璘軟語安慰陸太后一番，待陸太后平靜下來後，他才讓六皇子下令起駕。

陸太后的鑾駕緩緩行入南城門，被堵在城門外的人才直起腰鬆了口氣。鑑於剛才有人行刺，守城的侍衛統領下令關閉城門，等鑾駕通過順天府衙再打開。

海誠急得全身冒汗。「在朱州時，唐融就在妳身邊護衛，他不認識臨陽王殿下嗎？怎麼就打起來了？那個身穿奇裝異服、跑來添亂的人又是誰？」

「父親，這件事……」海琇面露無奈，越想越擔憂。「唐融跟臨陽王殿下沒見過幾面，長時間不見，可能記不清了。他們交手或許是誤會，也可能有我們不知道的內情。來助陣的人是烏什寨少主烏蘭察，他是來京進貢的。」

「烏什寨少主倒好說，唐融被抓進大牢就麻煩了。」

海琇想了想，低聲道：「父親，范大人是御前紅人，在京城人脈很廣，要不我們向他求助？唐融並非想行刺陸太后，這件事應是誤會，說開就好。」

「哪裡像妳想得那麼簡單？」海誠長嘆一聲。「幸好臨陽王殿下抓了唐融和烏蘭察，應不會馬上問斬，拖上幾天也來得及。為父此番回京述職，唐融在羅州時又曾與妳關係匪淺，得盡快想辦法解決此事才是。」

「開城門了，我們還是先進城，這件事不急在一時。」周氏讓海誠和海琇都坐上了她的馬車，邊走邊商量，說起府裡的事，又是一番忿忿嘆息。

他們的馬車剛通過城門，就被截住帶到了一邊，看到攔車的人是金大，海誠趕緊下車詢問。海琇知道金大是蕭梓璘派來的，恨主及奴，立刻就沈下了臉。

「在下想問海大人是不是沒看黃曆，挑了凶日回京？怎麼這麻煩事一樁接一樁？」金大見海誠一家都一臉驚疑，笑了笑，說：「柱國公府老太太，也就是海大人的嫡母葉氏，到順天府衙告海大人忤逆不孝。她說您離家將近十年，不在父母身邊盡孝，父母過壽沒壽禮，逢年過節沒孝敬銀子，連一封家書都沒有。

她在順天府擊鼓哭訴，太后娘娘的鑾駕碰巧經過，得知詳情，太后娘娘很是生氣，本想親自過問此事，卻被臨陽王殿下攔下，太后娘娘便把這件事交由殿下查問。在下還聽說海評和海詔都去了吏部，也要檢舉你貪贓枉法等諸多問題。」

海誠聽到金大的話，氣得手腳冰冷、身體顫抖，若不是隨從扶住他，他都要摔倒了。他連喘了幾口粗氣，竟嘔出一口血來，倒在隨從身上。

「孫管事，你趕緊帶人把老爺送到醫館，文嬤嬤安排人伺候。琇兒，妳跟娘去順天府，見識見識他們的陰損招數。老虔婆黑了心肝，她養的陰鬼和淫鬼都沒什麼本事，處處鑽營，也混不出什麼成就，看到別人有了成績，就想使出這等陰招了！」周氏是直言快語之人，她聽說海老太太豁出一府臉面，只為了把海誠拉下水，忍不住就開罵了。

「周夫人慎言，這話要是讓外人聽去，說不定會影響海大人的名聲風評。好在我們王爺把這件事攬下，海大人還有機會為自己辯白，我們王爺也會還您公道。」

「請代下官重謝臨陽王殿下。」海誠連行禮的力氣都沒有。

「老爺，出什麼事了？」秦姨娘母女下車詢問。

「滾回車上去，別在這兒添亂！你們還愣著幹什麼？趕緊送老爺去醫館。」周氏把海誠送到醫館，擔心他氣急攻心只是其一，怕他忍讓退縮是其二。

海琇聽說海老太太到順天府衙門告了海誠，覺得不可思議。都說家醜不可外揚，她自暴家醜，難道就只是不想讓海誠順利述職？扯下了海誠，對她有什麼好處？殺敵一千，自損八百，這代價也不小。只是若讓蕭梓璘這平地都能生波瀾的人一攪和，海老太太很可能就要陷入殺敵八百，自損一千的局面了。

「祖父年前不是還寫信讓我回京行及笄禮嗎？怎麼會鬧出這種事？」

「別提那軟王八，他要是有一點剛性，柱國公府會是今天這般模樣嗎？世襲罔替的公爵之門淪落到這般光景，這爵位到他也就到頭了，還不是他造的孽！」

海誠聽到周氏怒罵，又氣得吐出一口血。離京近十年，海誠思鄉心切，沒想到剛到京城，海老太太就給他奉上了這麼一份「厚禮」。海老太太敗壞他的名聲會直接影響吏部對他的考核，一頂不孝的帽子扣下來，不要他半條命才怪。

他現在是正四品官階，在西南省官聲、風評、政績都不錯，此次考核順利通過還會升遷，在京城謀一職位就很容易了。自海老太太被扶正之後，就一次一次地警告他不許比嫡出兄弟還要出彩，否則會讓他活得很慘、死得難堪。離開京城數年，他已把兩個嫡出兄弟甩出了八條街，就在他快淡忘那些話時，警告就成真了。

目送海誠去了醫館，周氏平靜了片刻，對海琇說：「我們先派人去順天府打聽情況，也好早做準備，有臨陽王殿下在，想必他們也討不到什麼便宜。」

海琇點點頭，下車透了口氣，又把海老太太等人告狀的事跟秦姨娘母女添油加醋說了一遍，她們母女氣得咬牙切齒，秦姨娘更是一改高雅地破口大罵。看到她們母女的反應，海琇放心了，至少她們知道誰近誰遠，不像葉姨娘母女那麼蠢。

周氏派去打探消息的人還沒回來，蕭梓璘就派人送來最新的消息。周氏找出了許多可以當作證據的帳本、便箋帶上，和海琇及僕從去了順天府。

海誠是庶子，和嫡母對簿公堂就是不孝，更占不到便宜，周氏就不同了。和嫡婆婆打一場口水官司，就算輸了，充其量背上一個悍婦的名聲，充當人們茶餘飯後的笑料；贏了，他們一家乘機和柱國公府劃清界線，以後的日子還能舒心些。

「娘，這場官司打下來，我們就不能回柱國公府了。」

「怕什麼？這次回來我就沒打算回柱國公府住。年上，我讓妳二舅舅在國子監附近買了一座五進宅子，離妳舅舅家很近，已修葺裝飾完畢，妳哥哥都住進去了。」

「秦姨娘和二姑娘、葉姨娘和五姑娘該怎麼安置？」

「秦姨娘和二姑娘肯定會和我們一起住，葉姨娘和五姑娘住在國公府，最好別過來。國公府是海家祖產，理應有二房一份，讓她們享用合情合理。」

「娘已做好準備，我們今天就無須客氣了。」

周氏母女來到順天府衙門，沒見到哭罵吵鬧的海老太太，四周也沒有圍觀者，過往的行人不少，卻沒聽有人議論此事，這令她們母女都很驚訝。

一名衙役出來問：「是海夫人和海四姑娘吧？」

周氏點點頭。「聽說柱國公府老夫人告海大人忤逆不孝，海大人正是我們家老爺。他被人誣告，氣得吐了血，正在醫館治療，我們母女來替他辯白喊冤。」

「二位內堂請。」

「知府大人斷案不是在公堂嗎？去內堂做什麼？」

「斷案確實在公堂，可知府大人怕其中有誤會，沒接海老夫人的狀紙；陸太后聽說此事，就讓臨陽王殿下過問，不公開審理，也就無須升堂了。臨陽王殿下正在內堂等二位，柱國公府的人也在，二位去聽聽吧！」

周氏鬆了口氣，向衙役道了謝，又握住女兒的手輕輕捏了一下。海琇明白周氏的意思，無奈暗嘆一聲，跟在周氏身後向內堂走去。

蕭梓璘高坐內堂主座，兩側各坐一名師爺，還有數名黑衣暗衛分列兩側。本來內堂的光線就暗，在他們襯托下，這內堂就更加黑暗陰冷了。

海諍和海詔躬身低頭、垂手站立。他們先去吏部告了海誠，又到府衙來給海老太太助威。海老太太不顧年邁，跪在冷硬的石灰地上，陪跪的是海諍的妻子蘇氏。相比海老太太的無知無畏，海諍、海詔和蘇氏面對蕭梓璘就膽怯多了。

海老太太之所以狀告海誠忤逆不孝，全是因海諍和蘇氏的鼓動，而海詔跟著來起鬨。他們就是想敗壞海誠的名聲，影響他此次述職考核，讓他失去升遷的機會。

得知陸太后的鑾駕會從順天府門口經過，海諍就讓蘇氏陪海老太太在鑾駕經過時喊冤，讓陸太后和皇上因此厭棄海誠，徹底毀掉海誠官場上的名聲。事情按他們預計的方向發展得很順利，卻沒想到陸太后會讓蕭梓璘過問此事。

陸太后近年一心禮佛，下個月，幾位皇子、王爺及王府世子要選妃，皇上請她回來主持。柱國公府適齡的女孩不少，若有人選上，哪怕是做側妃和侍妾，也能一掃柱國公府的頹敗低迷。海老太太等人想在這時候鬧出動靜，目的之一是讓海誠一家背上污名，之二亦是想為此次貴人選妃博得籌碼。

損害別人、彰顯自己是人類的一種慣性思維，可惜這種人往往很蠢，還蠢到不自知。

柱國公府嫡長孫女海琪是海諍和蘇氏的女兒，才情樣貌都不錯，海貴妃是她的姑母，蘇賢妃是她的姨母，可說是底氣十足；海諍和蘇氏又肯下血本栽培她，讓她在京城名媛中名氣頗高，仰慕者不少。可惜心高氣傲的她早已心有所屬，她一心想坐上臨陽王正妃的寶座，因而年紀不小卻仍未談婚論嫁。

想到海琪這個孫女，先不論海琪仰慕蕭梓璘這件事，相比無背景、無後臺的海誠一家，海老太太怎麼想都認為蕭梓璘更可能會傾向於他們這一方，這也是她底氣的源頭。

「稟殿下，海夫人和海四姑娘到了。」

蕭梓璘嘴角噙起淺笑，他一改慵懶冷漠的模樣，坐直身體。「請她們進來。」

第三十三章　昏王斷案（一）

周氏和海琇進來，給蕭梓璘行了跪拜大禮，起身之後，又安靜而規矩地站立一旁，自始至終，她們母女都沒看海老太太等人一眼，就好像他們不存在一樣。

海諍咬牙道：「您看看，你們都看看，她們離家十來年了，今天回來見到嫡母，不行禮、不問安，這是哪門子的規矩？這不是忤逆不孝是什麼？」

蕭梓璘笑了笑，說：「本王以為此時若不是在順天府的內堂，而是在柱國公府的正房，海夫人及海四姑娘見了柱國公府老夫人肯定要行跪拜大禮。」

海琇覺得蕭梓璘的話很中聽，抬頭看了看他，又淺淺一笑。突然之間，她又覺得蕭梓璘和唐二蛋一樣順眼了。

「殿下說得對。」周氏衝蕭梓璘福了福，轉身狠啐了海諍一口。

一路奔波，周氏很上火，剛進京城又遇到了這樣的事，她火氣就更大了；所以，她吐出來的痰顏色重、分量重，落在海諍臉上的力度也很重。

海諍、蘇氏和海老太太都怒了，可蕭梓璘在場，他們敢怒不敢言。海詔見海老太太等人都忍了，就更不敢吭聲，躲到門口和三等侍衛低聲說話。

「真是商戶出身，不懂禮數！」海諍低聲斥罵了周氏幾句。

周氏沒哼聲，見海諍剛把臉上的痰擦乾淨，她又一口沈痰吐上去，比前一口的力道更重。海諍忍不住，想要伸手打周氏，此時一只碗蓋打到他腿上，他就跪倒了。

「海大人在工部這幾年可沒什麼長進哪，連嚴尚書都這麼說，恐怕今年的考核又與嘉獎升遷無緣了。」蕭梓璘笑意吟吟，說出來的話卻直扎人心。「海誠起點雖比你低，但他在西南省這些年努力務實，同僚百姓有目共睹。」

「多謝臨陽王殿下肯定家父。」海琇衝蕭梓璘深施一禮。

周氏也給蕭梓璘行了禮。「不是妾身自誇，我家老爺確實是忠直實誠之人，絕無私心歹意；他一心為朝廷分憂、為百姓謀福祉，總想為官一任，造福一方。皇上公正英明，此次特召他回京述職，必會嘉獎於他，正也因為如此，才惹來忌恨。」

海老太太見蕭梓璘面帶微笑、隨和親切，就開始撒潑了。「賤人，妳胡說什麼？說我誣陷他？說我忌恨他？妳真是虧了心了！我是他的嫡母，他這些年沒在我跟前伺候，沒給我寫過一封家書，沒給我送過一份壽禮，逢年過節也沒孝敬過我。妳把他叫來，我跟他對質，讓他親口說說我是不是誣陷他！」

海琇撇嘴一笑，說：「這些年，我父親遠在西南省為官，替皇上治理一方百姓，這是忠君。自古忠孝不能兩全，他分身乏術，自不能在長輩面前盡孝。話又說回來，若做長輩的愛護於他，他會不心心念念想著報答嗎？一封家書費不了他多少時間，他為什麼不寫，恐怕你們很清楚原因；至於壽禮和孝敬銀子，不用我父親過來對質，我就能說清楚。我父親一年的俸銀大概四、五百兩銀子，這幾年才多了一些，吏部亦有帳可查。除去上下應酬，他剩餘的銀兩每年都送到府裡當孝敬，近三年沒往府裡送銀子，是因為我們一家在西南省的日子並不好過。柱國公府祖上留下的產業不少，紅利出息理應有二房一份，可這些年公中分給過我們銀子嗎？三姑娘在我們家住了半年多，花費數百兩，三房付過二房銀子嗎？」

「小賤人，妳……」海老太太聽海琇這麼一說，氣急敗壞，忘了自己身處何地，就想撲上來撕打，被銀二抖起袖子掀了一個跟斗，摔得鼻青臉腫。

蘇氏趕緊扶起海老太太，幫她擦臉抹淚，拍打順氣，低聲安慰。海老太太領教到暗衛的厲害，害怕了，喘著粗氣不敢再出聲。

「海諍，你看好令堂，本王受太后娘娘之託過問此案，只聽事實，不想看她無理取鬧，若她再蠻橫撒潑，本王直接讓人賞了板子，到時可就傷了海貴妃和憫王殿下的臉面了。即便柱國公府不在乎這些，憫王殿下會怎麼想？還是收斂一些為好。」

「是是是，臨陽王殿下教訓得是。」海諍見蕭梓璘不給他臉，也不買柱國公府的面子，便低聲說：「鑲親王府的高側妃與家母私交甚篤，家母……」

「高側妃是外室侍妾出身，令堂怎麼說也是國公夫人，竟然和她交好？也太看得起她了！」蕭梓璘有點迷糊。海諍真有那麼蠢嗎？竟然想讓他看高側妃的面子，別說一個外室出身的側妃，就連正妃和鑲親王都無法讓他買帳！

「真是蛇鼠一窩。」海琇低聲嗤笑。

海諍聽出蕭梓璘話裡的諷刺之意，忙施禮道：「臨陽王殿下，下官……」

「你一會兒再說，本王先處理一件家事。」蕭梓璘衝暗衛招了招手。「你回鑲親王府跟王爺說高側妃插手柱國公府家務事，惹出了麻煩，我要打她三十大板，把她遠遠發賣了。王爺要是不高興，你就說我孝敬他兩個美人，晚上送過去。」

蕭梓璘吩咐手下傳話處置他父親的妾室，又給他父親送美人，這本是父子間的私密事，可他卻不避諱在場的人，在海琇這尚未及笄的女孩面前也不遮掩。他說得輕鬆自然，由此可見，他和鑲親王之間這樣的交易不少。

海諍、海詔、蘇氏和海老太太見蕭梓璘如此隨意地就把高側妃打一頓賣了，都傻眼了。高側妃得鑲親王寵愛，又有子女傍身，是上了皇家玉牒的親王妾室，他們本以為結交了高側妃，在鑲親王府就有了內線，沒想到這麼快就被掐斷了。

「清官難斷家務事，本王雖然辦了不少大案，過問家務事還是第一次，太后娘娘把這件事交由本王處理，本王不敢不接，這確實強人所難。」蕭梓璘玩味的眼神掃過眾人，微微一笑。「此案事件之經過本王已清楚，你們還有什麼要說？」

周氏輕哼道：「老太太是長輩，大老爺和大太太又是長兄長嫂，也是你們來告我們老爺忤逆不孝的，你們先說吧，把話說清楚，別讓臨陽王殿下這聰明人斷一樁糊塗案。若你們只是想鬧騰一番，影響我家老爺的名聲，那你們可要失算了。」

「妳、妳胡說什麼？」海諍的陰險心思被周氏說中，趕緊否認。「海誠對嫡母忤逆不孝，老太太告他只是希望他引以為戒，若真影響了他的名聲，也是他自找的！」
蕭梓璘顯然很是滿意周氏對他的誇讚。「周夫人對長輩兄嫂很是尊敬啊！海諍，是你來說，還是讓令堂來說，你們盡快決定。你們的狀紙本王也看過了，那上面寫的海誠忤逆不孝的證據能坐實的並不多，所以，揀有用的說，別總弄一些上不得檯面的理由。」
「是是是。」海諍點頭哈腰，卻不知道該從何說起。
他們明知憑他們所謂的證據，要想告海誠忤逆不孝的罪名極難成立，之所以要豁出臉面鬧騰一番，就是打算敗壞海誠的名聲，影響吏部今年對他的考評。
不承想順天府不但沒接這個案子，還讓陸太后交由蕭梓璘過問了。蕭梓璘查過牽扯華南省半數官員的大案，連富貴潑天的南平王府都被他收拾了，處理這等小事不是殺雞用了宰牛刀嗎？更何況這把「牛刀」還不好糊弄，他們這回是自找麻煩了！
「你們還有話要說嗎？」周氏冰冷輕蔑的眼神掃過海老太太和海諍夫婦，冷哼道：「想必你們準備得也很充足，只是沒想到太后娘娘會讓臨陽王殿下這慧眼慧心的人過問這些事。你們要是無話可說，那就該我說了，你們別擔心、別怯場。」
蕭梓璘得意洋洋。「海夫人過獎了，妳總誇本王，本王會難為情的。」
海琇瞪大眼睛看了某人好幾眼，他臉上什麼情緒都有，就是沒有難為情。
周氏抱歉一笑，說：「妾身有證據反駁誣告，請臨陽王殿下過目。」
「呈上來。」

海琇忙拿出幾封信，一一打開，想交給金大，由金大呈交蕭梓璘。金大裝作沒看見，後退兩步，給海琇讓出了路，讓她直接呈上。

蕭梓璘接過信，衝海琇眨了眨眼，眼底飽含嘻然的笑意。陸太后之所以會把此案交給他審理，其實是他爭來的，用意自是不言而喻。

周氏見蕭梓璘把幾封信看完了，剛要開口解釋，就見文嬤嬤來回話。海琇迎出去，文嬤嬤遞給她一本帳本，問了幾句話，又匆匆離開。

海琇將帳本交給周氏。「這是秦姨娘派人送來的。」

「算她聰明。」周氏看了一遍，又讓海琇把帳本也遞給蕭梓璘。

一個衙役來回話。「稟臨陽王殿下，柱國公來了。」

「好戲剛開場，他是踩著鼓點來的，快請進來，再晚沒座了。」

海諍、蘇氏聽說柱國公海朝來了，都有點害怕，尤其是海詔，都想找地方躲起來。海老太太不怕，她跟海朝過了四十多年，早捏住這男人的軟肋。海朝恨海誠夫婦把海岩接出了柱國公府，住到了周家；說起海誠夫婦自作主張、不給銀子，他也很生氣，天天叫嚷著要把他們一家逐出國公府呢。

「參見臨陽王殿下。」海朝規規矩矩地給蕭梓璘行了禮。

海諍、蘇氏和海詔則給海朝行了禮，海老太太也滿臉陪笑地向海朝問安。周氏輕哼一聲，對海朝視而不見，海琇孝順她娘，自然照學不誤。反正忤逆不孝的大帽子已經扣下來了，再多一頂也無所謂。

「柱國公，你知道這裡發生什麼事了嗎？」蕭梓璘這句話問得別有用意。

「呃，臣、臣不甚清楚。」

「那你來幹什麼？看熱鬧？來，坐本王身邊來，這裡看得清楚。」

海朝羞得滿臉通紅，狠狠瞪了周氏和海琇一眼，衝蕭梓璘陪笑告罪。

「海詔，本王聽說你想補上憫王府的二等侍衛缺，不如來考考你傳話功夫怎麼樣。你一直在內堂聽本王審理案件，現在就將這過程一五一十講給令尊聽吧！」

海詔很是為難，傳話必須真實清楚，語氣不能有太多感情色彩。他先是跟海諍一起到吏部狀告海誠，又陪海老太太到順天府衙告狀，講述此事能沒自己的好惡嗎？

好不容易海朝聽海詔講完始末，很是生氣，可當著蕭梓璘的面又不能發作，只得陪笑說：「回臨陽王殿下，臣今天有事外出，不知道家裡出了這種事，太后娘娘讓殿下過問此案，臣感激不盡，可這畢竟是臣的家事，還請殿下讓臣自行處置。」

周氏冷哼一聲。「裝什麼？一家子人整天鬥得跟烏眼雞似的，現在都鬧到官府來了，您作為一家之主，一句您不知道，就想把這件事遮掩過去？這確實是家事，需要您處置時，您能躲則躲，現在鬧到了官府，您又想自行處置了，沒門！」

「有妳這麼跟長輩說話的嗎？誠兒變成這樣都是讓妳帶累的，我們柱國公府是朱門錦繡之家，千不該、萬不該，就是不該娶妳這個商家女。」海朝對海誠這個兒子沒有太多偏見，卻不看好周氏這個媳婦，他認為這一切的不順心都是周氏慫恿的。

海朝是小孟氏的嫡親舅舅，可小孟氏卻對海朝評價不高。海琇前世常聽小孟氏提起海家的事，對海朝其人其事也頗有些想法。重生成了海四姑娘，對海家諸事更為瞭解，加上今天看到海老太太的作派，再看海朝的樣子，她對他們已厭惡到了極點。既然已經撕破了臉，誰也沒必要再客氣，有些話周氏不便說，就由她來說吧！

「敢問國公爺，我父親怎麼被我母親帶累了？我父親去西南省時，只是一個從七品官，現在他是正四品巡守道元。聖上英明，論功行賞，對他的政績嘉獎頗豐，若沒有我母親做賢內助，父親能有這般成就嗎？不說別的，就說我父親的俸銀，除了應酬必要的銀子，剩餘的全部孝敬了老太太，若沒有我母親支撐，這一家上下豈不是要喝西北風？我母親雖說出身商家，也知道禮義廉恥，知道家和萬事興，某些貴婦出身高貴，可恰恰就是她們，弄得家破人亡、家族敗落。」

「妳、妳給我住嘴，妳……」海朝被說中痛點，氣急敗壞。

當年，海朝趁原配嫡妻有孕，與海老太太這未嫁閨秀私通，致其懷孕，若不是因為這件事鬧開，海朝就不會遠走邊關，他的父兄就不會戰死沙場，柱國公府也不會因此被削去世襲罔替的爵位，改成五代而斬。

海琇冷哼一聲。「我住嘴、我不說，當年之事就會被人遺忘嗎？去年，國子監講師以當年之事點評奴性禍人，庶子禍國，羞得我哥哥七天沒敢去上學。」

「小賤人，我、我打死妳！」海老太太掄起枴杖要打海琇，被金大攔住，氣得她跳腳大罵。葉家是奴才出身，奴性禍人就是說她的哥哥──忠順伯葉磊。

周氏忙護著海琇，冷笑道：「多說無益，請臨陽王殿下公斷便是。」

蕭梓璘用拇指和食指支起下頜，正津津有味看好戲，聽到周氏請他公斷，他才點點頭，問：「周夫人，妳給本王看這幾封信還有這本帳目是什麼意思？」

「回臨陽王殿下，那幾封信是國公爺給妾身寫的回信，字數雖少，但每封信上都有『銀票已收到，岩兒安好』這句話。當年，我們一房到西南省上任，國公爺非要把我兒海岩留在府裡教養，我沒別的辦法，只好答應。為了不讓陰詭惡毒之人謀害我兒，我每年都要孝敬國公爺一筆銀子，直到我兒搬至周家，我才不需再花大把的銀子為他買平安了。國公爺過六十大壽，我給了五千兩，有憑有證，且不說我家老爺孝敬老太太的銀子也有帳目記載，單說孝敬國公爺的前後便有數萬兩，老太太紅口白牙說我們沒給過銀子，難道這些銀子都被國公爺藏了私房？」

海朝氣得渾身哆嗦，再觸到眾人別有意味的目光，他都想鑽地洞了。

「那本散帳是我們二房的秦姨娘所記，是我們老爺俸銀的花銷明細，帳上寫得清楚明白，每一年都送了幾百兩銀子孝敬老太太，六年共給了兩千三百兩銀子。前幾年，我家老爺官階低，全部俸銀加起來還不到三千多兩，老太太說我們從未孝敬過銀子，這兩千三兩銀子是餵狗了嗎？」

「二太太可別這麼說，我們長房、三房和四房每年也都孝敬老太太幾百兩銀子，比二房只多不少，從沒停過，你們二房可有三年沒孝敬過老太太了。」一直沈默著的蘇氏終於抓到了說話的機會，本想多說幾句，卻被海朝以眼色制止了。

第三十四章　昏王斷案（二）

周氏冷笑道：「柱國公府祖上留下的產業不少，我們家老爺是不是該分得一份？這些產業一年有多少紅利出息，大太太很清楚，我們二房可曾分過一文？」

「那些產業還有產業的紅利出息都是嫡系一脈的，你們這些低賤的庶子休想拿走一文！」海老太太聽周氏提起公中的產業，頓時紅了眼，狂叫起來。

蘇氏冷笑輕哼，拋給周氏一個蔑視的眼神，以眼色告誡她別再奢望那些產業了。

「嫡系一脈？我呸——」周氏也是厲害人物。「大老爺和三老爺才成為嫡子幾年？還不是老太夫人去世後，妳扶了正，他們才成了嫡子。當年老太夫人說未婚先孕視為私奔，永世為妾，這事國公爺比誰都清楚，現在卻開始裝糊塗了？在我看來，柱國公府是嫡出的只有貴妃娘娘一人，其他人是不是海家的種都難說。」

「妳、妳住嘴，妳……」海朝和海老太太夫妻同心，連氣暈都一塊兒來。

「二太太隨意說道長輩的隱私之事，就不怕老天震怒嗎？二老爺的生母秦姨娘難道就不是未婚先孕？老太夫人沒責怪她私奔，她就光彩了嗎？」蘇氏聽周氏揭露海諍的身世，趕緊接上話，把海誠的身世也抖了出來。

「對呀！我們老爺是庶子，說到底，他們兄弟幾人還不是一路貨色。無父母之命、媒妁之言，又有老太夫人那番話在前，誰敢說自己是嫡系一脈？」

海朝被當年醜事刺激，又清醒了，跳著腳喊：「反了、反了，你們真是反了！」

不管過去多少年，這些事都是海朝心裡永難癒合的傷疤，誰提起就是在他傷口撒鹽。尤其現在他的兒媳還當著孫女和外人提起此事，他真的無地自容了。

蕭梓璘很想笑，但看到那些暗衛還有兩名師爺都表情嚴肅，他只得忍住了，可師爺和暗衛見蕭梓璘忍笑的模樣，都忍不住笑了，蕭梓璘便也放聲大笑。順天府衙的內堂頓時充滿歡笑之聲。

「柱國公，你老胳膊老腿兒的，就別跳了，折騰斷了可就麻煩。誰年輕的時候沒輕狂過？你比別人更上一層樓，本王可以理解。」蕭梓璘又重刺了海朝一把，看到海琇瞄他，忙道：「這世間像本王這麼潔身自好的真是少之又少了。」

海琇暗啐了他一口，若不是怕得罪他，她真想用洛川郡主這盆冷水澆他一個透心涼。蕭梓璘猜到海琇所想，暗嘆一聲，笑不出來了。

「唯有嫡系一脈能得全部產業，柱國公也是這麼想的嗎？」

海朝平靜下來，仍臊得難受，聽到蕭梓璘問話，囁嚅道：「不，也不是。」

蕭梓璘衝海琇飛眼一笑，問：「那柱國公認為該怎麼分配呀？」

海誧聽到蕭梓璘這麼問，趕緊幫海老太太轉述了問題。海老太太一聽，急忙拉著海誧、海詔和蘇氏跪下，哭求蕭梓璘為他們作主，連大孫女海琪都給推了出來。

「看來這個問題柱國公不想回答，那只能請國公夫人代為回答了。」

海琇聽說蕭梓璘讓海老太太回答這個問題，不由擔心著急，緊緊握住周氏的手。抬頭看到蕭梓璘投來的安慰目光，她的心頓時放鬆，也舒服多了。

周氏倒很平靜，她早有打算，就等海老太太等人開口呢。

海老太太狠狠瞪了周氏母女一眼，說：「回臨陽王殿下，我們海家庶子庶女向來不多，家財分配也有先例。庶女好說，無論財帛銀兩，公中就出三千兩的嫁妝了事。因庶子的子女婚嫁都需要公中出銀子辦事，到分家時，就給庶子五千兩銀子，讓他們搬出去；至於其他產業，給多少，就要看嫡系一脈怎麼賞了。」

蕭梓璘點點頭，問：「柱國公，海家是這樣分嗎？」

「是，有例可查。」海朝可不是大度的人，周氏得罪他，他不給二房苦頭吃才怪。「府裡產業的出息紅利，也不是平分的，庶房最多得一成。」

「哦！原來如此，本王記得柱國公有兩個嫡子、兩個庶子。」

海朝猶豫片刻，回道：「稟臨陽王殿下，老臣只有一個庶子、三個嫡子。老臣的四子本是庶出，老臣今年把他的生母提成平妻，他也是嫡出了。」

連海老太太都認同海朝的話，可見柱國公府的人早已達成了某種交易。周氏母女雖然驚訝，但並不在意，她們想要的並不是柱國公府的銀子。

蕭梓璘又點了點頭，問：「那照海家先例，嫡系一脈該怎麼分？」

海朝很奇怪蕭梓璘為什麼問得這麼仔細，但也由不得他不回答，他想了想，說：「那要看有兄弟幾人。比如老臣有三個嫡子、一個庶子，那就是嫡長子分五成，另外兩個嫡子各得兩成，庶子得一成，庶子那五千兩銀子也算到這一成裡。」

「那若只有兩個嫡子，沒有庶子呢？」

「回臨陽王殿下，嫡長子得七成，嫡次子得三成。」

蕭梓璘眸光一閃，問：「海老夫人也這麼認為嗎？」

海老太太不明白蕭梓璘問這些話的用意，以為他只是沒事太閒，隨便一問，便回答道：「回臨陽王殿下，老身倒認為嫡長子分八成更合適，畢竟以嫡長為尊。」

海詔不樂意了，可觸到海老太太安慰的眼神，便沒說什麼。有他老娘在，柱國公府的產業都是他們兄弟倆的，他們吃肉，其他人能得口清湯就不錯了。

「本王認為海老夫人說得很對，真是識大體的人。」蕭梓璘一邊熱烈地誇讚海老太太，一邊衝海琇擠眉弄眼，氣得海琇都想撲上去打他幾巴掌。

「多謝臨陽王殿下誇讚。」海老太太樂了，分財產的事說定，她就占了上風。沒白鬧騰這一場。若嫡長子得八成產業，嫡次子、平妻所出之嫡子和一個庶子只得兩成。嫡次子優先分，他們再做做手腳，海誠一家不倒貼銀子就是他們仁慈了。

「柱國公，你認為海老夫人說得對嗎？」蕭梓璘熱情地瞄了海琇一眼，那眼神狡詐得讓海琇心驚肉跳，還好他眼底沒有惡意。

「回臨陽王殿下，老臣認為拙荊說得對。」海朝應承回話，心裡卻很忐忑。

蕭梓璘微笑點頭，問：「海夫人，妳都聽到了嗎？」

「回臨陽王殿下，妾身都聽到了。」

「那妳怎麼想？妳的想法能代表海誠嗎？是不是要請他來？」

「不瞞殿下，我家老爺聽說被人告到了官府，連氣帶嚇都吐血了，正在醫館治療，不便過來。妾身能代表我家老爺，妾身和我家老爺只求相安無事，沒別的想法。我們一家剛回到京城就遇到這種事，確實麻煩。」

「妳就跟本王說妳怎麼想的吧！」

「回臨陽王殿下，妾身想分家，家產按他們說的分，我無異議，但也有條件。」

「妳還有什麼條件？妳有什麼資格提條件？」海朝怒呵周氏，海老太太等人也來幫腔。

「父母還在世，你們就想分家，這就是忤逆不孝。」

蕭梓璘沒理會海朝等人，衝周氏抬了抬手。「說妳的條件。」

海琇又見蕭梓璘衝她飛眼，覺得自己該有所表示，回眸一笑，說：「娘，您有什麼條件就跟臨陽王殿下說，既然太后娘娘讓他過問，他自會為公道作主。」

「海四姑娘說得不錯，本王自會為公道作主。」蕭梓璘啜了口茶，又說：「先處理你們家的事，等你們說完，本王也有一件與柱國公府有關的事要說。碰巧今天柱國公和柱國公夫人都在，本王也就一併把那件事辦了，最方便不過。」

「臨陽王殿下有什麼事要說？」海朝很擔心，試探著詢問。

蕭梓璘沒理會海朝，指了指周氏。「海夫人先提妳的條件。」

周氏點點頭，說：「回臨陽王殿下，妾身不是貪婪之人，條件很簡單。既然他們說我們忤逆不孝，沒給過孝敬銀子，那就把我和我家老爺這些年孝敬的銀子都還回來，共兩萬四千兩，只要把這筆銀子給我，怎麼分產業，就按你們說的辦。」

聽說周氏想要回這些年孝敬他和海老太太的兩萬多兩銀子，海朝當即惱羞成怒，不顧蕭梓璘在場以及他為人長輩的臉面，就對周氏母女破口大罵。海諍、蘇氏和海詔見海朝翻臉了，不但不勸慰，反而火上澆油，挑撥鼓動；海老太太更是撒潑耍橫，還要撕打周氏和海琇，被衙役攔住，就躺到地上哭訴打滾。

周氏可不是善茬子，反正已背上了忤逆不孝的罪名，她也不怕當著蕭梓璘等人把罪名坐實。海朝罵一句，她十句早罵出來了，而且針針見血、句句戳心。

這一世的海琇也是伶牙俐齒之人，可罵架她卻插不上嘴；再說，周氏就能獨當一面，無須她幫腔，她只須在一旁觀戰，瞅準閒空兒給周氏遞杯茶即可。蕭梓璘氣定神閒，品著茶，悠哉悠哉地看熱鬧，還不時衝海琇飛眼一笑。

蕭梓璘看得饒有興致，低聲對金大說：「我一高興就忘事，今天這場熱鬧應該請憫王殿下來品評一二，要是海貴妃能及時知道，就更好了。」

「主子放心，奴才已放風出去，關注您斷這樁糊塗案的大有人在。今天的順天府衙門都比往日多了幾倍的人氣，這種事想瞞都瞞不住，更何況您就是想讓人知道呢！」

「聰明，不愧是本王用順手的奴才。」

海朝被周氏罵急了，也氣了個半死，當即就喝令海諍和海詔同他一起毆打周氏。

蕭梓璘沈下臉，呵斥海朝為老不尊，一頓訓誡。海朝被兒媳挖苦諷刺，又挨了蕭梓璘的訓斥，氣得一句話也說不出來了。衙役拉起海老太太，警告她若再折騰就把她關入大牢，她才消停。兩方休戰，各自休息，爭鬥的氣焰卻絲毫不減。

「給柱國公看座，再給他倒一杯苦蕎麥茶清清火氣。」蕭梓璘輕嘆道：「柱國公年紀不小，別因為一些小事就大發雷霆之怒，若鬱結於心，傷了身體可就不好了。」

「家門不幸、家門不幸呀！」海朝捶胸頓足，感嘆時都帶出哭腔了。

海琇給周氏倒了一杯茶，冷笑道：「海家確實家門不幸，要不列祖列宗拋顱灑血掙來世襲罔替的國公爵位，怎麼會變成五代而斬呢？海家的子孫怕是再也沒有臉面見九泉下的先祖，好端端的勛貴之家弄成這樣，又是誰人之過呀？當年老太夫人臥病在床，拒絕服藥，一心求死，不就是覺得沒臉活在世上了嗎？」

「妳、妳……」海朝被孫女戳中了痛點，氣得差點吐了血。當年，他惹出了滔天禍事，連累父兄喪命、數萬精兵戰死，他沒有勇氣自裁謝罪，還襲了國公爵、享樂了這麼多年。今天，周氏幾次揭他的傷疤，他的心臟面臨了巨大考驗。

周氏喝了一杯茶，平靜了一會兒，屈膝跪地。「請臨陽王殿下為妾身作主。」

海琇也跪下了，衝蕭梓璘飛了幾把眼刀，才說：「請臨陽王殿下主持公道。」

海朝恨恨咬牙，罵道：「妳們這兩個忤逆不孝的東西，還敢矇蔽臨陽王殿下！」

「我再忤逆不孝，我娘也不是我氣死的！」周氏性子強悍，捏住海朝的痛點不放。「做人要有捫心自問的底氣，尤其在說別人的時候，別自己打臉。」

海老太太見海朝被周氏噎住了，剛扯開腔要罵，被金大瞪了一眼，消停了。

「你們罵了這麼久，聽得本王都沒脾氣了，也糊塗了，還是請海四姑娘跟本王說說怎麼才算公道。」蕭梓璘一改嘻然之態，威嚴正坐，裝起大尾巴狼。「清官難斷家務事，柱國公府的事十分複雜，本王不好判斷，還請海四姑娘明示。」

「回臨陽王殿下，小女子與家母口徑一致。」海琇偷偷白了蕭梓璘一眼，看到周氏給她使眼色，才說：「老太太和大老爺、大太太、三老爺來官府告家父忤逆不孝，國公爺來了，也沒替家父說句公道話，既然如此，那就把我們這些年送的銀子還回來，然後分家。我們不再告他們誣告，臨陽王殿下也省去了不少麻煩。」

「多謝海四姑娘替本王著想。不就是讓他們返還兩萬多兩銀子嗎？這件事好辦，本王准了。」蕭梓璘答應得很痛快，卻以眼神告誡海琇一定要還他人情。

「臨陽王殿下，這……」海朝當然不想往外拿銀子，見蕭梓璘答應了周氏所請，他很著急。可面對蕭梓璘威嚴冷酷的眼神，他囁嚅半天，也沒能說出什麼。

蕭梓璘把海老太太寫的狀紙遞給海朝，說：「這狀紙上寫海誠忤逆不孝，最主要的一項就是他在西南省這麼多年，逢年過節、父母過壽，他從未給過孝敬銀子。現在周夫人說他們這些年共給過兩萬多兩銀子，證據確鑿，若你們還了周夫人銀子，你們就可以繼續告海誠忤逆不孝；若你們不還銀子，你們就是誣告。本王被你們這些閒人閒事攪得頭疼，事到如今，又不能撒手不管，所以一切從簡，你們還了銀子，繼續告海誠忤逆不孝，讓順天府知府公正審理。」

攬案上身，坐堂審問，兩方吵鬧叫罵，耗用一個多時辰，最終的結果就是柱國公府返還海誠一家這些年孝敬的銀子。這筆銀子一還，海誠就真成了忤逆不孝了，如此海朝夫婦才能有足夠的證據和理由，繼續狀告海誠一家，最後，臨陽王殿下再把案子交給順天府知府，由他來審理、定罪。

繞了一個大圈？好像回到了原點，又好像並不是原點。

「這……」海朝無話可說，咬著牙瞪了周氏一眼，又狠狠瞪向海老太太等人。

海老太太等人來告狀，就是想敗壞海誠的名聲，拚著自己沒臉，也要讓海誠背上不孝的罪名。朝廷倡議以孝治天下，這個罪名就是打敗海誠的殺手鐧。

可他們萬萬沒想到陸太后會讓蕭梓璘這個昏王過問此事，又碰上了不服軟、不低頭的周氏。不管是他們被定為誣告，還是還兩萬餘兩銀子，吃虧的都是他們。

海諍上前一步，躬身施禮道：「稟臨陽王殿下，周氏說他們二房孝敬了父母兩萬餘兩銀子，光有書信和帳本不足以為證據，還請臨陽王殿下深思明察。周氏說那幾封書信是微臣的父親所寫，家父在信上寫收到銀子，並沒寫收到多少。或許周氏只是給了其子一些零用錢，並非孝敬家父，數額也不像周氏所說的那麼多；何況那本帳本只是二房一個姨娘所記，不足為信。兩萬多兩銀子不是小數目，若只聽信周氏一面之辭就判我們還銀子，未免有失公允。」

「對對對，就是這麼回事，請臨陽王殿下明察！」海朝趕緊附和海諍。

蘇氏、海詔和海老太太聽到海諍這番言辭，如同看到了轉機，自是大力支持。

「你們都認為海諍說得對？」蕭梓璘淡定喝茶，臉上的笑容越發燦爛。

海琇看到蕭梓璘的笑臉，感覺一股寒意迎面襲來，就像大好的晴天寒風驟起。蕭梓璘是一隻典型的笑面虎，他越是笑得動人，心裡就越是發狠了。

柱國公府這幫人沒臉沒皮欠教訓，敢在蕭梓璘面前虧心撒謊、矯情造次，就是自找麻煩，可笑的是這幫人愚蠢太過，危險臨近，他們竟渾然不覺。

第三十五章　好深的坑

「對對對，老臣認為犬子說得在理，很……」海朝明明虧心，聽海諍的話極有道理就想褒獎一番，可看到蕭梓璘的笑臉，突然沒有底氣。

蕭梓璘閉上眼睛，冷笑道：「金大，本王為難了，若你遇到這種事會怎麼辦？」

金大是蕭梓璘的心腹暗衛，追隨蕭梓璘多年來一起辦過不少大案，手段俐落。

「這種事最好辦，可屬下不敢說。」

「恕你無罪，你說。」

「那屬下就說了。」金大輕咳一聲，說：「以屬下之見，這種事要想找證據很簡單。海夫人是否給柱國公送銀子，柱國公又是否收了她的銀子，他們的心腹下人肯定清楚。把他們的下人請到暗衛營的刑房走一圈，再一人賞一頓笞骨鞭，想問什麼他們都會招。殿下若信不過屬下，大可以一試，屬下敢保證不出三個時辰，那些下人不只會說出是否給銀子的事，還會把主子們所有的陰私事全招出來。」

蕭梓璘瞄了海琇一眼，陰陰一笑，問：「你這麼有把握？」

「屬下敢立軍令狀。」

「那好，本王准了。」

「多謝殿下信任。」金大衝蕭梓璘抱拳一笑。「自去年江東海盜一案了結，暗衛營的刑房一直空著，兄弟們都閒得手癢了。」

「嗯，別太狠了。」

周氏聽到金大的話，又見蕭梓璘一本正經的模樣，不由膽怯，暗恨海朝虧心胡說。她也有隱秘，也不敢保證她的下人對她死忠，有些事若洩漏了，那可丟死人了！

連周氏都害怕了，海朝等人更是惶恐心驚。他們一時都沒了主意，也不敢開口商量，只能以眼神交流，越是這樣，心裡就越發恐慌。海家某些陰私事若是抖出來，他們就不只是丟人，很有可能還會死人。

金大衝海琇咧嘴一笑，說：「周夫人，妳給柱國公送銀子的證據不足，給妳三天時間去找證據，三天之後找不出證據，妳家下人都要進暗衛營的刑訊房；柱國公一家是原告，現在卻什麼證據也沒有，審問自然從他們一家開始。」

「臨陽王殿下，這……」海朝急了，越是著急就越說不出話來。

「柱國公有意見？」

「老臣不敢、老臣不敢。」好端端就攤上了這種事，海朝心裡又憋屈又鬱悶。

「金大，你早開始、早結束，兄弟們都閒壞了，你就別拖泥帶水了。」

「是，殿下。」

蕭梓璘衝周氏微微一笑。「時候不早，本王也該歇歇了。」

周氏會意，衝蕭梓璘行了禮，說：「多謝臨陽王殿下，妾身這就回去找證據。」

金大說不出三個時辰就能讓下人招供，又給周氏三天的時間去找證據，這其中的意思只要不是傻子，都懂，偏袒得明明白白，卻讓海朝等人不敢非議。

海諍故作鎮定，說：「稟臨陽王殿下，臣等也該回去找證據才是。」

蕭梓璘淡淡一笑，說：「海大人，找證據很辛苦，你們別去了，柱國公府的證據就由金大代為尋找，你們一家留在府衙，等審完柱國公府的下人，本王依法依例處置之後，該讓你們一家去哪裡，自會安排得恰當妥貼，你放心就是。」

海諍聽出不同尋常的意味，忙說：「臨陽王殿下，此事……」

「本王說話你聽不明白是吧？」

海朝等人見蕭梓璘變了臉，不由得都害怕，他們互看一眼，誰也不敢再出聲。

「娘，我們走吧！」海琇不想看蕭梓璘發威，拉著周氏要走。

「不急。」周氏知道蕭梓璘要收拾海朝等人，就想留下來看熱鬧。

蘇氏知道此案發展到現下的地步，對他們極為不利。周氏給海朝送大筆銀子的事她雖不知道，但她相信周氏沒說假話。海誠每年給海老太太送的孝敬銀子雖入的是海老太太的私帳，但她對此也是知道的。

這些事不難查，別說三個時辰，暗衛營的人到柱國公府，只要找到給海朝和海老太太記私帳的人，半個時辰都用不上，就能查得清清楚楚。

他們針對海誠鬧起來，她當然願意跟著落井下石，可現在他們自身難保，她可不想被他們拖累。於是，蘇氏偷偷踩了海諍一腳，夫妻二人互使了眼色。

「稟臨陽王殿下，妾身……」蘇氏跪下了，尋思片刻，說：「二房接連六年都給老太太送過孝敬銀子，一共有二千多兩，可比起長房、三房和四房，二房的孝敬要少上一些，老太太對此很不滿，想讓二房更孝順，這才出此下策。」

海老太太見蘇氏有反水的意思，張口就要罵，被海諍攔住，低語了幾句。海老太太瞪著眼睛琢磨了半天，沒說什麼，等於認可了蘇氏所說的話。

蕭梓璘冷笑幾聲，閉眼揮手道：「接著說。」

海朝知道蘇氏會抖出自己的事，想要阻攔，卻被海諍使眼色攔住了。海諍是能屈能伸、最識時務的人，這一點海朝也心知肚明。

周氏給銀子的事被查出來雖然很丟面子，但比起被蕭梓璘收拾，海朝會毫不猶豫地選擇丟臉。反正他這輩子做的丟臉事數不勝數，不在乎再多一些。

蘇氏想了想，說：「二太太說給國公爺送銀子的事妾身確實不清楚，這麼一大筆銀子，想必二太太不敢胡說。臨陽王殿下若想查明此事也很簡單，只需……」

蕭梓璘揮手打斷蘇氏的話。「行了，本王知道該怎麼查，無須妳多言。只是剛才海大人說本王偏信周氏的一面之辭，有失公允，本王理應找到讓你們心服口服的證據。暗衛營已出動，不會無功而返，他們一到柱國公府，很快就會有結果。」

「臨陽王殿下，臣剛才只是一時逞強，信口胡說，求殿下恕罪。」海諍知道暗衛營出動意味著什麼，雖還想強作鎮定，可顫抖的雙手、恐慌的眼神早已出賣了他。

「你能信口胡說，本王不能，暗衛營出動，不出人命不見血，怎麼叫暗衛營？」

「臨陽王殿下，犬子確實是胡說，老臣回去就教訓他！」海朝可不是耿直要強的人，見蕭梓璘一翻臉，他就害怕了，趕緊跪下，猶豫再三，承認了周氏給他送孝敬銀子的事，又哀求道：「老臣年邁糊塗，又有心血不足這症，求臨陽王殿下看憫王殿下和貴妃娘娘的面子，對老臣網開一面，老臣……」

海貴妃是海朝的親生女兒，憫王是他的親外孫，這回都派上了用場。

「暗衛營出動一次至少要花費五千兩銀子，我們花的雖是朝廷的銀子，卻也是百姓的血汗，就這麼無端糟蹋了，本王愧對朝廷、愧對百姓，如何心安？」

蕭梓璘雙手撫額，長嘆一聲，喃喃道：「要是讓憫王殿下知道此事，怕皇上不高興，他就是萬分委屈也會自己拿出銀子補上，本王怎麼好意思驚動他？」

話都說到這分上了，只要不是實心眼的傻子，就都明白了。

海朝囁嚅半晌，才說：「老臣願出五千兩銀子給臨陽王殿下補上虧空。」

蕭梓璘撇嘴一笑，說：「柱國公不想虧負朝廷，願意補上這筆銀子，本王不能推卻。只是你這筆銀子是補給朝廷、補給皇上的，與本王無關。」

「是是是，老臣口誤，求臨陽王殿下恕罪。」

「好了，去準備銀子吧！本王一會兒傳話讓金大回來。」

下月中旬皇上過壽，不是整壽，早就傳諭一切從簡。蕭梓璘計畫送五千兩銀子，不再費心準備壽禮，也早就跟皇上說了。皇上認為他的禮最實在，高興得很呢！這不，今天隨口攬下一件差事，皇上過壽的銀子就有了，值了！

周氏見蕭梓璘要放過海朝等人，趕緊跪下。「請臨陽王殿下給妾身做主。」

「妳要求柱國公及其夫人返還妳孝敬的兩萬餘兩銀子，柱國公已經答應了。」蕭梓璘衝海琇勾了勾眼角，又轉向海朝。「柱國公，本王不想再為你們家的閒事浪費心力，就替你作主了，你可還有疑議？」

你有一肚子疑議也必須保留，否則本王自有一千種罪名收拾你。

這句話蕭梓璘不會明說，但海朝不傻，他要再敢抗爭，不知還要損失多少？

「沒、沒……」海朝的嘴唇顫抖，渾身也跟著哆嗦起來。

「那好，蘇氏，妳去準備銀子，本王跟他們還有話要說，知道要準備多少嗎？」

蘇氏咬緊嘴唇點頭。「妾、妾身知道。」

春日燦爛的陽光繞開雲朵，照進內堂，為凝重的房間平添了幾分明亮的暖意。

因感到壓抑而陷入沈默的海家眾人悄悄呼吸充滿陽光的空氣，緊張的心情才得以緩解。他們出了銀子、丟了人，卻不敢開口，只以眼神交流，自是憋屈鬱結。

周氏緊緊握住海琇的手，母女相視一笑。目前她們雖說小勝一局，卻不敢放鬆，若讓蕭梓璘挑出毛病，她們的勝利很可能在頃刻間煙消雲散。

海琇瞄了正閉目養神的蕭梓璘一眼，輕聲問：「臨陽王殿下可還另有吩咐？」

「這裡沒用午膳的不止妳一個人，妳沒拿到銀子就想走嗎？」

「回臨陽王殿下，小女子同家母都不急著走。」海琇下意識地壓制飢餓感，又道：「小女子那會兒聽說臨陽王殿下還有一件與柱國公府有關的事要辦，很想知道是什麼事能值得臨陽王殿下掛心，哪怕是小事一樁，對我們來說也是大事。」

蕭梓璘微微一笑。「這順天府衙也不說準備午膳，想餓死本王嗎？」

守在門口的衙役陪笑說：「回臨陽王殿下，午膳早已備好，只待王爺傳飯。」

「哦！備好了？那先不著急吃呢，先說事，說完再吃。」他把事說完就輕鬆了，胃口也會好，至於別人是否吃得下去，就不歸他管了。

海朝今天被蕭梓璘調理慘了，得知蕭梓璘還有事要說，他就有一種不祥的預感，心也懸了起來，不用細想就知道蕭梓璘要說的絕非好事。

蕭梓璘見眾人都以期待惶恐的目光注視他，笑了。「海夫人，妳的事是不是已梳理完畢？本王可只有今天一天還能管管柱國公府的閒事，過日不候。」

「既然臨陽王殿下願意管管海家的閒事，就幫我們把家分了吧！」

海諍冷哼道：「妳不是說了嗎？只要把這些年你們孝敬的銀子給了妳，柱國公府以及這些年產業的出息和紅利你們一文都不要，現在又想反悔了？」

「是呀是呀！妳確實說過，府裡的產業和出息紅利已經沒有二房的了。」海詔趕緊附和海諍，他沒別的本事，還想多分些祖產過富貴日子呢。

海老太太憋了一口氣，一直沒機會發洩，一聽周氏說要分家就嚷開了。「卑微低賤的庶子還想分產業？作夢吧！把你們當奴才賞口飯吃就不錯了。」

「不要產業及出息紅利是我們寬容不計較，不跟你們一般見識。妳說我們老爺是庶子，妳生的那兩個是什麼東西？別烏鴉落到豬身上，只看到別人黑，看不到自己黑。老太夫人說妳永世是妾，到死妳也不是正室。」

海老太太被氣了一個仰倒，要不是蘇氏扶著，她都要撞牆了。

海朝見蕭梓璘饒有興致地注視他們，趕緊瞪了海諍和海詔一眼，又陪著笑勸海老太太。他已決定把二房趕出柱國公府，但他不會在這個場合明說。

蕭梓璘笑了笑，說：「海夫人，分家是大事，這件事本王還真不想管。」

周氏冷笑道：「臨陽王殿下不管也罷，反正我們一家會分府別居。柱國公府的產業和出息紅利我也不稀罕，我只是想把自己的嫁妝從柱國公府搬出來，可我怕那些餓狼什麼都想據為己有，才想跟臨陽王殿下說說此事。」

「要不本王借妳幾名暗衛、幫妳搬家？」

「臨陽王殿下若能借妾身一把尚方寶劍最好，讓妾身也施威一次。」

海朝咬牙冷哼。「妳的嫁妝又不是多高檔的寶貝，哪個沒見過世面的會覬覦？」

「那我就放心了，希望國公爺說到做到，說話算數。」周氏鬆了口氣。她的嫁妝必要完好無損地從柱國公府取出來，那些嫁妝有多值錢，只有她知道。

「臨陽王殿下，您也該說那件與柱國公府有關的事了吧？」海琇又一次催促詢問。他們一家長途跋涉來到京城，又累又餓，她可不想再耽擱下去。

蕭梓璘清了清嗓子。「我要說的事其實很簡單，柱國公還記得你的兄長吧？」

「呃，老臣、老臣不敢忘，年年都要祭祀的。」

「是不能忘。令兄當年已被封為柱國公世子，不承想最後由你承了爵、享受了榮華富貴，可憐他剛過弱冠之年就血染沙場，留下孤兒寡母，一世長悲。」

「那都是命，只能怨他命短、命不好。」海老太太仍憋著氣，呆狠狠地說。

海朝見蕭梓璘將狠厲的目光投向海老太太，趕緊陪笑請罪，卻不敢斥責海老太太。在心裡，他也認為海老太太說得對，他能當上這柱國公是他命好、命長。

周氏恨恨冷哼，低聲罵道：「真是無情無義、沒血性、沒人性的軟蓋王八。」

蕭梓璘冷冷一笑，說：「令兄娶的是輔國公之女長華縣主，輔國公是皇族旁支，他們父子三人和令尊、令兄一同戰死沙場，追封為輔郡王，卻無襲爵之人了。」

海朝不明白蕭梓璘說這些有什麼目的，只能懸著心戰戰兢兢地聽著。

當年長華縣主懷孕剛八個月，便傳來父兄和夫君戰死的消息，長華縣主驚急攻心就早產了，雖是男胎，可惜孩子生下來剛三天就夭折。

長華縣主為父兄、夫君守了三年孝，就同她母親一起回了江東外家，從此再無音信，老太夫人臨死前想見她一面，她也沒回來，只派下人送來了厚禮。

迄今，長華縣主離開京城也有四十餘年了。

第三十六章　還有巨坑

蕭梓璘掃了海朝一眼，輕哼道：「今上登基，奉母巡遊，到皇族祖籍祭拜時見到了她；太后娘娘視她為知己，一再邀請她回京，她都婉拒了。上個月，太后娘娘收到她的信，她說她想回京看看，京城畢竟是她出生長大的地方。」

「她回來幹什麼？安安分分守寡有什麼不好？真是個賤人！」海老太太恨長華縣主，恨人家比她有才情、比她出身高貴。當年，長華縣主和老太夫人意見一致，是不允許她嫁進來的，這麼多年過去了，她的恨還沒淡去。

「掌嘴。」

暗衛抬手搧了海老太太一個耳光，她頓時口破血流，一張臉腫成了包子，幾顆牙齒順著鮮血和唾液流出來，她嗚嗚咽咽，想哭都哭不出來。

「長華縣主是皇族貴女，論輩分，本王還要叫她一聲姑祖母，太后娘娘與她姊妹相稱，她這麼尊貴的身分，竟為夫君守寡四十餘年，其心可表，其志可讚。本王真沒想到居然有人敢罵她，海朝，你是不是認為尊夫人罵得很對呀？」

「不不不，當然不對，她……」海朝這些年早被海老太太拿捏住，心中早無是非可言。生養疼愛他的母親與海老太太對峙，他還傾向於海老太太，更別說一個與他沒感情可言的長嫂了。「她是心直口快之人，殿下別跟她一般見識。」

「那該不該懲罰她呀？」

「殿下不是……」海朝想為海老太太求情，認為她挨一個耳光就算了，可看到蕭梓璘臉色陰沈，才沒敢把話全說出來，又囁嚅著道：「該、該罰！」

「你認為她該罰就好。本王擔心暗衛衙役下手太重，就由你代勞，打她三十個耳光，你要是不拿出罰人的姿態來打，本王就責令海諍和海詔動手。」

海老太太倒在地上，不敢再出聲，她殘存的幾顆牙齒不住地哆嗦。海諍和海詔俱都五體投地跪著，別說開口為母求情，他們連大氣都不敢出。

周氏和海琇在一旁看熱鬧，鬧到這種地步，她們也沒必要掩飾幸災樂禍了。

「奴性禍人，真沒說錯，不知忠順伯聽到這句話作何感想？」海琇輕笑幾聲，又惡狠狠道：「奴才出身無可厚非，就怕一輩子改不掉奴才的本性。當奴才時禍害主子，自己脫離了奴身，禍害的人反而更多，真是可悲可恨。」

「有道理。」蕭梓璘尋思片刻，吩咐道：「來人，到忠順伯府賞葉磊三十個耳光，再跟皇上、太后娘娘和葉淑妃說清楚本王為什麼要賞他耳光。」

幾名暗衛衙役應聲離開，內堂裡一時陷入沈悶的寂靜之中。海朝剛打完海老太太耳光，聽說他的大舅哥也要挨打，趕緊跪下，出氣都怕聲大了。

海琇暗暗鬆了一口氣，低垂著頭，臉上不敢有任何表情。蕭梓璘發現她恨葉家人，就賣了她一份人情，給她出了口氣。

今天她剛回京，就給葉夫人和葉玉柔送上了一份「見面禮」，報仇就此拉開序幕，若能借蕭梓璘的力，她報仇會變得很容易，或許能達到意想不到的目的。可現在的臨陽王早不是羅夫河畔實誠的唐二蛋，她真沒有與狼共舞的勇氣。

海琇衝蕭梓璘明媚一笑。「多謝殿下認同。」

「妳餓了？」

海琇趕緊搖頭。不是她不餓，而是她的飢餓已被蕭梓璘嚇跑了。「小女子佩服長華縣主對其夫忠貞不渝、意志堅定，很想聽她的故事。」

「等她回來，由她講給妳聽會更好；或者本王另找時間講給妳聽。」蕭梓璘嘲諷的目光掃過海朝父子及海老太太，問：「海朝，當年你們兄弟分家了嗎？」

海朝的心咯噔一下，而半死不活的海老太太和海諍、海詔聞言也很驚訝。長華縣主走的時候，海諍還很小，不記事，海朝和海老太太卻很清楚。

「回、回臨陽王殿下，當年家兄去世得早，長華縣主又無子；再說，她守孝三年就離府而去，柱國公府跟她已無相干，哪還有分家之說？」

海諍意識到不同尋常的意味，趕緊道：「回臨陽王殿下，若長華縣主一直在柱國公府守寡，她無子，自有侄兒們為她養老送終；可她只守孝三年就離開了，等於她自願棄了柱國公府對她的供養，府裡也不可能再分她家產。」

蕭梓璘冷笑道：「海朝，你對你的妻兒滿腹柔情，對你的兄嫂卻如此無情無義，真令人齒寒。柱國公世子為救你而戰死，還有那麼多將士命喪沙場，可像你這種人，你根本不會考慮這些，本王也就沒必要再與你廢話。」

周氏與海琇互看一眼，猜到蕭梓璘要說什麼，她們的手緊緊握在一起。

「海朝，若本王沒記錯，你適才說嫡長子與嫡次子分家，嫡長子能拿到七成家產；海老夫人更大方，說嫡長子能拿到八成產業，這些話你都記得吧？既然如此，你也該和你長兄的未亡人長華縣主重新分配柱國公府的產業了。」

海朝父子及海老太太一聽這話都懵了，尤其是海老太太，強撐一口氣沒昏倒。他們提起家產分配的事是想對付海誠一家，卻沒想到蕭梓璘給他們設下了陷阱。

坑是他們自己挖的，蕭梓璘只是個引導者，現在輪到他們往下跳了。

「臨陽王殿下，這、這不公平，老臣的長兄雖為嫡、為長，卻早死無子；老臣承襲了國公爵，又奉養家母老死，柱國公府的產業與長華縣主有何相干？」

蕭梓璘搖頭冷笑。「公平？要找公平，就該讓你去死，而不是讓你襲柱國公爵，享樂這麼多年。先皇憐你父兄戰死，不想讓海家絕後，才留下了你的命，你現在居然說柱國公府的產業與長華縣主無關？真是不可理喻！本王沒必要再與你廢話。迎長華縣主回京，為柱國公府重新分配產業是皇上和太后娘娘的意思，你們若覺得不平，就上摺子跟他們說，本王只是奉諭辦差。」

「臨陽王殿下……」

「本王被他們攪得心煩意亂，也餓得前胸貼後背了。銀二，海諍、蘇氏和海詔迷惑本王、誣告栽贓、無事生非，每人賞三十個耳光，由你監督行刑。」

「是，殿下。」銀二一揮手，就有數名衙役拖著海諍等人離開了內堂。

蕭梓璘衝海琇笑了笑，說：「妳先陪海夫人去用飯，一會兒本王有話跟妳說。」

日影西移，海琇和周氏才離開順天府衙門。

坐上車，周氏看向海琇的目光就迫不及待了，想問蕭梓璘跟她說了什麼？海琇雙唇緊閉，面色沈謹，陷入沈思之狀，周氏越著急她就越不說。

「娘，長華縣主真的會回京嗎？」

周氏笑了笑，說：「這件事連皇上和太后娘娘都知道，臨陽王殿下不會開玩笑。她回來倒好了，我看柱國公府那幫牛鬼蛇神還能鬧出什麼花樣來！」

「她雖是長房遺孀卻無子，又離京這麼多年，祖父有四兒三女，就是爭家產，她也不佔優勢，只怕爭到最後會失利。是繼續躲清靜直到老死，還是回來爭一番，我覺得她心裡也沒底，只能走一步看一步。」

「這種事，不是誰兒女多、誰占著那個位置就佔優勢，這其中還有很多變數。長華縣主是宗室貴女，她的封號還是先皇賜的，身分在那兒擺著呢。臨陽王殿下先給軟王八和老虔婆挖了坑，才說了長華縣主要分家的事，偏誰不是明擺著嗎？」

「向人難向理，正因為長華縣主是宗室貴女，有些事才不能太過分。不管是臨陽王殿下還是皇上和太后娘娘，偏向都是有道理的。這麼多年，長華縣主沒跟柱國公府來往，祖父也沒想給他的兄長過繼一房子嗣、承襲香火，這就是他最大的把柄，畢竟他的兄長是為救他而死，他白撿了一個國公爵，占盡了便宜。」

周氏搖頭冷笑。「哼！妳沒聽老虔婆說這是命嗎？活該人家命短，活該他們命長享福，他們心裡一點愧疚也沒有，連人性都沒有了，光想著自己佔便宜撈銀子呢。反正我們二房也分不到產業，海家祖產都分給長華縣主才好。」

海琇輕嘆一聲。「娘，您嚷著要分家，爹怎麼想？您跟他商量沒有？」

「這個家就是不分，柱國公府我們也不回去了，我回醫館跟妳父親商量，問他怎麼辦？反正我不會回柱國公府住，我自己有宅子，妳兩個舅舅家地方也都不小。」

「臨陽王殿下不希望柱國公府分家，就是想分，在長華縣主回來之前也不要再提。」海琇見周氏愣神，笑了笑，說：「臨陽王殿下把我叫到內室，就跟我說了這一句話，其餘時間都讓我看他一個人下棋，信不信由妳。」

「我信我信，可他不讓柱國公府分家是什麼意思呢？」

「我也不知道，反正我確信他不會坑我們。」

「妳這麼相信他？」

「當然。」想起蕭梓璘坑死人不償命的樣子，海琇就想笑。

返還給他們一家兩萬多兩銀子，又給了暗衛營五千兩銀子，這一天就把柱國公府一年的紅利和出息都賠了出去，海朝等人不心疼死才怪。

長華縣主回京，至少要分走柱國公府一半的產業，還沒得商量，這對於海朝等人來說無異於晴天霹靂，從今夜起，柱國公府的人大概都無心安睡了。

「懶怠管他們的閒事。去醫館接妳父親後，先去妳二舅家，在妳兩個舅舅家住上幾天，再回我們自己的宅子，這次搬家一定先看個黃道吉日。」

周氏母女的馬車剛拐上通往醫館的街道，就碰到了周賦的長子周達。近十年不見，姑姪感慨了一番，周達才說他剛把海誠主僕接回去，又來接周氏和海琇。

「秦姨娘母女呢？」

「她們母女不願意去我們家，姪兒派穩妥之人把她們送回秦家了。」

聽說秦姨娘和海珂回了秦家，周氏鬆了口氣。她要到娘家小住，怎麼帶著丈夫的妾室和庶女？秦姨娘還算聰明，沒在這節骨眼兒上給她和海誠添亂。

周氏和海琇乘坐的馬車剛到大門口，周賦和妻子蔣氏就迎了出來。至親之人久別重逢，自是灑淚感慨，說起這些年的離鄉之苦，周氏痛痛快快哭了一場。

蔣氏溫順和氣，與周氏相處不錯，姑嫂一別多年，自有說不完的話。她們說得投入，海琇插不上嘴，正好周賦問她順天府的事，就打開了她的話匣子。

「柱國公府的人真無恥，活該有人收拾他們，惡有惡報！」周賦氣得咬牙切齒。

「二哥不必窩火，今天臨陽王殿下狠狠收拾了他們，以後更有他們好看。他們返還了這些年我們孝敬的銀子，我們不提分家，也不回去，先看看再說。」

蔣氏忙說：「要是這樣，你們就先別往自己的宅子裡搬，讓他們抓住把柄不好。家裡本來人就少，妳二哥又要出門，你們可要在我們家多住上一段時間。」

「是啊，妳就住下來陪陪妳嫂子，這裡離國子監不遠，岩哥兒也住習慣了。」

周賦和蔣氏共育有兩兒一女，女兒為長，前年嫁了，夫家就在密州；長子周達剛十八歲，現在幫周賦打理產業生意；次子周逸與海琇同歲，也在國子監讀書。

他們正在說話，海岩和周逸就散學回家了，海岩匆匆跑來與她們相見。見到一別多年的母親和妹妹，又聽說父親生病了，海岩抱著她們哭了一場。

海岩十七歲了，長得像海誠，是英俊斯文之人。他前年中了秀才，現在正全力備戰今年的秋闈。到國子監讀書，有名師教導，他心思放正了，視野也開闊了。

聽說海老太太等人到順天府告狀，海朝也摻和進來，海岩搖頭輕哼。他能明辨是非了，並不像以前一樣一味袒護海朝、以長輩為尊，這令周氏很欣慰。

吃過晚飯，海誠才睡醒，周氏帶著兒女來見他，母女二人把發生在順天府內堂的事一五一十說了一遍，聽得海誠捶床飲泣，差點又氣暈。一家人坐下來商量對策，都認為目前以靜制動最好，正好海誠需要休養幾天。

海誠強撐病體，給吏部寫了條陳，又給皇上寫了請罪的摺子，也給蕭梓璘寫了致謝信，讓海岩明天一早送交。今天發生在順天府衙門的事很快就會傳開，由不得他沈默，他必須盡早跟上面的人說清楚，否則真會影響他此次述職考核。

舟車勞頓多日回到京城，終於安定下來，可以睡個安穩覺了，可海琇反而睡不著了。唐融和烏蘭察還關在大牢裡，她想找機會為他們辯白求情，可蕭梓璘根本不給她時間。今天發生在順天府衙的事令她頭昏腦脹，她也顧不上多想。

安靜下來，她開始思索該怎麼救他們出來？為今之計，除了求助蕭梓璘，她實在想不出辦法。想到蕭梓璘，她會心一笑，現在看來，這個人值得一求。

海琇腦子裡塞滿了事，一直到夜深人靜才沈沈睡去，這些日子，她的身體和精力都嚴重透支，又睡得晚，一覺醒來，就已天光大亮。

「姑娘醒了？快起來洗漱梳妝吧！有人一大早就來等妳了，太太陪著呢。」

「誰等我？」海琇很吃驚。她昨天才到京城，認識的人可不多。

「是銘親王府的清華郡主，她說她受人之託來找姑娘，都來半個時辰了。」

海琇微微皺眉。她活了兩世，和清華郡主連面都沒見過，更別說有交情；可清華郡主既等她半個時辰了，可見待她心誠，只是這份誠意她不知是否消受得起？

「她受誰之託？」

「奴婢不知道，太太問了，她也閉口不答。」

海琇趕緊起床，洗漱梳妝完畢，穿戴好周氏為她挑選的衣服和首飾，華美貴氣的女孩現於人前。這張臉沒前世好看，但眾人稱讚的福壽雙全的面相令她很滿意。

「荷風，妳再給我收拾兩套衣服，多準備幾件名貴禮物，我今天可能要出門。衣服都要素色，把那套銀玉鑲藍寶石頭面帶上，可能用得到。」海琇想了想，又拿出一副成色極佳的玉鐲。讓清華郡主等她這麼久，她該聊表心意才是。

第三十七章　密友相見

「見過清華郡主。」海琇都沒看清楚清華郡主長什麼樣，便先行了禮。

「琇瀅縣君快請起。」清華郡主起身還了半禮，又坐下了。

要不是清華郡主提起，海琇都忘了自己有縣君的封號。清華郡主與她第一次見面，稱呼她的封號，客氣有禮，讓人心裡沒有負擔。

清華縣主身穿翠綠色緞面鑲銀邊圓領長袍，腰繫玉帶，頭上則紮起高高的馬尾辮，繫著藍色的髮帶。除了髮帶，只有腰間的芙蓉玉珮，周身上下無一飾物。她一身男裝打扮，整個人英姿颯爽，卻又不失清雅脫俗，有幾分女兒家獨有的俊氣。

作為陸太后的嫡親孫女，清華郡主的尊貴不亞於任何一位公主，可她今日的打扮並未刻意強調身分，倒令海琇眼前一亮，不由平添了幾分好感。

「今天起得太早，吃過早飯就出去溜馬，到現在都餓了。」清華郡主衝海琇眨了眨眼。

「妳剛起來，想必不餓，是不是等一會兒才吃早飯？」

周氏當然知道清華郡主的意思，藉口給她們準備早飯，出去了。

清華郡主衝海琇笑了笑，說：「我今天冒昧登門是受人之託，有人想約妳出城一見，怕妳剛到京城，父母不放心妳單獨出門，就讓我來請妳並保護妳出城。」

「是誰？我……」

「妳猜，允許妳猜兩次，猜對了不用說，猜錯了我自然也會告訴妳。」清華郡主衡海琇挑眉一笑，笑容清澈。「只妳若猜錯，我不會白白告訴妳，我有條件。」

「什麼條件？請郡主明示。」

「很簡單，妳猜錯一次，送我一份禮物，第二次再猜錯，送我兩份禮物。怎麼樣？聽說羅州府管轄的區域有玉礦、有金礦，金鑲玉的首飾……」

「我就是猜對了，我也送郡主幾件金鑲玉的首飾作為見面禮。」

「不行，妳送我見面禮，我還要回禮，妳猜錯同於賭輸，願賭就服輸。」

原來皇家人都這麼精於算計，真難為他們這麼尊貴了。

海琇沈思片刻，探尋的目光落到清華郡主臉上，低聲問：「是范大人嗎？」

范成白約她今天一起去祭拜故人，她婉言相拒，清華郡主來找她說是受人之託，她自然會想到范成白。話一出口，又見清華郡主臉龐閃過不自然，她便後悔了。

銘親王求皇上指婚，要將其嫡女許配給范成白，他的嫡女不就是清華郡主嗎？她第一個就猜范成白，這不是讓清華郡主難堪嗎？就算她對范成白無半點親近之意，也容易讓人誤會，真是一緊張，說話就不走腦子了。

「接著猜。」清華郡主衡海琇和氣一笑，表明自己不計較。

「必須要猜嗎？」

「當然。」清華郡主衝海琇眨了眨眼，又說：「妳要是猜不出來，耽誤了今天出城，就會錯過好多精彩的事，我可不是嚇唬妳喲！」

海琇無奈笑嘆，想了一會兒，說：「妳是受臨陽王殿下所託。」

「妳居然敢猜璘哥哥？他那麼死板較真、不通人情的人怎麼會做這麼有趣的事？不過——本郡主慧眼，發現妳的秘密。」

看來又錯了，而且她這個答案已讓清華郡主浮想聯翩。

「妳猜范成白時用的是疑問的語氣，並不確定，可妳猜璘哥哥時用的卻是肯定語氣，這說明什麼？而且妳不猜別人，偏猜他們，能怪本郡主多想嗎？聽說妳在西南省治河時與他們多有接觸，璘哥哥還救過妳，妳是不是想……」

「我想報恩，報他救命之恩。」

「報恩是好事，以身相許太老套了，妳的報恩方式一定要新穎。比如送他金鑲玉的頭面，本郡主替妳去送，送他十套、八套也別怕麻煩我。」

蕭梓璘戴上金鑲玉頭面會是什麼樣？海琇想像了一下，就忍俊不禁地笑出聲。

海琇止住笑，一本正經道：「想必郡主誤解了，小女子猜臨陽王殿下是因為他昨天公正地審理了我們家的家務事；在西南省時，他救過我的命，我父母要重謝他都被他拒絕了，我總想著若下次見到他，定要給他奉上一份厚禮，因此才猜是他。」

「有道理。」清華郡主點點頭，又促狹一笑。「可惜妳的話我一個字都不信。」

看到周氏進來，海琇趕緊打住，換了一個輕鬆的話題。周氏見她們聊得開心，鬆了一口氣，讓丫頭擺上豐盛的早餐，客氣了幾句，又出去了。兩人邊吃邊聊，說到熱鬧時還放聲大笑，早把食不言的規矩抛到九霄雲外。

吃飯時間不短，海琇從含蓄套話到直接詢問，卻一直沒問出是誰託清華郡主來接她出城？通過這番愉悅的交流，她對清華郡主也算信任了，剛到京城就結交了一個可以說話的朋友，實屬難得。只是清華郡主身分尊貴，她只怕有高攀之嫌。

吃完飯，海琇編好出城的理由，跟周氏和蔣氏說明情況，就去看海誠了。海誠精神不濟，沒留她多說話，親自給她安排了幾個隨從，才放心她出城。

他們從西城門出城，慢慢悠悠行了二十多里，就到午時了。海琇因為悶在車裡，極為羨慕清華郡主能一路騎馬，因此在歇腳時趕緊下車，對著花木長吸一口氣，靜靜享受大好春光。

「託我帶妳出城的人很快就會現身，我們去茶樓等，這座茶樓是她的產業。」

前面是一個十字路口，茶樓就位於路口的東北角，是一座外形很普通的二層小樓。小樓的建造裝潢也沒什麼特別，倒像一座農家院，進出的人卻不少。

夥計把她們帶上二樓雅間，直接給她們上了金桔槐蜜茶。海琇喝了一口，這茶入口清爽，疲乏的身心也因此輕鬆了許多。

「被府裡閒事羈絆，我來晚了。」一道清脆和悅的女音在門外響起。

清華郡主打開門，笑道：「知道妳早不了，我們也沒著急，天黑趕到清安寺就行。不負妳所託，我給妳把人帶來了，要不是我出面，哪那麼容易？」

「多謝、多謝。」一個十六、七歲衣飾簡約的女孩給清華郡主行了禮，又朝海琇走來，微微一笑，施禮說：「小女子蘇瀅給琇瀅縣君請安。」

「妳是蘇瀅？」海琇怔怔看著眼前的女孩，臉上是濃濃的悲喜驚詫。這女孩就是錦鄉侯府的四姑娘、蘇宏佑的庶妹、蘇灩的堂姊蘇瀅。

她還是蘇家婦程汶錦時，遠觀近瞧加起來，見蘇瀅不超過五次，蘇瀅留給她的印象並不深。聽蘇灩說，蘇瀅救了程汶錦的兒子，她想瞭解錦鄉侯府的情況，才帶著目的結識蘇瀅；這些年的時間，她和蘇瀅往來信件高達上百封，互送禮物也有多次，可謂神交已久。

蘇瀅長得不算漂亮，卻給人一種清新的感覺，周身洋溢的朝氣和活力讓人備感舒適。在那種外表花團錦簇、內裡卻骯髒齷齪的豪門內宅中生長，她能如此清澈，實屬難得。

這幾年，海琇多次想像跟蘇瀅見面的情景，卻沒想到是這般驚喜且心酸。是故人，也是這一世未謀面的摯友，此時相見，未語凝噎，感慨萬千。

海琇忍不住熱淚盈眶，拉住蘇瀅的手說：「能見到妳真好。」

蘇瀅見海琇淚流滿面，不像是矯情作假，滿心感動不已，也忍不住哭起來。

「妳們不是初次見面嗎？怎麼好像久別重逢一樣？」清華郡主不明所以，笑嘆道：「好了好了，都別哭了，出來一趟不容易，哭就太殺風景了。」

蘇瀅擁著海琇慷慨地說：「就為妳今天的眼淚，我以後也要視妳為親妹。」

「得了吧！親妹就親嗎？妳又不是沒親妹，不是天天跟烏眼雞似的，鬥得水火不容嗎？」清華郡主嗤之以鼻。「摯友就是摯友，交情平淡而真誠，彼此姓名相稱，不更好嗎？就像我和妳，除了我母妃，誰也不知道我們是最要好的朋友。」

「清華郡主說得對，君子之交雖說平淡如水，卻日久情真。蘇瀅，我可以視妳為親姊，但前提是我們互引為知己，是可以交心的密友。」

本是源於感謝而有目的的結交，時日久了，竟真成了交心知己，這是海琇始料未及的。

蘇瀅點點頭，拉著清華郡主坐到身邊，嘆氣道：「清華，以後我和琇瀅見面還需要妳牽線，否則還不知道那些人會傳出什麼不中聽的話來。」

「你們府裡不願意讓妳和同齡女孩交朋友嗎？」海琇試探著問。

「也不是，只是我二叔、二嬸回京之後把海大人說得很不堪，還有令姊和仁哥兒鬧出的那檔子事，弄得闔府上下都對你們家頗有微詞。昨天，我嫡母聽說她姑母到順天府告你們一家去了，還到處嚷嚷很高興呢。得知是那樣的結果，她氣壞了，破口大罵為她姑母鳴不平。本來她和我二嬸不和，這事鬧出來好了，兩人也有共同話題了。我八妹妹總說想妳，可我二嬸看得緊，弄得她連封信都不敢給妳寫。」

蘇大人去年調回京城，現在兵部任職，他和海誠原本私交不錯，因兒女的事結怨，又因公事大鬧一場，現在都成了仇人。因長輩之間的恩怨，蘇灩不得不疏遠她，難怪自那事之後她一直未曾收到蘇灩的信，想必是蘇夫人逼蘇灩和她斷交。

「寫不寫信無所謂，知道她安好，我就放心了。以後我留在京城，見面的機會不少，凡事從長計議，若讓她因為我傷了她父母的心，我也過意不去。」

清華郡主握住她二人的手。「別說傷心事了，說點有趣的事，讓本郡主放鬆心情。蘇瀅，你們府上那位又鬧什麼笑話了？琇瀅，給我講講昨天順天府衙的事吧。」

蘇瀅撇嘴冷哼。「前天，蘇漣又進宮了，回來喜孜孜地跟我炫耀，說賢妃娘娘和淑妃娘娘都答應她去求皇上賜婚，她成為臨陽王妃只是早晚的事。昨天因柱國公府的事，我父親譴責了臨陽王殿下幾句，她就鬧騰開了，說我們家有柱國公府這樣的親戚太丟人，哭得昏天黑地，那氣性、那威風，錦鄉侯府都占不下她了。」

蘇漣是蘇宏佑的嫡妹，錦鄉侯唯一的嫡女，因被葉夫人從小嬌慣養，霸道猖狂得很。她與葉家人血脈相連、氣性相通，又跟葉玉柔交好，兩人沒少聯手欺侮程汶錦。她喜歡蕭梓璘也好，惡男自有惡女磨，兩惡交手想必精彩得很。

清華郡主撇嘴道：「就她那德行，別看長得不錯，也休想覬覦我們家璘哥哥。實不相瞞，別說正妃，想給璘哥哥做側妃的名門閨秀都排起長隊了。」

「好在我沒排到長隊裡。」蘇瀅聳了聳肩，探究的目光看向海琇。

海琇心裡發毛，趕緊搖頭。「沒有，不騙妳們。」

清華郡主剛要開口，就被蘇瀅推開了。「琇瀅第一次見我們這兩個沒規矩禮法的，別唐突了她。我們去吃飯，吃完飯還要去清安寺，銘親王妃還在等我的藥呢。」

「真該死，這麼大事都忘了。」清華郡主趕緊出去準備。

蘇瀅攬著海琇，低聲說：「范大人經常提起妳，說每次見到妳都會想起那個人。昨天他約妳一起祭拜故人，被妳婉拒，就託我騙妳去。他故人的墓就在清安寺後山，銘親王妃要在清安寺為兒子做法事，我就想讓妳跟我們一起出去玩。」

海琇點點頭，說：「范大人若是要今天祭拜故人，我肯定趕不上了。」

「那就改到明天，明天正好清明節，反正他也住清安寺。」

「清華郡主讓我猜是誰託她帶我出城，我第一個猜了范大人，看來沒錯。」

「確實沒錯，今晚我們留宿在清安寺，妳要給家裡報信嗎？」

海琇點點頭，叫來荷風吩咐了幾句，又跟蘇瀅閒談起來。清華郡主帶丫頭端了飯菜進來，滿滿羅列了一桌，海琇這才知道原來清華郡主最好廚藝。

吃完飯，又在茶樓休息了一會兒，她們才啟程去了清安寺。

天空下起濛濛細雨，清華郡主不怕雨絲侵襲，依舊選擇了騎馬。海琇和蘇瀅今日相見，自有說不完的話，兩人坐到一輛馬車裡，感慨地聊著天。

得知蘇瀅心怡之人竟是六皇子，海琇差點咬掉自己的舌頭。清澈如泉、清雅如茶的蘇瀅竟會看中一身銅臭、只鑽錢眼裡的六皇子？真是蘿蔔白菜，各有所愛。海琇跟蘇瀅提起她在蘭若寺門口偶遇六皇子的情景，逗得蘇瀅放聲大笑。

「琇瀅，妳是不是覺得我心比天高？我不會委身做妾，也不想讓他有侍妾側妃。清華勸我要麼蒙上心，要麼拉下臉，要麼放開手，妳以為呢？」

海琇輕嘆一聲，說：「如果是我，會問出他的真心話，知道他心裡所想，再作決定。」

蘇瀅緊緊握住海琇的手。「多謝妳。」

讓六皇子說真心話有兩條途徑，第一用銀子拍他，第二讓蕭梓璘治他。第二個途徑比第一條省錢又省力，就是太不省心了。隨後，海琇又暗暗埋怨自己怎麼又想到蕭梓璘，居然還想讓他幫忙，還當他是呆憨實誠的唐二蛋嗎？

一條馬鞭挑開車簾，清華郡主沾滿雨水的笑臉如天空一般澄靜飄渺。她渾身哆嗦了一下，鑽進車裡，又把披風扔到女侍衛身上。她裹緊絨毯取暖，顯然凍壞了，暖和之後又靠在軟墊上閉目養神，海琇和蘇瀅也樂意給她提供更多溫暖。

她們一行到達清安寺時，雨正好停了。

清安寺隸屬於皇家，香客非富即貴，不接待普通百姓。知客僧認識蘇瀅和清華郡主，施禮問安之後，讓女居士把她們帶到了客院，又去安排她們的車馬隨從。

銘親王妃住在客院正中，東西各有一座小跨院，簡單又清靜。清華郡主陪銘親王妃住正房，蘇瀅一直住東跨院，海琇就住到了西跨院。

雖時至暮春，落雨卻也稍嫌清涼，屋裡燒起炭盆，令人備感舒適。

海琇安置好行裝，換上厚實的衣服後，想到正院給銘親王妃請安。她走到正院門口，卻被清華郡主的貼身丫頭攔住了，說蘇瀅正給銘親王妃行針，不能打擾。

天又開始飄雨，雨絲如針如芒，更加細密。

「姑娘，又下雨了，咱們先回去，一會兒再來給銘親王妃請安。」

「屋裡太悶了，我想在客院裡走走，有些冷，妳去取我那件夾棉的披風。」

海琇來清安寺，只帶了荷風一個丫頭。荷風回去取披風，海琇身邊就沒人服侍了。支走荷風，海琇沿著長廊朝宅院的角門走去。她剛才打聽過了，從角門出去，沿著小路向後山走，大概走二里遠，就是程汶錦的埋骨之地。

她原想去後山看看，可雨天路滑，怕若出事會給蘇瀅和清華郡主找麻煩，只得打消了這個念頭。此時一名女子朝她走來，她看清是她前世的丫頭染畫，心不由得一滯。

「海四姑娘，您還記得鷹生嗎？我是他的妻子。」

鷹生是范長白的心腹下人，染畫卻成了他的妻子，可見染畫當時就是范成白的眼線。范成白對她用心良苦，可她卻不能向他敞開心扉。她過不了自己這道坎兒。

「范大人找我？」

染畫點點頭，示意她跟上，帶她朝角門走去。出了角門，就見范成白從停在路邊的青布馬車裡探出頭。海琇只得讓染畫去告知荷風一聲，上了馬車。

第三十八章　初次親密

「我想去祭拜故人，妳可否願意同行？」

海琇看了看天。「不是說好明天嗎？」

「明天是清明節，會有人來祭拜她，那些人是我不願意碰上的。」

「范大人誠心相邀，我恭敬不如從命，現在去祭拜確實能避人耳目。我想和清華郡主、蘇四姑娘打個招呼，讓她們知道我的去處，以免擔心。」

「這等小事我早已安排妥當，放心吧！」范成白披上斗笠，坐到了車轅上充當車夫。他剛駕起馬車，和海琇客氣了幾句，兩人就一路無話、相對沈默了。

馬車突然停下來，海琇嚇了一跳，怦然跳動的心也好像瞬間停止一樣。她的墓地到了，這裡埋葬了她的前世，而她卻在另一個軀殼裡坦然地活著。

「午後祭拜不合習俗，沒想到這不合習俗的人不只妳和我。」范成白掀起車簾，讓海琇下車。「紙錢的灰燼還未被雨水澆滅，想必那人還未走遠。」

海琇下車，撐開雨傘，四下看了看，迷離的目光融入蒼茫的暮色。

一座光禿禿的孤墳立於山坳之間，四周芳草染碧、花樹茂盛，繁華深處，獨它一片荒涼，淒清到讓人心酸、心悸。墓碑上只刻有「程氏汶錦之墓」六個大字，無名頭、無落款，由此說明她不屬於蘇家；當然，她姓程，卻也不屬於程家了。她屬於她自己，這也是她想要的自由，卻死了才得到。

范成白立於墓前，沈聲問：「妳對她就一點也不感興趣嗎？」

海琇淡淡一笑。「我聽人說過她的生平逸事。滿腹才華，聰明高雅，是名滿江東的才女。慧極必傷，情深不壽，逝者如斯，還請范大人別太傷心。」

范成白認真而專注地看著海琇，說：「她不聰明，她要有妳一半的聰明，結局不會那麼慘。妳和她很像，有時候讓我不由得迷亂恍惚。」

「我聽蘇瀅說了，只是氣質一樣而已。」

「不只是氣質，還有妳和她的眼神、思考時專注的神情，笑起來微微彎起的嘴角，都很像。」范成白停頓了一會兒，又說：「我年少時讀過一本怪異論，上面有一個故事，說一個人死了，又在另一個人的身上活了過來，他驚奇惶恐，到處跟人說奇怪的經歷，總想回到原來的身體裡，最後……」

「最後人們都以為他中了邪，就把他燒死了、淹死了，或者還有更多殘忍的死法。」海琇嘲弄一笑。「范大人是讀書人，不知道什麼是子不語怪力亂神嗎？」

范成白沈默了一會兒，看向海琇，眼底充滿無奈與哀悽。「妳為什麼不敢承認妳就是她？給我一點點安慰，這裡就只有妳我二人，不會……」

「還有我。」一低沈怪異的聲音從墳墓後面的花木叢中傳來。

范成白嚇了一跳，高聲呵問：「是誰？出來！」

「是除了你我之外的第三個人，比我們早來一步的祭拜者。」海琇朝花木叢中看了看，說：「沒想到臨陽王殿下也不遵習俗，趕在今日午後來祭拜。」

「本王只是個陪襯人，沒有約束，什麼時候來都合乎習俗。」蕭梓璘抖掉身上的雨珠，大步走到墓前，踢了踢已燒盡的香燭紙錢，嘴角噙起嘲諷的笑容。

唐二蛋曾送過她一個玉雕人像，說雕的是她，還傻乎乎地說是他媳婦。海琇一眼就看出玉雕人像是仿程汶錦雕刻的，那才是銘刻在唐二蛋腦海深處的媳婦的樣子。那時候他還記不起前塵過往，可那玉雕人像卻足以說明他對程汶錦動過情、動過心。

兩個愛慕程汶錦的男人在程汶錦的墓前相遇，還有她這個換了軀殼的真人作陪，這應該是上天安排的一場鬧劇，可她這個看熱鬧的人心中悲哀更濃。

沈默了一會兒，蕭梓璘衝海琇笑了笑，說：「天色不早，妳該回去了，銘親王妃最講究規矩，要讓她知道妳的行蹤，她肯定會逼清華把妳攆出清安寺。」

「多謝臨陽王殿下提醒，確實該回去了。」

蕭梓璘吹響口哨，片刻工夫，一匹白馬奔馳而來，停在他身旁。他衝海琇微微一笑，說：「范大人還沒祭拜呢，妳還是和本王一起回去吧！」

一匹馬馱她和蕭梓璘兩個人確實緊湊，可她實在不想跟范成白再同乘一輛車了。范成白對程汶錦一片真心，對她也不錯，兩人辦差時亦合作得很好，但他太過理所當然了，許多事錯過了就是錯過了，連彌補的機會都沒有。

白馬溫順地來到海琇身旁，前腿彎曲著地，讓她上去。她第一次騎馬，上馬讓她很犯難。蕭梓璘摘下長劍，伸到她腰間，輕輕一托，她輕鬆地就騎到了馬背上。她往前挪了挪，想跟蕭梓璘保持距離，不承想卻被他攬到了懷裡。白馬打了一個響鼻，朝清安寺方向去了，馬蹄聲清脆，步伐輕快而穩當。

不想和范成白坐一輛車，又沒有步行回去的勇氣，那讓蕭梓璘抱著就成了最現實的選擇。她雖排斥和蕭梓璘離這麼近，但她躲不開，只好認命地順從。他的呼吸隱約可聞，令她莫名的踏實，被雨水浸涼的身體暖和了，她感到溫暖且安心。

「妳就不想問些什麼？」蕭梓璘溫熱的氣息拂過她耳邊，吹起她的髮絲。

「我問什麼都行嗎？你都能給我肯定的回答？」

「當然。」

海琇沈默片刻，低笑道：「在朱州，你救了我，我娘給了一萬兩銀子，讓我送給你做謝禮。我不送行嗎？反正也拖了這麼長時間了，你當不知道行嗎？」

「不行。」蕭梓璘回答得乾脆，否定得俐落。「我只救過妳一次嗎？一次一萬兩銀子，妳至少得給我三萬兩，限妳三天之內把三萬兩銀票送到臨陽王府，否則我抄了你們家。哎喲，我說的是柱國公府，那不也是你們家嗎？」

說好的肯定回答呢？說話不算數，就應該掐得更重一點！

海琇掐著他手臂上的軟肉不放鬆。「什麼時候把唐融和烏蘭察放回來？」

「烏蘭察昨晚就放了，毫髮無傷，唐融放不回去了，他……」

「哎喲！」

顧不上問唐融為什麼放不回來，因為她被反掐了，掐的還是她柔軟纖細的腰肢。就在她想回頭反擊之際，她粉嫩的唇瓣也遭受了襲擊……

海琇匆匆回到西跨院，看到屋裡亮著燈，下人都不在，她鬆了口氣。她柔嫩的雙唇有些紅腫，任誰都看得出她的嘴受了傷，且受傷的原因一目了然。

她舔著嘴唇換掉濕透的衣服，裹著絨毯取暖，慢慢平復劇烈的心跳。聽到清華郡主的聲音，她趕緊鑽進被子裡裝睡。嘴腫了，還是捂著臉裝病才穩妥。

荷風進到屋裡，見她躺在床上睡著了，鬆了口氣，也沒打擾，就出去和其他下人說話。聽荷風說蘇瀅和清華郡主偷偷烤肉吃，她躺不住了。是去找她們吃烤肉，被人看出個什麼甘心丟臉，還是躺在床上餓肚子，保住自己的臉面？她毫不猶豫選擇了前者。現在的她真是越來越沒氣節，大概因為這具身體是海家血脈的緣故。

第二天，海琇早早起來給銘親王妃請安，發現蘇瀅和清華郡主比她還早。想起昨晚吃飽喝足時說的玩笑話，海琇粉面染紅，根本不敢與蘇瀅和清華郡主曖昧的目光相對。她們都以為始作俑者是范成白，海琇沒敢反駁，她怕自己頂不住追問交代出真凶。要讓蘇瀅和清華郡主知道是蕭梓璘幹的，僅兩個人就能帶來炸鍋的威力。

海琇恭恭敬敬給銘親王妃行禮請安，銘親王妃給她賜了座，表情淡漠。海琇乖巧地坐到腳凳上，安安靜靜聽銘親王妃與人說話，一言不發。

說到銘親王世子，屋裡安靜下來，銘親王妃突然轉向海琇。「聽說妳在朱州治河時，曾被洛川郡主推進河裡，這是為何？妳和她發生了衝突嗎？」

海琇沒想到銘親王妃會問起這件事，一時沒想好該怎麼回答。洛川郡主仗著皇家寡婦的身分才敢恣意胡為，她不就是在給五歲亡故的銘親王世子守寡嗎？這個問題不管怎麼回答都會刺痛銘親王妃的心，誰不恨往自己心裡扎刀子的人呢？

「母妃，那件事與我們無關，道聽塗說的閒話，您問得再清楚有意思嗎？」

「妳說與我們無關？怎麼與我們無關？」銘親王妃冷哼一聲。「琇瀅縣君認為洛川郡主無緣無故就把妳推進河裡與銘親王府毫無關聯嗎？」

海琇當然知道這其中的關聯，低聲說：「有關，還請王妃娘娘寬心。」

「妳勸我寬心？我的心還不夠寬嗎？我的梓融與我陰陽相隔都十幾年了，琇瀅縣君知道我們家與清平王府的關係，為什麼不說話？想糊弄我嗎？」

清華郡主衝海琇歉意一笑，示意她出去，又轉向銘親王妃，哽咽道：「母妃糊塗了嗎？哥哥辭世，我們家與清平王府就沒了相干，清平王府提出讓洛川郡主為哥哥守望門寡其實是在利用我們家，這麼簡單的事，母妃怎麼想不明白呢？」

銘親王妃掩面哭泣，海琇悄悄地往外走，不承想被她看到，又惹來了她一頓斥呵。海琇理解銘親王妃的喪子之痛，看清華郡主的面子，她只能低眉順眼地告罪。

「母妃心裡不痛快，打罵下人隨您，何必要難為我的朋友？洛川郡主不想再為哥哥守寡，絕不是受琇瀅縣君刺激，而是清平王府躲過一難後，皇家寡婦那重身分沒用了。天下人都明白的問題，母親不是不明白，而是不想明白！」

「出去，妳給我滾出去！」

清華郡主毫不服軟。「我出去您就不心煩了嗎？我不說這些事您就能當作全然不知嗎？您要真是看透了，什麼也不計較了，又何必到這寺院裡躲清靜？先提出要守寡，躲過風頭又要千方百計消除那重身分，這不是玩弄我們家又是什麼？」

銘親王妃失聲痛哭。「我這是哪輩子作了孽？生養了你們兩個沒心沒肺的東西。一個才五歲就狠心離開了我，讓我天天心疼得生不如死，嗚嗚……一個是活得不錯，卻不懂個眉高眼低，讓我操碎了心。妳也不想想，沒了妳哥哥，我都活得低人一等了，妳以後還倚仗誰？那些賤人肚子裡爬出來的靠得住嗎？」

「喲！這麼熱鬧？」蕭梓璘邁著輕快的步伐走進院子，臉上帶著笑，對，就是幸災樂禍的笑。「清華，妳是不是又氣銘親王妃了？吵了佛祖清靜也是過錯啊。」

「你來幹什麼？」銘親王妃從屋裡躥出來，對，尊貴端莊的銘親王妃確實是躥出來的，而且是惡狠狠、十分憤憤，可見她恨極了蕭梓璘。「我兒子死了，我還沒死呢，你看不上熱鬧的！你們這些心狠手辣、爛了心肝的人都看不上熱鬧！」

被銘親王妃罵得狗血淋頭，蕭梓璘依舊笑得燦爛，不急不緩說：「有喜事才有熱鬧可看，我來是想跟銘親王妃說一件天大的喜事，看來我來得不是時候。」

當年，銘親王妃帶銘親王世子蕭梓融回她的娘家，也就是遠在江東的東安王府時，都進江東地界了，他們卻遇上劫匪，蕭梓融被劫匪劫走，被害而死。而她之所以回娘家，全是因為玩耍時，蕭梓璘弄傷了蕭梓融，而陸太后卻沒有對蕭梓璘施以懲罰。

兒子沒了，銘親王妃遷怒蕭梓璘，恨了他十幾年，見面就罵。蕭梓璘和蕭梓融曾是最好的兄弟，為此，蕭梓璘也慚愧了十幾年，被罵得再難受也只能忍耐。

看到蕭梓璘被罵得尷尬難堪，海琇頓時神清氣爽，就連剛才銘親王妃呵斥她的鬱結也煙消雲散了。她有滋有味地看著，無意間卻觸到蕭梓璘的目光，她幸災樂禍的笑臉頓時也煙消雲散。

清華郡主把蕭梓璘拉到一邊。「璘哥哥，到底有什麼天大的喜事，快告訴我。」

蕭梓璘瞄了海琇一眼。「妳就要有璘嫂嫂了，這算不算天大的喜事呀？」

「是誰？」清華郡主興奮地跳起來，氣得銘親王妃也跳了腳。

「做完法事就回京吧，回去就知道了。」蕭梓璘促狹一笑，輕飄飄地走了。

清華郡主拉著蘇瀅和海琇，一臉喜色，悄聲說：「我就要有璘嫂嫂了。」

「沒心沒肺的東西，虧妳還笑得出來，妳親哥哥的忌日快到了，妳……」看到清安寺的住持進來，銘親王妃才不罵了，又喝令清華郡主去跪經。

法事開始，銘親王妃到正殿誦經祈福，清華郡主也去跪經了，下人們全都跟著去。蘇瀅和海琇也要跟著走個過場，這過場一走就是三個時辰，中間別說吃飯，連水都不讓喝。好不容易盼到法事結束，海琇才拖著僵硬痠痛的身體回房。

走到客院門口，就見唐融迎了上來。唐融步伐緩慢、表情凝重，看上去心事重重。烏蘭察搖搖晃晃地跟在唐融身後，一副百無聊賴的樣子。

昨天蕭梓璘才說唐融回不來了，可看他的表情、聽他的語氣都不像要重懲唐融的樣子。唐融有刺殺陸太后之嫌，這樣的大案，蕭梓璘不下定論，誰質疑也沒用，所以，海琇並沒有急急火火地想著要營救唐融，免得太過冒失。

此時唐融安好無恙，海琇放下了心，可他這副表情又讓海琇不免疑心起來。

看到海琇，烏蘭察很興奮，沒等她問，就把在牢獄裡的情況繪聲繪色講述了一遍，說得唾液紛飛，可說到一半，烏蘭察卻似犯了難地閉口不言。

海琇掃了唐融一眼，面露疑問。

「告訴她吧！」唐融的聲音低不可聞，嘶啞深沈得讓人難受。

「哎呀！小融融，你終於讓我說了，都快憋死我了！」烏蘭察給了唐融一個深情的擁抱，又轉向海琇，問：「我交給妳保管的鳳凰墨玉珮呢？我當時不是告訴妳玉珮是小融融的傳家之物嗎？妳只要掌握玉珮，小融融就是妳的僕從。」

「玉珮在我的行裝裡，到底出什麼事了？」海琇隱約猜到，但還是想問清楚。

烏蘭察剛要開口講述，就聽到身後傳來一聲「不准說」。看到蕭梓璘突然出現，烏蘭察當即咬牙閉嘴，唐融面無表情，海琇則怒從心頭起。

「為什麼不讓他說？關你什麼事？」

蕭梓璘來到海琇面前，柔柔一笑。「我想親口告訴妳。」

第三十九章　真實身分

聽說唐融是銘親王妃死去十五年的兒子，海琇的心驚得差點跳出胸膛。

難道唐融和她一樣是換體重生？這想法在腦海裡一萌生，立刻就被海琇徹底否認了。難怪她第一次見唐融，就覺得他像唐二蛋，堂兄弟能長得不像嗎？還有，昨天見到清華郡主，她就有很熟悉的感覺，這種感覺也源於唐融。當時她隨意地給他起名叫唐融，沒想到他竟是蕭梓融，這大概也是冥冥之中注定的。

「我告訴妳這件事，是不想讓烏蘭察跟妳說出什麼不該說的話。妳趕緊把那塊鳳凰墨玉珮交給我，那是太祖皇帝賜給東安王府的寶物，妳把寶物跟行裝隨便放在一起，被旁人得知了鐵定要定妳一個蔑視皇權的大不敬之罪；還有，這件事先不要宣傳，讓銘親王妃踏踏實實把法事做完。皇上、太后娘娘和銘親王還有一些該知道的人都知道了，我已封鎖了消息，這件事三天之內傳不到清安寺。」

別看這場法事只做三天，這不只不分晝夜，每天還至少跪上八個時辰，等法事做完，年輕力壯的人都要筋疲力盡歇上好幾天，銘親王妃還要大病一場。蕭梓璘被銘親王妃罵了十幾年，這時候使小手段報復一下，無傷大雅。

「沒有鳳凰墨玉珮做信物，你怎麼確定唐融的身分？是不是太輕率了？」

蕭梓璘輕哼一聲。「妳太輕看皇家暗衛探查及追蹤的能力和水準了。在西南省第一次見到唐融，我就起了疑，那時候便開始調查。當年屍首被找到時，身上也有一塊一模一樣的鳳凰墨玉珮，所以大家才確信蕭梓融已經死了。有心之人用心良苦，製玉工匠技藝高明，為查明這件事，本王可是煞費苦心呢。」

海琇撇了撇嘴，回到房裡找出那塊鳳凰墨玉珮，讓荷風給他送出去。海琇在屋裡沈思了一會兒，心中仍有疑問，又出去找唐融和烏蘭察。

「臨陽王殿下暫時不讓把這個消息告訴銘親王妃，你怎麼想？」海琇低聲問唐融。如果唐融想和銘親王妃相認，海琇定會把蕭梓璘的屁話送上三十三重天。

「聽他的。」唐融聲音低沈，卻沒有半點猶疑。

海琇點點頭，沒再說什麼，她能理解唐融此時的心情。她剛成為海四姑娘的時候，明知周氏就在蘭若寺，離得並不遠，卻仍猶豫了很長時間。

「銘親王妃還在正殿誦經，要不你去看看她？」

「我昨天晚上見過她了，妳明天回府吧，我想……」

「小融融想離開京城，我帶他去散散心，他以後不能再追隨妳了，妳也不用擔心。」烏蘭察滿臉興奮，說：「小融融，我帶你去塞北放馬，可好玩了。」

海琇愣了一會兒，說：「你帶他出去散心也好，最多七天，必須回來。」

目送唐融和烏蘭察離開了清安寺，海琇心裡輕鬆了幾分。蕭梓璘暫時不讓把這個消息告訴銘親王妃是尊重唐融的意思，也是他報復的私心，要不他為什麼封鎖消息？海琇思前想後，仍覺得自己不能裝作什麼都不知道，她該做點什麼！

蘇瀅聽她說完這件事，並沒有多少驚訝，只是輕輕「哦」了一聲，這讓海琇很不平衡。為什麼蘇瀅不吃驚？難道她未卜先知、早就猜到了？

「銘親王妃不止一次跟我說，要是她兒子還活著，一定讓我成為銘親王世子側妃，以此感謝我幫她調理身體。昨天她又跟我說，十五年了，她兒子不會回來了，等這場法事結束，她就收我做義女，讓我得償所願，還給我準備一份豐厚的嫁妝。妳知道的，我不想做側妃，我討厭妻妾成群……妳說他怎麼就回來了?!」

許久，海琇才「哦」了一聲，算是回覆了蘇瀅這番話。給銘親王妃做義女和給銘親王世子、未來的銘親王做側妃雖然是兩個選擇，卻也可以合併成一條路走。聰明如蘇瀅卻犯了難，因為她心有所屬，不想讓突然出現的銘親王世子插一腿。

「先告訴清華吧！什麼時候跟銘親王妃說、又該怎麼說，都由她來決定。」

跟清華郡主認識還不到三天，彼此並不熟悉，她又是唐融的半個主子，身分也很尷尬，所以，海琇就把跟清華郡主公佈這件事的任務交給了蘇瀅一人。蘇瀅怎麼說這件事她不干涉，有了消息，蘇瀅自會通知她。

等到第二天天光大亮，也沒等來蘇瀅的消息，海琇坐不住，去找蘇瀅，才知道蘇瀅陪銘親王妃去早課，清華郡主則到山下迎接銘親王和陸太后了。

她不知道蘇瀅是不是已把這件事告訴了清華郡主？也不知道清華郡主是不是跟銘親王妃說了？這超乎她想像的平靜，令海琇不由心悸，都有點坐臥不安。

蘇瀅讓丫頭來傳話，告訴海琇該吃吃、該喝喝，就算離死不遠了，也舒服一會兒是一會兒。聽到這氣死人不償命的話，海琇更難受了，真想打蘇瀅一頓出氣。

吃過早飯，海琇正發呆，聽說蘇瀅回房了，她一陣風一樣颼過去。沒等她開口質問，蘇瀅先埋怨上她，她一聽，才知道自己被某人賣了。

「妳也知道我是壓不住事的人，何況是這麼大的事。昨晚妳剛走，我加了件衣服就去找清華了。清華正跟臨陽王殿下說話，我沒進去，就去看銘親王妃。銘親王妃見到我第一句話就是明天的法事不用做了，已經通知了清安寺的住持。我問為什麼，銘親王妃說她兒子還活著，她竟給一個活人做了十五年的法事。我猜到銘親王妃知道了那件事，沒敢問，她就跟我說明了，還對妳頗有微詞。」

「為什麼呀？」海琇懵了，懵得一點頭緒都沒有。

「還能為什麼？唐融是妳的僕從，妳就沒看出他跟清華長得很像？」

「我……我初見清華時，確實覺得她像我熟悉的人，可我根本沒多想。這麼說來，妳去找銘親王妃的時候她已知道了？誰告訴她的呢？」

誰告訴她的呢？蕭梓璘不是已經封鎖消息了嗎？隨即，海琇重重拍了拍自己的腦袋，恨不得打自己兩個耳光。在心裡，她已把蕭梓璘白淨的俊臉打爛了。

「知道妳守不住消息，還有可能出賣我，還不如我親自去說。做了好人，還能化解銘親王妃對我的怨氣，又讓她欠了我一個人情，我何樂而不為呢？」

海琇從東跨院出來，垂頭喪氣地往回走，卻在西跨院門口遇到了蕭梓璘。沒等她問，蕭梓璘就用以上的話答覆了她，氣得她忍不住撲上去撕打蕭梓璘。可惜撲上去她就後悔了，可能是她撲的姿勢太像投懷送抱，被某人很高興地接到了懷裡。

「你幹什麼？放開我。」海琇覺得掐手臂不解氣，也掐腰了，揀軟肉掐。

蕭梓璘又把她從懷裡推了出來。「看妳柔柔弱弱，手勁兒可真大，這掐人的毛病可不好，必須改。有我在，銘親王妃不會怪妳的，妳還信不過我嗎？」

「我是信你，但你竟連這麼點小事都算計！」海琇認了。打又打不過，又不敢痛快罵，還時不時被他佔便宜，她真的無計可施呀！

「以後的日子天長地久，習慣就好。」蕭梓璘衝海琇飛眼一笑，遞給她一封信。「別撓頭，先看信，想想怎麼處理接下來的事。」

信是烏蘭察寫的，內容是——

「小融融不想認銘親王府的人，膩煩他們，我便帶他回烏什寨，過幾年再回來。聽小融說妳有仇人，妳別著急報仇，等我帶人回來替妳殺仇人全家。」

看到這封信，海琇第一反應是想放聲大叫。銘親王夫婦想跟兒子相認，陸太后不怕路遠雨飄，親自上山來認孫子了，可烏蘭察卻把唐融帶回烏什寨。最可氣的是蕭梓璘知道他們要去烏什寨，也不阻攔，還把信轉給了她。

那兩個一走了之，這一位隔岸觀火，聯手把爛攤子甩給了她。陸太后和銘親王夫婦跟她要人，她怎麼交代？要是被這幾位怪上，別說她，她一家人的日子都不好過了。蕭梓璘明明可以阻止他們，卻偏偏讓她為難，真是太可惡了。

「唐融和烏蘭察什麼時候出發的？」

「昨晚跟妳說完話，準備好盤纏就出發了。」

「太后娘娘和銘親王殿下就快到了，這可怎麼辦？」

「在妳答應讓烏蘭察帶唐融去散心之前，太后娘娘和銘親王殿下就已決定今天駕臨清安寺，妳現在才想怎麼辦，豈不是太後知後覺了？」

「我……」海琇把事情捋了一遍，更來氣了。「我見唐融苦悶，讓烏蘭察帶他出去散心也是為他好，我並不知道太后娘娘和銘親王殿下要駕臨清安寺。」

「貴人出行的消息當然不是閒雜人等可以隨便知道的。」

「可是……」海琇糊塗了，她想理清頭緒，可越跟蕭梓璘說話，她就越糊塗。

蕭梓璘見海琇著急難受，悠然一笑，問：「妳有仇人哪？」

「不關你的事，別煩我。」海琇快步走進屋裡，把跟上來的蕭梓璘關在門外。

「烏蘭察要替妳殺仇人全家，這純粹是匹夫之勇，妳不如請我替妳報仇，我只用一把鈍刀殺妳仇人一個，一刀砍不死就兩刀，兩刀砍不死……」

「臨陽王殿下，你在門口幹什麼？」

蘇瀅的聲音傳來，海琇心頭一喜，可想到蕭梓璘還堵在門外，又暗淡了。

「琇瀅縣君的下人躲懶，不知跑哪兒玩去，她被細雨打濕了衣服，回屋去換。本王擔心這寺裡個別的僧眾生出不良心思，就勉為其難，擔起守門之職。」

「小女子愚鈍，不知道監守自盜、賊喊捉賊源於何處，今天才明白。」蘇瀅早知蕭梓璘的殺伐之名，就像沒發現他有多大魅力一樣，也沒發現他有多可惡。

「妳這時候來，又說了這樣的話，就足以說明妳愚鈍，不用強調，妳……」

海琇打開門，向蘇瀅拋出為難又無助的苦笑，把一個被不良之徒欺負、卻無力反抗的弱女子演得非常到位。不管蘇瀅怎麼想，一切盡在不言中。

蕭梓璘忍笑，掩嘴輕咳一聲，又加了一把火。「盡快把三萬兩銀票送到本王府上，琇瀅縣君是聰明人，應該知道破財免災對妳有百利而無一害。」

「三日之內送到，今日之事煩請臨陽王殿下多多周旋。」海琇委屈行禮。

「好說好說。」蕭梓璘挑眼一笑，得意洋洋走了。

海琇一直在琢磨怎麼跟蘇瀅解釋，沒想到蘇瀅一個字都沒問，也沒有表現出半點好奇，海琇暗暗鬆了一口氣。不用費心撒謊的感覺真好。

「蘇瀅，妳找我有事嗎？」海琇小心翼翼地詢問。

「聽清華說周達是妳表哥，我有生意上的事需要他相助通融，想麻煩妳跟他說一聲。」蘇瀅仔細跟海琇講了她生意上遇到的問題，令海琇驚嘆佩服不已。

聽蘇瀅講生意經，海琇受益匪淺，想讓她多說一點。正巧雨停了，蘇瀅就邀她出去走走，沒有丫頭跟隨約束，兩人去後山走了一圈。這一路上，海琇聽蘇瀅講奇聞異事及對未來的憧憬，聽得她心旌蕩漾，大有相逢恨晚之意。

回到跨院，看到荷風和幾個下人都在等她。聽她們一說，海琇才知道她們那會兒不見人影是被蕭梓璘的人控制了，暗暗詛咒了某人一番。

「太后娘娘宣琇瀅縣君晉見。」女官來傳詔，吩咐海琇便衣晉見即可。

海琇梳妝打扮完畢，猜疑片刻，做了些準備，把烏蘭察那封信拿上，才去見陸太后。到了銘親王妃居住的正房，看到蘇瀅淡定地等在門外，她鬆了口氣。可當聽到房裡傳出說話聲和哭泣聲，而蕭梓璘的聲音格外清晰，她的心又提起來了。

女官打開門，讓她們進去。兩人盯著自己的腳尖進了屋，跪地行禮，輪流拜了一圈。陸太后給她們賜了座，清華郡主來拉她們，她們才敢抬起頭。

陸太后隨意地坐在主座上，一身家常衣服，頭髮用玉簪綰住，除此再無飾物。銘親王夫婦分坐在她左右兩邊，一個撫額唉嘆，一個輕聲飲泣。清華郡主坐在陸太后下首處，蕭梓璘則站在陸太后身後跟銘親王說話。

「琇瀅縣君是怎麼遇上融兒的？他怎麼成了妳的僕從？快跟哀家說說。」

海琇正要站起來，卻被陸太后制止，又被清華郡主拉著坐下了。銘親王妃看向海琇的目光不甚友好，海琇的話才到嘴邊，聽她突然哭了一聲，又嚇回去。

「皇祖母就是信不過我，我都說十遍了，還非聽別人說。」蕭梓璘給陸太后揉肩膀，不時衝海琇飛一眼，眼底充滿挑逗的意味。

「他們怎麼認識的，你又沒親眼看到，怎麼會知道？聽你說？哼！你就會給哀家編故事，哄哀家喝苦藥。」陸太后恨恨嗔怪，在蕭梓璘手背上擰了一把。

「皇祖母就愛聽璘哥哥編故事，尤其是鬼故事。」

銘親王妃打了清華郡主一下。「快別胡說了，讓琇瀅縣君說。」

他們一番說笑緩解了海琇的緊張，她平靜下來，從她遇到押運祭品的車講起，特意挑與唐融相關的趣事，一直講到回京城，唐融被蕭梓璘抓進大牢。

「那孩子也是個倔強的，跟你一樣。」陸太后重重打了銘親王一把。「前天我遠遠看了他一眼，璘兒就帶他去見了皇上，見完皇上出來竟偷偷地跑了。哀家聽皇上仔細一說，今天就想著要來清安寺看他，怎麼又不見人影了？連父母都不見。」

海琇捏著烏蘭察的信，剛要說唐融的去處，就被蕭梓璘以眼色制止了。

陸太后抱著清華郡主講唐融小時候的事，邊說邊哭，而銘親王默默飲泣，銘親王妃則失聲痛哭；海琇和蘇瀅及下人都陪著哽咽揉眼，唯獨蕭梓璘笑得燦爛。

「琇瀅縣君，妳知道融兒去哪裡了嗎？他為什麼不願意見我們？」

「我知道他去哪裡了，他的承諾拖了十五年，當然不願意見你們。」沒等海琇張口，蕭梓璘就接上話。「他去塞北馬場了，我跟他一提，他就想起當年他答應給皇祖母、銘王叔、銘王嬸和清華一人馴一匹馬，七天後他會帶著馬回來。」

蕭梓璘話音一落，陸太后、清華郡主和銘親王夫婦就抱成一團，哭聲響成了一片。他們哭得感人肺腑，在場的人想不落淚都做不到，除了蕭梓璘。

「信上不是說烏蘭察帶唐融回烏什寨了嗎？怎麼又去塞北了？」離去之時，看到蕭梓璘走了出來，海琇抓住機會趕緊詢問，又謝了蕭梓璘為她解圍。

「他們去哪兒由不得他們，本王說了算，明白？」蕭梓璘衝她挑釁一笑。

「臣女明白。」遇到這麼霸道、這麼詭詐的人，不明白豈不是活膩了？

第四十章　不速之客

陸太后在清安寺住下，留海琇和蘇瀅陪侍左右，這是莫大榮寵。銘親王派人給她們家裡送了消息，家裡也都回了信，讓她們好生伺候，她們也就安心了。

她們在清安寺待了三天，陸太后天天誦經禮佛，聽法師講經，看銘親王妃抄經。相比前生汶錦陪她遍遊江東名剎古寺，以遊覽為主，她虔誠了不少。

蘇瀅很會把握機會，給銘親王妃調養的同時，又接收了陸太后這個患者；海琇則給陸太后讀經，講西南省的風土人情、習俗禮儀，也贏得了陸太后的好感。

銘親王世子還活著，甚至回了京城，還成了琇瀅縣君的僕從，這個消息很快就以鋪天蓋地之勢傳遍了京城，成了人們談論的焦點，話本都編了不少出來。

旨意頒下，唐融改回原名蕭梓融，又一次封為銘親王世子，賞賜豐厚。陸太后搬到銘親王府小住，闔府上下喜氣洋洋，來銘親王府賀喜的人絡繹不絕，送賀禮的馬車亦前後相接。

蕭梓融還沒回來，銘親王府的七日盛宴就已擺了出來。

銘親王妃收蘇瀅為義女，和錦鄉侯府共擺酒席，請京城的貴婦貴女過府熱鬧了一天。蘇瀅單獨請了海琇，周氏沒收到請帖，她樂得清靜，不請正好。

席間，陸太后表示想讓海琇給蕭梓融做側妃，還說要請皇上下旨指婚。海琇嚇了一跳，面對恭賀、湊趣乃至取笑，她連一絲羞澀應付的笑容都擠不出來了。

海誠聽說此事，沒反對卻也沒表示支持，他不樂意，但皇權不容違背。周氏不願意，卻無能為力，見海琇煩悶，反過來安慰，說了蕭梓融諸多的好話。

讓海琇不解的是，陸太后雖放出了話，最後卻不了了之，直到蕭梓融回來，也沒人再提起這門親事。為什麼會這樣，海琇不得而知，卻輕鬆了很多。

「沒有我，你回不來，想好怎麼謝我了嗎？」蕭梓璘給蕭梓融倒了一杯酒。

「大恩不言謝，老寨主、琇瀅縣君，還有你。好聽的話我不想多說，都在酒中，我敬你們。」蕭梓融端起酒杯一飲而盡，又自斟自飲兩杯，面現酡紅。

蕭梓璘小飲一口。「你回來了，也恢復了身分，我想我該給你一些忠告。」

「洗耳恭聽。」

「你受了這麼多年的苦，又重回人上人，這是大喜事，但你不能被喜悅沖昏了頭腦，不該覬覦的富貴就不要覬覦，不該肖想的人更不能肖想，別給自己惹麻煩。」

蕭梓融看了蕭梓璘半晌，笑出了聲。「第一條忠告我不明白，第二條我懂。」

「那你怎麼想的？皇祖母吐口了，銘王嬸嬸也樂意，如今外面議論紛紛。」

「呵呵。」蕭梓融以笑作答，就沒了下文，看向遠方的目光別有意味。

蕭梓璘盯著蕭梓融的眼睛看了半天，也琢磨了半天，終於讀懂了蕭梓融眼底流露出的意思。蕭梓璘鬆了口氣，又覺得堵心不已，一杯悶酒飲下，兩人竟又交手了。

他們在亭子中喝酒，烏蘭察在亭子上面喝酒。看到他們倆打到一起，蕭梓融可不是蕭梓璘的對手，烏蘭察為蕭梓融叫屈鳴不平，卻不敢明說，只在心裡嘀咕——

我和小融融一樣，眼光都沒那麼差，你怎麼就不放心呢？

蕭梓融回來之後，銘親王府更加熱鬧，喜氣渲染了整個京城。王府裡宴請著貴客，門口擺起了流水席，還在京城設了三十處粥棚，捨米捨錢。

這盛大的熱鬧持續了七、八天才慢慢消停，但民眾熱議不減。

海誠述職已結束，政績考核也不錯，吏部考官對他評價很高。海老太太告狀忤逆不孝之事已被確定為無事生非，可惜在官聲上對他仍造成了一些影響。他卸任西南省巡守道元一職，很快就謀到順天府同知的空缺，雖比原來降了半級，他卻並不在意，主動申請掌管防洪抗旱、航道及水利設施修建的工作事項，得到了上峰的認可。

范成白升任西南省按察使，很快就啟程上任去了。臨行前，范成白來找過海誠，除了邀請回西南省與他同展宏圖，還表明了對海琇的愛慕之意，並留下了一根白玉簪。如果海誠夫婦同意，海琇也願意，這根玉簪就是他送海琇的及笄禮。

周氏去柱國公府要她的嫁妝，沒要回來。不是柱國公府不給，而是海朝和海老太太都不同意分家，還讓他們搬回府去住，二房原來的院子也打掃乾淨了。

都對簿公堂了，若又住到一起，低頭不見抬頭見，這不是找彆扭嗎？只是長輩不同意分家，若晚輩非要分家，那肯定會招人非議。況且如今還讓他們一家回國公府住，他們一家就是再委屈、再難受，也必須回去，哪怕是住上幾天做做樣子也好。

「臨陽王殿下也不讓分家，沒說原因，但我覺得這裡面有事。不分也好，我們回去住，住得不痛快了再搬出來，就怨不得我們一家了。」

周氏同意回去住，又留好了退路，海誠和海琇都鬆了口氣。臨近海琇的及笄禮，在國公府行及笄禮總比在自己的宅子或周家名正言順。

海誠回柱國公府住了，把秦姨娘母女也接了回去，但周氏和海琇沒回去。她們母女隨海誠赴任，一去就是十來年，好不容易回來了，想在娘家多住些日子。她們的理由很充分，海老太太也不願意讓她們回府，她們也就在外面住下了。

「娘，您怎麼唉聲嘆氣的？是不是府裡又出么蛾子了？」

「他們求著我們不分家，還敢出么蛾子？也不知道他們打的什麼主意？」周氏拉海琇坐下，又說：「西南總督也卸任了，原計畫三月底全家會回京城，我本想請總督夫人做妳及笄禮的正賓，去年就跟她說好了。沒想到總督的老母親禁不起車馬勞頓，剛出西南省就過世了，他們一家要扶靈回鄉，還要守孝。我們回京城時間不長，認識的人也不多，平日也沒多走動，臨時找誰做正賓哪？」

「大舅母、二舅母都兒女雙全，家宅又和氣，不都很適合嗎？」

周氏搖搖頭，低聲說：「妳父親不同意，商人婦怎麼能給妳這官家小姐做正賓呢？不是我看不起娘家人，女孩行及笄禮就要找一位能抬高身分的正賓。」

「哪那麼多講究？我覺得她們的日子比王公府邸的貴婦過得還要滋潤。」

「老太婆讓人捎來回信，說想讓她嫂子給妳做正賓，還讓我們一家拿出誠意去請。雖說外面對葉家風評不佳，可她嫂子畢竟是大長公主，身分在那兒擺著呢。」

「不行，就是及笄禮上沒有正賓，我也不同意。」

海老太太的嫂子是當今僅存的大長公主，卻沒有封號。先皇剛登基，這位大長公主就夥同其兄謀亂，被圈禁了幾十年，葉淑妃得勢才被放出來，可也一直沒恢復封號及公主的待遇。她雖說是金枝玉葉的出身，卻是個尷尬的存在。

不說她的身分，單說這位大長公主是葉玉柔的祖母、蘇宏佑的外祖母，程汶錦被謀害也少不了她在背後推波助瀾。讓她做正賓，海琇都擔心自己會在及笄禮上刺死她。

「那我們就再想想，還有一個月呢，不著急。」周氏又安慰了海琇一番。

海琇陪周氏說了一會兒話，回到房裡，她思量片刻，寫了一封信，與銀票封到一起就出去了。這條道是否行得通她心裡沒底，試試才知道。

信送出去的第三天，清華郡主就登門作客了。

「我母妃聽說你們家正為妳行及笄禮請不到合適的正賓發愁，我母妃就不高興了，說你們一家就是太本分。妳救了我哥哥，是銘親王府的恩人，跟我們家本該親近才是，你們放著她不請，還為這事犯難，難不成京城裡還有比她更適合的人嗎？」

銘親王妃抛出橄欖枝，他們一家要是不順竿爬，豈不是傻透了？次日，周氏就封了厚禮，帶海琇去銘親王府拜訪，當天就定下了及笄禮的正賓。

「妳給蕭梓融送了消息，還是走了清華郡主的門路？」周氏喜孜孜地詢問。

「蕭梓融去烏什寨了，什麼消息能這麼快送到？何況我要是想走清華郡主的門路就不會為正賓的事為難了。我也不知道銘親王妃是怎麼知道的，難不成她在我們家有眼線？」海琇後一句話說得沒有底氣。她是不得已而為之，不得不騙周氏。

銘親王妃要為海琇做及笄禮正賓的事傳開了，為他們家招來一片又一片的議論。有人又重提陸太后想讓她給蕭梓融做側妃的事，那門親事原本似乎沒了下文，可如今銘親王妃要是為她簪了笄，她是不是就要成為銘親王府的世子妃了？

海琇一家不想跟銘親王府走得近，就是不想讓人們再提起這件事。如今，這件事再次被人們熱議，無論是他們家還是銘親王府，唯有沈默應對才是最好的反應。

周氏的宅子修葺裝飾完畢，海誠正式到順天府上任，海琇及笄禮的正賓也定下來了，諸事順利，他們想慶祝一番，就在醉仙樓擺了酒。

海誠的同僚同窗、周氏的親戚朋友，還有蘇瀅和清華郡主都來祝賀。其中祝賀最實誠的當數柱國公府，一家男女老少齊出動，都來捧場了。空手來，滿載歸，又吃得酒足飯飽，吃得順口的格外打包，自然就賺大了。

暮春悄然離去，四月芳菲而至。

新宅子四進四出，面積不小，亭臺樓閣，小橋流水，建造得極其精緻。園子裡栽種了許多奇花異草，此時正開得如錦似霞、一片燦爛。

周氏正在涼亭整理禮單，看到海琇過來，招呼說：「琇兒，妳過來，幫娘看看送臨陽王府的禮。妳爹交代要格外慎重，禮貴精不貴多，妳來替他把把關。」

聽說是送臨陽王府的禮，海琇噘嘴輕哼。「為什麼要給臨陽王府送禮？」

「臨陽王殿下要從鑲親王府搬出來，搬到自己的王府裡，既要恭賀他喬遷之喜，當然要送禮了。妳爹格外囑咐給他封一份謝禮，兩份禮封到一起，每一件禮物都要慎重挑選。居家過日子，尤其是做一房主母，送禮的事一定要自己過目。」

海琇點頭說：「知道了，謝謝娘教導，我謹記在心。娘，我們家剛搬到新宅子，我想請幾個朋友來坐坐，熱鬧一番。」

「好，我們也辦個花會什麼的，多請人來玩添喜慶。別忘了把銘親王妃也請來，她最喜歡和小姑娘們一起說笑，讓她們母女一道來也方便。」

她們正說到清華郡主，就有下人來報，說清華郡主來找她了。海琇趕緊出去迎接，看到洛芯和洛川郡主同清華郡主一起來找她，海琇就昏頭了。聽到洛芯隨父母來了京城，她很高興，可洛川郡主就像吃糖吃出了蟲子，令她嫌惡不已。

「妳們都認識，就無須我浪費唾沫星子介紹了。」清華郡主語氣生硬，臉色也不好看。

「洛川郡主非要來你們家，是會友還是添堵，都與我無關。」

海琇淡淡一笑，說：「登門是客，請吧！」

「我主要是來找貴府的二姑娘，她不住這邊也不要緊，我隨便走走。」一面對清華郡主的氣惱、海琇的淡漠，洛川郡主並不覺得尷尬，反而笑得開心。從大門一路往後花園走，邊走邊品評這座宅子的佈局裝修，興致盎然。

洛芯神情尷尬，幾次想跟海琇解釋，都被海琇以眼神安撫了。洛芯和洛川郡主是堂姊妹，性子卻截然不同，身分也相差甚大，洛川郡主想做什麼，不是洛芯能左右的。海琇跟洛芯合得來，不想因為洛川郡主產生不必要的隔閡。

清華郡主反客為主，走在最前面，洛川郡主緊隨其後，倒把海琇這個真正的主人落下了。海琇正想和洛芯說話，就吩咐丫頭帶她們去後花園。

「妳同洛川郡主一起來京城的？」

洛芯搖搖頭，說：「我們一家從我父親任上出發的，出了西南省才碰上她和清平王世子，正好同行。我父親在西南省任期已滿，回京述職，等待考核。我們一家就住在清平王府在京城的別苑，和柱國公府在一條街上，離得很近。」

海珂就住在柱國公府，洛川郡主能不知道嗎？還故意來這裡找。

海琇握住洛芯的手，眸光一轉。「妳是聰明人，凡事小心為上。」

洛芯偷瞄洛川郡主一眼，微微點頭，說：「我知道，妳放心。」

「妳們怎麼和清華郡主一起來了？」

「洛川姊姊帶我去銘親王府找清華郡主，碰巧清華郡主要來找妳，我們就一起來了。估計清華郡主也是沒辦法，才把我們帶到這兒，卻沒想到妳我相熟。」

海琇暗嘆洛川郡主好大的臉，當著洛芯的面，她不好意思再說什麼。兩人又說起蘇灩，聽說蘇灩家裡的情況，洛芯愛莫能助，唉嘆不已。

「銘親王世子的事妳們聽說了嗎？」

洛芯點點頭，笑道：「我們是在路上聽說的，沒想到那個呆小子竟是銘親王世子。洛川姊姊說銘親王世子罵過她，還罵得很難聽，說他就是個野人，都恨死他了。我跟妳說，她現在迷戀臨陽王殿下，銘親王世子都入不了她的眼了。」

海琇長舒一口氣，雙手合十。「阿彌陀佛，好人有好報，惡人自有惡人磨。」

第四十一章 仇人相見

「妳們倆還有完沒完？總是躲到後面說悄悄話，成心想冷落我是不是？」清華郡主停住腳步，冷著臉注視海琇，只怕自己一時控制不住就會發一頓脾氣。

海琇知道清華郡主不是針對她，可清華郡主這副模樣，也令她有點難堪。該難堪的人是洛川郡主，可此時，洛川郡主卻像沒事人一樣，擺出一副看熱鬧的神態，若不是想表現得矜持貞靜，她真想鼓動她們鬧一場，甚至大打出手。

「好好好，我們來跟妳說話。」海琇拉著洛芯繞過洛川郡主，來到清華郡主身邊，陪笑問：「小女子看清華郡主氣色不錯，可是有什麼喜事？」

清華郡主臉一紅。「妳少胡說八道，再廢話我堵上妳的嘴！」

「不敢勞煩郡主動手。」海琇衝洛芯眨了眨眼，雙手摀住了嘴。

文嬤嬤迎著她們走過來，給客人行過禮，又在海琇耳邊低語了幾句。海琇依舊摀著嘴，很為難地瞄了清華郡主一眼，又給文嬤嬤使了眼色。

「出什麼事了？妳看我的眼神不對呀！」清華郡主拿開海琇摀在嘴上的手。

海琇重嘆一聲，無奈道：「妳的哥哥，銘親王府的世子，讓人給我們家送來了幾車東西，說這是他在去烏什寨的路上買下的，給我當及笄禮，禮輕情意重，讓我不要太感動，也不要謝他，等他回來，付他三千兩買禮物的銀子就好。」

清華郡主笑出聲。「聽語氣就不是我哥哥說的，肯定是烏蘭察。」

洛川郡主聽他們提到銘親王世子，輕哼一聲，嘴角挑起嘲弄。為了家族的利益，她成了皇家寡婦，雖說時間不長，污名卻要跟她一輩子。好不容易消除了那重身分，可以另嫁了，銘親王世子卻回來了，這不是老天作弄她是什麼？

她想在皇族擇婿，將來能成為家族的助力，清平王也支持她。可因為清平王府情況特殊，她不可能成為皇子妃，這樣一來，她就只能嫁王府世子，而親王府自是首選。當然，若能直接嫁給像蕭梓璘這樣有實權的親王就更好了。

想起蕭梓璘對她的陰狠警告還有嫌惡冷漠，她就恨海琇恨得牙癢。她確定蕭梓璘對海琇有心，否則，他不會在無法預想生死時捨命相救。她恨海琇，但她想與海琇結盟，反正一正妃四側妃是親王例，蕭梓璘不可能只娶一個妃子。

蕭梓璘喜歡海琇不要緊，要是她能成為蕭梓璘的正妃，讓海琇做個側妃也不錯，這樣既能顯現她大度，還能幫她固寵，又能幫她擋擋別的側妃、侍妾放來的明槍暗箭。她母妃就是這麼做的，也教她這樣做，好把男人拴在身邊。

「琇瀅，妳行及笄禮的有司和贊者選好了嗎？」

「有人選了，還沒定下來。」

「我來做贊者怎麼樣？」洛川郡主親熱地握住海琇的手，卻被她甩開了。

「我母親做正賓，妳做簪者，讓人怎麼說？琇瀅同意，我都不同意。」

洛川郡主勉強一笑，說：「芯妹妹也不錯，我和她誰做都是一樣的。」

清華郡主衝洛川郡主輕哼一聲，說：「難得妳通情達理一次，可喜可賀。」

聽到清華郡主的諷刺之言，眾人都沈默了，慢騰騰往後花園走。因為有洛川郡主在，她們無論是遊玩談笑還是垂頭私語，都很不自在。一粒老鼠屎壞了一鍋粥，老鼠屎則正享受滾燙的快感，毫不在意。

這日，周氏正教海琇記帳、查帳，就見海誠匆匆進來，讓周氏準備一份禮物。得知海誠是為賀憫王府庶子百日之喜，周氏皺眉尋思，不知該按什麼標準準備？

海琇想了想，問：「我們上次宴客，憫王府可有人登門赴宴？」

海誠搖頭嘆氣。「是我疏忽，我們那一次宴客沒給憫王府下請帖，他們怎麼登門？憫王開府封王，我們一家在西南省，沒禮物奉上，也就斷了來往。」

「憫王府庶子百日之喜也沒給我們家下請帖，父親為什麼要去？」

周氏指了指海琇的額頭。「妳這丫頭比我還較真認理，憫王的身分在那兒擺著呢，我們不主動貼上去，還讓人家來貼我們不成？銘親王妃說我們一家都太本分了，是誇我們，也是在提點我們，做人確實要靈活一些。貴妃娘娘不把妳父親當兄弟，憫王殿下不把妳父親當舅舅，我們不當自己是外人就行。」

「妳娘說得對。」海誠看向周氏的目光滿含讚許。「琇兒還記得我們治河時遇到的衛大人嗎？我今天才知道原來他是臨陽王府的長史官，就是他跟我說憫王府庶子今天百日，還說府裡的人都去了，讓我有時間也向憫王殿下討杯喜酒喝。」

周氏點點頭，說：「禮物準備好了，這是禮單，時候不早，老爺去吧！」

母女二人送走海誠，回到房裡，周氏感嘆了一番，又教了海琇許多為人處世的心得和竅門，海琇聽得認真。不是真心對她好的人，不會教她最有用的東西。

「衛大人提醒妳父親肯定也是臨陽王殿下的意思，我們給臨陽王殿下的禮沒白送。遇事有人提點提醒，就能少走彎路，比讓妳賺多少銀子都有用。」

海琇輕哼一聲。「那提醒和提點都是花銀子買來的。」

「這筆銀子必須花，總比摸不著門道撞得頭破血流再花強得多。以後花錢的地方多著呢，臨陽王已喬遷新府，接下來就是成親了，到時我們還不知要送多少銀子呢？」

「至少十萬兩，越多越好。」海琇不滿地看向周氏。

「我倒是想著至少送十萬兩呢，可也得送得進去才行呀！十萬兩就不是普通往來送禮了，唯嫁妝能值。我想送，送再多也不心疼，人家收不收才是問題。」

海琇一手摀著臉，一手摀著嘴，她實在不想跟周氏討論這個問題。想起蕭梓璘，她就恨得手心癢癢，好多天沒見過他了，真想狠狠擰他一把。銘親王妃主動做她及笄禮的正賓是蕭梓璘運作的，不打他的情，因為他收了她的銀子，是交易。

「琇兒，范大人臨行前留下的書信和玉簪妳也看到了，怎麼答覆他，妳想好了嗎？他剛二十四歲就是正三品按察使，可以說前途無量；妳父親多大年紀才能熬到正三品，又能不能熬到正三品？誰知道。以前娘跟妳說的那些都是玩笑，那時候妳還小，現在妳馬上就及笄了，必須要面對婚嫁問題，妳怎麼想的？跟娘說說。」

「娘，拒絕吧！」海琇回答得果斷而乾脆。

「為什麼要拒絕？妳父親猜到妳不願意，一直想讓我問妳因由。」

「我覺得臨陽王殿下比他好。」沒有比心有所屬更充分、更有力、更直接的理由了，可是不是真的心有所屬，她自己也說不清，先拿來用用再說。

「真的？」周氏吸了一口氣，抓住海琇的雙手。「妳真是這麼想的？」

「我確實是這麼想的，但臨陽王殿下有沒有意，我就不得而知了。」海琇話音剛落，就有下人來回話，說臨陽王府送來厚禮，請周氏去接收安置。

周氏喜孜孜地拉起海琇，讓她一起出去看臨陽王府送來的禮物。海琇心裡很彆扭，敢情這臨陽王府送禮的人是踩著鼓點來的，專等她說那些話呢。

蕭梓璘讓人送來了幾袋子怪模怪樣的石頭，跟以前唐二蛋送她的石頭差不多。看到這些石頭，周氏就一副若有所思的模樣，令海琇心中生疑。周氏仔細看了這些石頭，還標明了記號，才讓人以記號分類搬到她的私庫裡。

「娘，這些石頭有什麼特殊嗎？」

周氏高深一笑，說：「他山之石，可以攻玉，臨陽王殿下真是用心良苦。」

「我不明白。」

「妳不明白無妨，妳要是明白了，娘的關子就賣不下去了。」

海琇撇了撇嘴，沒說什麼。她現在不想花銀子，就讓周氏先賣關子吧！

她們吃過晚飯，正在閒話家常，海誠回來了。見海誠一身疲憊，卻難掩興致勃勃的喜色，就知道今天的宴席他不只吃喝盡興，還被賓客高看了。臨陽王府的長史官提醒他去赴宴，其意義非同一般，誰還敢冷落他？

海誠接過海琇遞來的茶水，喝了一口，說：「憫王府回了不少禮，明日妳清點一下。憫王殿下喜得貴子，滿月時咱們沒在京裡，我尋思著是不是要補一份禮？」

「想必也沒什麼值錢的東西，受貴妃娘娘調教，憫王殿下對我們二房不可能大氣。今天他對你熱情，你別認為他想向你示好，他是給臨陽王殿下面子。我覺得我們沒必要補禮，當時咱們沒在京裡，他也怪不上來。說起來只是一個側妃生了個兒子，咱們這麼殷勤，反而輕賤了自己，也給臨陽王府抹了黑。」

「妳說得對，是我考慮不周，這禮還真是不能補。」

「老太婆也去憫王府吃喜酒了？」

「她沒去，女眷就白姨娘和老四媳婦去了。」

周氏冷哼說：「以後可別管小白氏叫白姨娘了，沒聽到國公爺說嗎？人家現在是平妻了，你要叫她叫白如夫人，四老爺也是嫡子了，國公府就低了你一個。」

海琇不服，冷笑說：「孰高孰低可不是他們用那層身分來定的。我父親才學高、品性高、官階高，將來成就更高，讓他們一輩子可望而不可及。」

海誠拍了拍海琇的肩膀，很欣慰地說：「借我女兒的吉言。」

只是又看到范成白送來的白玉簪錦盒在案几上放著，海誠不由微微皺眉。

海琇知道海誠有話要問，周氏也有重要的話跟他說，她就藉口疲累，回房休息了。

周氏把海琇的話轉述了一遍，海誠一聽就犯難了。相比范成白，蕭梓璘出身尊貴，也是有大作為的人，女兒崇拜她、傾慕他都很正常，可人家到底怎麼想，又是否有意，這才是最關鍵的。京城仰慕他的閨秀太多，能不能讓臨陽王另眼相看還未可知。

海琇的及笄禮就在他們的新宅舉行，這是海琇強烈要求的。她與柱國公府先前就有很深的怨懟，又沒請海老太太的長嫂做正賓，柱國公府的人不出么蛾子才怪。行及笄禮是大事，海琇可不想送上門去讓他們添堵，否則不是自找不痛快嗎？

離及笄禮還有幾天，周氏又把一應物事再檢查了一遍，確認無誤，才放了心。至於請帖早就發出去了，及笄禮的正賓及貴客還需登門去請，周氏正著手安排這些事。

海誠和周氏帶海琇攜厚禮去請銘親王妃，碰巧蕭梓融和烏蘭察剛回來，王府裡熱鬧了一番。為款待他們一家還有幾位臨時登門的客人，銘親王府還開了宴席。

宴客結束，銘親王妃和清華郡主就帶著女客到正堂喝茶休息。

「把我送給琇瀅縣君的禮物呈上來，我雖是正賓，也是長輩，不能落空。」

一個穿戴體面的嬤嬤帶著八個丫頭魚貫而入，每人手裡都端著一個重重的托盤。她們把托盤羅列在桌子上，揭去上面的紅布，才整齊劃一地退出去。

這些都是銘親王妃送給海琇的及笄禮，頭面首飾、錦緞面料，樣樣華貴，琳琅滿目。在這精緻華美、各式各樣的首飾中，只缺了一樣，那就是簪子。

銘親王妃看海琇越來越順眼了，當然她心情大好只是原因之一。她曾問蕭梓融有沒有看上海琇，蕭梓融以疑問的眼神向她傳遞了「我的眼光有那麼差嗎」這樣一個意思。她對自己兒子的好眼光深表同感的同時，也發現了海琇討喜的一面。

讓女人真正嫉妒到骨子裡的只有兩種人。一種是她丈夫看上的女人，另一種是她兒子看上的女人，除了這兩種女人，其他的都可以收至麾下、誠心相待。

周氏跟銘親王妃把禮日那天的儀式捋了一遍，又商量了細節問題。銘親王妃讓人做了記錄，大概熟悉了過程，海琇一家才帶上她賜的禮物回去了。

他們剛回到家裡，陸太后的賞賜就到了。除了首飾面料、羅帕香囊之類小女兒家喜歡的物品，還有一根碧玉蘭花簪尤其精緻貴重。周氏打賞了傳懿旨、送賞賜的人，海誠又寫了謝恩的摺子，讓人送到了宮裡。

天快黑的時候，海貴妃的賞賜才到，她賞賜的東西不多，卻件件金貴，其中一根的紅寶石簪子，更是名貴非凡。

「貴妃娘娘挑選禮物足見用心，我們該封一份禮送到宮裡才好。」

「確實應該，我今晚就準備好，琇兒代我寫好謝恩的摺子，明天一併送進宮去。我們二房跟貴妃娘娘沒有結怨，沒必要給老虔婆當擋箭牌。」

「話是這麼說，妳明天還要帶琇兒去府裡，儘量跟他們客氣些。有規矩的人家在還沒分家前，並不允許兒媳和姑娘住到外面，更不可能讓姑娘在外面行及笄禮。」

周氏輕哼一聲，沒再說什麼，拿出陸太后和海貴妃賞賜的簪子讓海琇看。「太后娘娘賞賜了簪子，貴妃娘娘也賞了簪子，娘再給妳打磨一根，也就齊了。」

海琇一愣，忙問：「娘給我準備的簪子還要現打磨嗎？」

「娘親手打磨也是一片心意，妳放心，絕不會誤了妳的大事。」

「女兒重謝娘的心意。」

「跟妳親娘就別這麼客氣了。明天去國公府，把太后娘娘和銘親王妃賞賜的那些精緻的小東西，還有我們從西南省帶回的特產，挑一些給妳的姊妹們。大姑娘十八歲了，七位姑娘也十三歲了，年紀都不小，這待嫁可是件熱鬧事。」

海琇明白周氏的話外之音，趕緊應聲，吩咐丫頭去準備。

姊妹們年紀都不小了，誰不想在宮宴上露露臉？謀不來指婚高嫁，也能為自己的婚事增加籌碼。尤其是大姑娘海琪，心有所屬，一片芳心都已春花爛漫了，能不費盡心思抓緊機會嗎？

聽說周氏母女來了，大太太蘇氏和四太太蕭氏就迎了出來。相比蘇氏虛情假意的熱情，蕭氏就淡漠了許多，禮數上卻很周全。

「去老太太房裡吧！今天有客人，可熱鬧呢，妳該帶四姑娘去見見。」

周氏暗哼一聲。「大太太此言差矣！就是沒客人，我們也該去給老太太請安。」

蘇氏訕訕一笑，引著她們去了海老太太的椿安堂。剛到大門口，正巧碰上兩位貴婦打扮的女子正親熱地手挽著手往外走，一邊說著私密話。這兩名貴婦一個是程汶錦的繼母小孟氏，一個是程汶錦的婆婆蘇夫人。

看清這兩個人，海琇的心頓時被滔天恨意淹沒，殺氣自心頭而起。她一遍一遍告誡自己要冷靜，反正魂不滅、帳不爛，報仇茲事體大，需要從長計議。

蘇氏和小孟氏及蘇夫人打了招呼，轉向周氏，問：「二太太不認識她們嗎？」

周氏知道蘇氏有意揭她的短，略帶生硬地說：「我剛從西南省這窮鄉僻壤回來，眼拙心實，京城的貴夫人們認識不多，勞煩大太太介紹。」

蘇夫人撇嘴冷笑道：「貴府的二太太真是剛從西南省回來，這語氣夠衝的。」

蘇氏是蘇乘的嫡親妹妹，蘇夫人是她的嫂子。這姑嫂二人一樣的德行，總覺得出身高人一等，總想占上風，對身分比她們低的人百般輕蔑。別人還懂得什麼是偽善和掩飾，知道要留有餘地，她們卻不怕顯露自己的本性，可能真是因為出身優越，順風順水的日子過得習慣了。

「我來給妳介紹。」蘇氏見蘇夫人給她出了氣，語氣中難掩得意，拉著蘇夫人說：「這是我娘家嫂子，一品侯夫人，錦鄉侯府的當家主母。我嫂子是忠順伯和大長公主的長女，皇家血脈，身分可是一等一的尊貴。」

周氏淡淡一笑，拉著海琇行禮道：「見過蘇夫人。」

蘇夫人剛想再刺周氏幾句，看到小孟氏朝她使眼色，才冷笑著撇了撇嘴。

蘇氏拉著小孟氏介紹道：「這是江東孟家的表妹、姑母的長女，書香世家出身。她嫁到了江東第一大族程家，程姑爺和已故的程德妃是嫡親的堂姊弟。程姑爺調到京城為官了，現任內閣侍講學士，孟家表妹也隨夫到了京城。」

「孟家表妹。」周氏行了半禮，海琇則行了全禮。

「見過二表嫂。」小孟氏給周氏行了禮，禮數倒是周全，只是態度淡漠。

周氏笑了笑，說：「蘇夫人和孟家表妹請便吧！」

很顯然，周氏對小孟氏的印象更好，最起碼她不像蘇夫人那麼無禮跋扈。殊不知小孟氏是賢慧外表、虎狼之心，最易傷人於不防不備。蘇氏和蘇夫人之流那點能耐都在表面上，而小孟氏則深藏陰鷙於內心，偽裝示人，更是可怕。

初次見面，小孟氏不會對周氏太熱情，畢竟不熟悉，她不想讓人說她虛偽逢迎。不用多久，她就會跟周氏熟稔起來，因為海誠的前途比海家幾兄弟更為光明。

小孟氏點頭一笑，衝周氏福了福，說：「一會兒叨擾二表嫂說話。」

蘇夫人見不得小孟氏對周氏客氣，挑嘴輕哼，挑剔的目光落到海琇身上，冷笑道：「這就是琇瀅縣君吧？有封號的女孩怎麼這麼縮頭縮腦的？真真一副上不得高檯面的模樣。京城的人說她圖畫得好，是才女，這模樣真是打眼打臉了。」

周氏看不慣蘇夫人的德行，聽她諷刺海琇，正要動怒，被海琇拉住了。

海琇暗咬牙關，表面帶笑，衝蘇夫人福了福，輕笑道：「小女子在西南偏僻之地待了九年，就算是為朝廷做了些小事得了一個封號，也見識淺顯。夫人貴為公主之女，雖說沒有封號，祖籍又遠在西北，可這皇家檯面就大氣多了。」

蘇夫人不傻，她聽得出海琇說這幾句不硬不軟的話對她卻是個莫大的諷刺，葉家祖籍遠在西北省，真正的貧寒之地，而且他們祖上還是奴身，連大長公主本人都被褫奪了封號，她生的女兒沒封號就太正常了。

「真是商戶養出來的東西，沒教養！」蘇夫人氣急了，張口就罵人。

海琇撇嘴一笑。「商戶出身怎麼了？遵法守規，又沒被囚禁過，有什麼可恥嗎？蘇夫人出身高貴、教養深厚，不妨去京城最熱鬧的大街上抖落一番。」

周氏冷笑道：「說實話，我與夫人多年未謀面，並不熟悉，今日一見，我還真不敢和夫人比教養了。到別人家作客，跟主人衝突，這是葉家和蘇家的教養嗎？」

「妳算哪門子的主人？」蘇氏見蘇夫人吃了虧，急了，趕緊幫她娘家嫂子。

「我是柱國公府二房的當家主母，不算是國公府的女主人之一嗎？大太太說我不是主人，那好，我去找國公爺說道說道，大太太都這麼說了，我還怕什麼？」

周氏立刻要去前院找海朝，卻被四太太攔住了。

蘇氏想起海諍的囑咐，不敢再跟周氏耍橫，海朝和海老太太不把二房分出去自有目的，她不能壞了他們的好事。

蕭氏看夠了熱鬧，說：「二太太趕緊帶四姑娘進去吧！大長公主來府上作客，正跟老太太說話呢。一家子人吵鬧都是小事，二太太也別放在心上。」

周氏輕哼一聲，說：「四太太先進去吧，等大太太告完狀我再進去，一氣把要打的架都打了，就省得防備了。至於誰玩陰的暗的，儘管放馬過來，我不在乎。」

「我不進去了，我到後花園看看姑娘們。」

「四太太走好。」周氏看出四太太是有心機之人，不想再跟她廢話周旋。

第四十二章　得力幫凶

大長公主是海老太太的親嫂，又身分尊貴，她登門作客，海家上下自是殷勤熱情。她們在院子後面的敞廈裡閒話，敞廈內外都擠滿了人。

海老太太和大長公主坐在主座上正在說笑，蘇氏則坐在大長公主身旁滿臉堆笑，看樣子，她還沒來得及給周氏穿「小鞋」。海琪給海老太太捏腿，海琳和海璃在一旁陪著說話。程文釵坐在大長公主腳下，把點心切成小塊分給眾人吃。

周氏關切詢問：「琇兒，妳的臉色怎麼這麼難看？」

海琇長嘆一口氣，說：「我沒事，只是看到這些人很噁心。」

「暫時忍耐。」周氏和海琇進到敞廈，給海老太太和大長公主行了禮。她閒話不敘，直奔主題，邀請海老太太參加海琇的及笄禮，並讓人把禮物呈上了。

海老太太對周氏母女厭惡到了極點，但為了柱國公府的利益，仍擠出一張笑臉，問：「四姑娘及笄禮上的正賓定下來了嗎？」

「定下來了，請的銘親王妃，昨天我和二老爺帶琇兒正式邀請過了。太后娘娘和貴妃娘娘都賜下了賀禮，銘親王妃也有賀禮和賞賜。」

各色目光落到海琇身上，尤其是海琳和海璃，都妒恨得臉白眼紅了。海琪面帶微笑，好像沒聽到周氏的話一樣，衝海琇笑得很是和氣。

蘇氏重哼一聲，傷感地看了看女兒海琪，暗恨陸太后和銘親王妃有眼無珠。程文釵懷疑的目光掃過海琇，大長公主則深深看了周氏母女一眼。

「請的銘親王妃呀?!」海老太太眼底隱含嫉妒，臉色也不好看。「也好，很體面，我還說要是沒定下來，就請錦鄉侯夫人做正賓也是不錯的。」

及笄禮的正賓要請有才德、有身分的女性長輩，蘇夫人算什麼東西？哼！真是武大郎逗夜貓子，什麼人玩什麼鳥，這群人都是一路貨色。

「我嫂子可不配給人家做正賓，二太太剛進門就跟我嫂子吵了一架，這……」

「妳是什麼東西？敢跟侯夫人吵架？」海老太太發作了。

蘇夫人是她的親姪女，來柱國公府作客，跟周氏吵架，她還能辨青紅皂白？

「我和老太太都彼此瞭解，誰算什麼東西，大家心裡都清楚。」周氏不甘示弱，冷笑道：「為什麼吵架？從頭到尾，大太太都看得很清楚，妳們問她吧！」

「妳……」海老太太大怒，拿起茶盞朝周氏砸去。

周氏躲過飛來的茶盞，冷哼說：「琇兒，我們走，把禮物都給我帶回去。四姑娘的及笄在我宅子裡辦，上趕著請來的人不是客，有些人我們也不歡迎。」

大長公主聽說周氏和蘇夫人爭吵，覺得周氏欺負她女兒，很是生氣；現在又見周氏一點也不給海老太太這個嫡母臉面，就更加氣憤了。只是作為一個沒有封號的大長公主，在別人家擺不起威儀，她也只得忍耐，為了她最終的目的忍耐。

周氏拉著海琇、丫頭們捧著禮物離開，氣得海老太太罵罵咧咧地跳腳。

「祖母，您消消氣。」海琪趕緊給海老太太順氣，又皺眉對蘇氏道：「娘是不是忘記父親和祖父交代的事了？一點也不忍耐，讓祖母跟著動氣。」

蘇氏訕訕道：「我是看不慣她們母女那無禮下作的樣子。」

海老太太想到海朝和海諍的計劃，沒再說什麼，心裡後悔著又得罪了周氏。

大長公主陰鷙的臉上露出笑容，對海老太太說：「大姑娘是個懂事的，也敢說敢道，知道利弊，將來比妳和她娘都有造化，你們都等著享福吧！」

蘇氏和海老太太聽大長公主誇讚海琪，都很高興，剛才的不愉快也散了。

海琪表現得溫婉大方，她向大長公主道了謝，笑著對海璃說：「五妹妹，妳同我一起去把二太太和四妹妹攔回來，一家子人，何必鬧得那麼僵呢？」

海璃不想去，她恨透了海琇和周氏，可海琪硬把她拉出去了。程文釵也想出去散散心，就跟她們一起去了後花園。

海琇正在算計怎麼報仇的事，聽說程文釵去了後花園，她趕緊去了。她們在後花園門口碰面，有海琪周旋，倒也和氣。

「四妹妹，妳也知道二嬸是直脾氣，我母親和祖母都是直性之人，一家子人千萬別計較。」海琪握著海琇的手，姿態和氣而親切。

若不是海琇活了兩世，知道人心險惡，她可能也會被海琪的誠懇和真摯感化。海琪心機深沈、口蜜腹劍，不可小覷，她喜歡跟這樣的人鬥智鬥勇。

海琇溫柔一笑。「幾個直性子的人碰到一起，吵就吵了，不會有人計較。」

「沒事就好，我想替我母親和祖母向二嬸賠禮道歉。」

「大姊姊太客氣了，我娘不會計較。」海琇看著後花園的假山，一臉急切。

「四妹妹有什麼急事嗎？」

「我沒急事，我想去登假山。」

「別看是假山，也有二十丈高，妳上去幹什麼？」

海琇乾笑幾聲，不想說，看海琪一臉急切，才附到她耳邊，低聲說：「我昨日聽銘親王妃說要及笄、要出嫁的女孩或是要科考、要升官的男子，若在山頂上說出希望就能實現。她還說懷孕女子在山頂上跟肚裡孩子說話，生下的孩子能登高望遠。銘親王世子十五年生死不知，要不是她爬到高山上乞求，還能回來？」

海琪本來不信，但聽她以銘親王妃為例，就半信半疑了。她都十八了，婚姻大事高不成、低不就，正發愁呢；海琳和海璃正是懷春年紀，也都信了。程文釵嫁到葉家兩年才懷孕，丈夫今年又要參加秋闈，她心願太多，一聽也就深信不疑。

海琇見她們都信了，暗暗咬牙，拉著海琪說：「大姊姊，妳們先別上去，等我下來之後，妳們再上，要不心願讓凡人聽到就不靈了。」

「好，妳先上去吧！妳們天天守著，隨時都可以上去。」

海琪、海琳和海璃去湖邊水榭玩耍，程文釵沒去，她看海琇爬山。海琇爬到假山頂上，衝山下的人擺了擺手，又仰頭看天，嘴裡唸唸有詞。

許願完畢，她對丫頭喊道：「荷風，我從那邊下去，妳們繞過去等我。」

程文釵仰望山上涼亭，又摸了摸自己的肚子，猶豫片刻，決定上去。下人想要阻攔，卻被她斥責了一頓，怕她有危險，只得堅持扶她上山。

海琇下了假山，跟丫頭們去了水榭，同海琪等人說笑，不時瞄假山一眼。看到程文釵站在山頂涼亭裡，把下人都打發了，她嘴角噙起冷笑。

沒一會兒，她便找了個藉口離開水榭，此時此地是報仇的絕佳機會，她要小試牛刀，讓程文釵有一輩子的苦頭吃。

程文釵正在涼亭裡對天許願，感覺身後有人，一回頭竟看到一雙大手，她大吃一驚，剛要喊，身體就離開了涼亭，向山下滾去，最終落到了湖溏裡！

悄悄又上了山的海琇更加吃驚，她躲在石頭後面正找出手的機會，程文釵就被人推下去了。她見狀剛想下山，後頸就挨了一手刀，她沒看清是誰出手，就昏倒了。

程文釵從二十丈高的假山上滾了下去，又掉到了湖溏裡，她本能地激烈掙扎了一會兒，就向水中沈去，很快沒了身影。淹沒她的湖水泛起了紅暈，顏色慢慢加深，血腥的氣味瀰漫四周。

「二奶奶落水了！快、快救人！快去告訴大長公主、告訴孟夫人，快……」

程文釵很快就被撈了上來，面如青白，她身上、頭髮上浸透了血水，人已奄奄一息。下人把她抬到水榭裡，血流了一路，她的孩子肯定保不住了。蘇夫人和大長公主還有海家的女眷全都趕了來，連前院的男子也驚動了。

聽下人說了程文釵爬到假山上的原因，海老太太當即大怒，對周氏和海琇破口大罵，她沒看到海琇，就讓人把海琇的丫頭全都綁起來。

大長公主望著假山，咬牙切齒，褶皺堆積的乾癟臉上佈滿陰鷙的寒氣。她生於深宮，見慣了明爭暗鬥，剛一聽說就懷疑必是海琇下的手，因此她立刻命人把海琇帶過來。

海老太太等人見大長公主動怒，不敢再說什麼，眼底充滿幸災樂禍。

周氏帶人匆匆趕來，邊走邊詢問情況，剛到後花園，就被海老太太下令綁了。

海朝雖也想推出周氏母女來平息大長公主及葉家人的怒火，可又覺得現在不是時候。

周氏也不是吃素的，她根本不把海老太太等人放在眼裡，也不畏大長公主這過氣的金枝玉葉。柱國公府的下人要綁她，她的下人維護反擊，雙方對峙爭吵。

「綁我？你們憑什麼？別說人還有口氣，就是死了，與我有什麼相干？我女兒呢？你們這群黑心肝的把她怎麼樣了？她才多大？她會把一個素不相識的人推下假山？要說這裡面沒陰謀，鬼才相信，你們今天不給我一個說法，沒完！」

大長公主痛恨周氏不把她放在眼裡，可聽周氏如此辯白，又似乎有些道理，正當此時，有下人急忙來報：「二太太，四姑娘昏死在山坳裡了。」

「是誰害我女兒的？後天就是她的及笄禮，妳們這幫黑心肝的竟衝她下毒手?!」周氏不理會海太太等人，直接質問海朝，非讓他給個說法。

周氏、蘇氏和蘇夫人一起帶人去了山坳，把海琇抬了回來。她後脖頸上有一道高腫的紅痕，一看便是被人打的，下手還很重，周氏立刻大聲地哭罵起來。「這是哪個天殺的下的毒手？快去到衙門回老爺，國公府出了這麼大的事必須報官！」

聽說周氏要報官，眾人都沒了主意，海朝跺腳走了，說是去找人商量。

程文釵流產了，又落到水裡，浸了水寒，以後再想懷孕就難了。她身上的傷勢很重，全身上共有三處骨折，擦傷、磕傷、碰傷到處都是，尤其臉上最多，沒有一年兩載，程文釵養不好，就算養好了，她以後恐怕也是半個廢人。

柱國公府必須給葉家、程家一個說法，再實在的親戚遇到這麼大的事也不能含糊。這件事沒法壓下去，海老太太同海朝等人商量之後決定報官，若能查出是程家或葉家的仇人對程文釵下的毒手，只是恰巧選在柱國公府犯案，海家便沒什麼責任了。

聽說海琇醒了，海老太太又一次破口大罵，海朝則立刻讓把人帶到正廳詢問。

「我從假山上下來，就坐在水榭裡同姊妹們說笑，突然我想起太后娘娘賜給我的八寶扇落到了山頂上，我沒使喚丫頭，就自己上山去找了。我看到程家表姊正在涼亭許願，不敢打擾，剛要下山，後頸挨了一掌，就什麼都不知道了。」海琇實話實說，又有傷為證，誰也沒理由質疑她說謊。

海誠回府看海琇時就帶來了衙役，衙役剛要把目擊之人帶到府衙詢問，忠順伯府就來人了。葉家攔著不讓報官，也不追究程文釵受傷之事，至於因由，來傳話的人也不知道，外人也不得而知。民不報、官不究，這件事也就沒有下文。

周氏一口咬定海琇是被程文釵連累才被人打昏，在柱國公府鬧了一場。回到家裡，卻發現海琇後頸受傷的痕跡都沒有了，幾人都吃驚不已。

臨陽王府前院有一座薄園，是蕭梓璘用來讀書、處理公務及會客、休息之處，裡頭還有一座秋千式的躺椅，是他最喜歡待的地方。

「稟殿下，灰雀回來了。」

蕭梓璘嗯了一聲，坐起來，束起黑髮，整好外衣，才讓灰雀進來。在女性屬下面前，他向來正裝威嚴，不苟言笑，不讓她們對他生出不該有的心思。

灰雀揭掉臉上的人皮面具，露出一張清秀的臉，之後才向蕭梓璘行禮回話。她是蕭梓璘的得力助手，另一重身分則是柱國公府的粗使丫頭。灰雀稟報了程文釵到柱國公府作客、受傷落水，以及海琇被人打暈等事，坦言這些都是自己所為。

「她膽敢給主子下瀉藥，只丟了半條命，真是太便宜她了。」

賽詩會上，范成白和程文釵聯手設計要讓蕭梓璘出局，程文釵親自在他茶裡下了瀉藥，幸虧蕭梓璘警覺，才不至於著他們的道。灰雀想沾主子的光蹭杯好茶，結果拉了半個月，要不是暗衛營嚴令不能隨便傷人性命，程文釵還能活到今天？

「素不相識、無冤無仇的兩個人，她為什麼要下毒手？」蕭梓璘似是自言自問，又像是在問灰雀，可當想起范成白在程汶錦墓前說的話，他目光愴然深遠。

「屬下這就去查。」灰雀乘機趕緊跑了。

蕭梓璘坐到書桌前，拿起筆沈思半晌，寫下「葉、程、海」三個字，並將程文釵的名字寫在中間。葉家肯定會私下查探程文釵被害之事，機會正好，他或許能乘機漁利。

「傳令下去，加派人手盯緊這三家，再加上蘇家，事無鉅細，全部上報。」

「是，殿下。」金大出去傳話。

「銀二……你說，她為什麼要對程文釵做這種事？」

「依屬下之見，海四姑娘應是替人報仇雪恨，屬下會盡快查出這背後原因。」

蕭梓璘點點頭，揮退下人，又坐到秋千躺椅上，慢悠悠搖動思緒。過了一會兒，他回到書桌前，遲疑半晌，給周氏寫了封信，讓人送了出去。

第四十三章　玉簪之主

海琇及笄前一天，送禮的、賀喜的，來來往往的人，很是熱鬧。海琇一直賴在床上，她傷得並不重，但必須裝裝樣子，否則會引人懷疑。秦姨娘和海珂都搬過來住了，有她們幫忙接待打理，海琇和周氏的時間就充裕了許多。

清華郡主聽說海琇在柱國公府受傷，趕緊過來探望，陪海琇說起閒話。「蘇瀅不能來參加妳的及笄禮了，她很過意不去，託我過來跟妳說一聲。」

海琇知道蘇夫人恨上了她，忙說：「是不是她嫡母難為她了？」

「難為倒不敢，她只是拘著蘇瀅，不讓出門。」清華郡主指責了蘇夫人一番，又說：「妳也不必著急，過幾天宮裡要辦端午花宴，妳到時候就能見到她了。原定蘇瀅做有司，她突然來不了，妳趕緊定別人，有備用人選嗎？」

「有，讓我二姊姊頂替她。」海琇馬上讓人去告訴海珂，做好準備。

周氏端著簪子進來，讓海琇和清華郡主看，說：「貴妃娘娘是妳姑母，她賞的簪用於一加；太后娘娘賞賜的簪子用於二加，也借借太后娘娘的福壽；我給妳準備的簪子用於三加，我是妳親娘，我送的簪子最後用也不違禮制。」

海貴妃和陸太后賞的簪子雖說精緻名貴，清華郡主卻屢見不鮮，一眼未看，倒是拿起周氏為海琇準備的簪子翻來覆去看了幾遍，又一邊看向周氏。

周氏給海琇準備的簪子顏色是鮮豔濃重的榴花紅。顏色如此鮮亮的玉石本就少見，簪子上還有星星點點的乳白色斑點，天然生成，就更難得了。這根紅玉乳花簪沒任何裝飾，只在尾部雕有一朵並蒂蓮，與簪子渾然一體。

「周夫人，這是您親手為琇瀅雕磨的簪子嗎？」

周氏臉色變了變，笑道：「是呀！費了我好多時間，妳看，手都起繭子了。」

「辛苦娘了。」海琇摟著周氏的脖子撒嬌。

「這支簪子並不精緻，卻透著一種讓人一見傾心的風華，顏色這麼純正的玉簪就該用於最後一加。回頭拿給我母妃看看，讓她慚愧，省得總說我不如人家女兒。」

「我也是臨時親手雕磨簪的，時間太短，有些粗糙呢。」周氏見清華郡主喜歡這樣的簪子，又道：「等過些日子，我也給郡主雕磨一根，儘量精美。」

清華郡主摟著周氏的胳膊道謝，海琇跟著出主意，很快就定下了顏色和花型。

海琇的及笄禮隆重而熱鬧，高朋滿座，賓客如雲。

憫王夫婦要來，海諍怕海老太太丟臉，沒讓她到。蘇氏嫌海琇沒請海琪做有司，又氣恨周氏，就賭氣沒來。除了她們，其他只要是周氏打過招呼的都來捧場了，海朝更是擺出一副不計前嫌的樣子，搖身一變成為招待賓客的主人。

為及笄禮準備了多日，又忙碌了一天，終於圓滿加成，周氏和海琇就想閉門休息幾日。

她們不知道那根紅玉乳花簪成了貴婦及貴女談論的焦點，熱度遠超海琇這個主人，連銀樓寶號也爭相仿造，就這短短幾日，已鋪滿店鋪，售價不菲。

接到陸太后請她們母女及海珂到宮中赴宴的口諭，周氏趕緊準備。海珂聽說要到宮中赴宴，又激動又緊張，天天跟在周氏身邊伺候，海琇倒輕鬆了。

海琇遣退丫頭，一個人靜靜躺在花樹叢中的秋千上閉目沈思。倏地感覺到秋千一沈，她的心也跟著沈下，趕緊睜開眼，便看到一張俊臉與她近在咫尺。她輕哼一聲，拉開兩人之間的距離，卻沒離開秋千，只一言不發。

「就沒什麼想問的？」蕭梓璘輕輕盪起秋千。

「有啊！」海琇舔了舔粉嫩的雙唇，笑容在嘴角眉梢蕩漾開來。「我還欠你多少銀子？你看怎麼還你適合？提前說好，我可不想一次都還了你。」

不知從什麼時候起，海琇對他已不再厭煩，也沒有憎恨，就是想起他和洛川郡主私會那一幕，她厭恨最多的也是洛川郡主。好些日子不見他了，她有那麼點惦記，還有想念，她認為自己是想掐他，可見到又不想掐了。

「救了妳三次，折合三萬兩銀子，妳一文未還，妳說還欠多少？妳不想一次還了也好，每還一次就見我一次，想我了就給銀子，對咱們倆都好。」

「你胡說，我上次還過三千兩了。」

蕭梓璘沒開口反駁，只挑起笑眼靜靜地看她，一副「我就是胡說，妳生氣只管來咬我」

的模樣。海琇比他想像的要貪財得多，難得有這樣的契機，可以多說廢話。

海琇輕哼一聲，拉開與他之間的距離，靠在秋千的繩子上。蕭梓璘收起那副痞氣挑釁的模樣，靠在秋千另一端，輕輕搖晃，那輕慢的節奏都晃到人心裡了。

「不說話就趕緊走，別在這裡打擾我。」

蕭梓璘輕笑幾聲。「不說話都能打擾妳，那咱們說話好了，怎麼也都是打擾了。」

「我不想說話。」

「那我說妳聽。」蕭梓璘眼底閃過幾絲玩味。「妳還記得我送妳那塊最醜的石頭嗎？那是我在羅夫河最深、最險的河道底下淘來的。那種石頭醜陋是因為外面包了一層土石，把那厚厚的一層土石剝掉後便是玉石，玉石裡面包的就是乳花玉。乳花玉很珍貴，幾十年前曾炒到萬金難求，其中以紅色最為稀奇。」

海琇摸了摸自己頭上那根紅玉乳花簪，看向蕭梓璘的目光充滿疑問。她只知道乳花玉顏色鮮豔純正，玉裡乳花晶瑩透亮，卻不知道玉石如此難尋。

「你到底想跟我說什麼？」

「我想跟妳說，我送妳的那幾塊醜石每一塊都價值萬金。」

海琇騰地一下站起來，看到秋千傾斜了一邊，她又坐下了。「我聽我娘說，並不是每塊玉石裡都有寶玉，有的玉不好，有的沒有。你張口就說你送我的醜石每一塊都價值萬金，我看你是胡說。你這麼貪財的人會隨隨便便送我那麼值錢的玉石，誰信哪？噢！我忘記了，那時候的唐二蛋不貪財，他純樸實誠。」

蕭梓璘撫額一嘆，又笑出了聲。「唐二蛋純樸實誠，妳還把他送妳的東西隨便丟棄？要不是本王撿回來，妳哪還能拿到這支世間獨一無二的紅玉乳花簪。」

海琇摸向頭上的簪子，蕭梓璘手一晃，簪子就落到了他手裡。海琇沒去搶回簪子，只是沈下臉看他，清秀的臉龐流露出些許嗔怪，平添幾分嬌憨。

「想要？」

「那是我的，我娘送我的及笄禮物。」

蕭梓璘衝海琇晃了晃簪子。「坐近些，我幫妳簪上。」

「我才不要。」

「不要，那好，我拿去送給別人，保證有人欣喜若狂。」

「你……還給我，否則我……」我掐你！可惜兩人離得有點遠，她掐不到。

「妳知道戴這支簪子的代價嗎？」蕭梓璘笑意盎然，目光卻變得幽深。

海琇從蕭梓璘的話裡聽出不同尋常的意味，忙問：「什麼代價？」

「女兒家及笄用的每一根簪子都很講究，尤其是第三次加笄。訂了親的人用的都是夫家送的簪子；若沒訂親，第三加若用了男子贈予的簪子，也代表有意許配。」

海琇似乎想到了什麼，但她不敢確定，也不敢相信。「你到底想說什麼？」

「看來妳真的不知道，周夫人的嘴可真嚴。」蕭梓璘轉動手裡的簪子。「前些日子，我給你們家送來一些醜石，周夫人知道醜石裡有美玉，就想挑一塊紅色乳花玉給妳磨簪子。她把那些醜石全砸開了，結果一個紅的也沒有，她很失望。我擅長挑玉，卻不精於開玉，聽說之後，就用這根簪子換了她一堆玉石。她說這支紅玉乳花簪是她親手磨製，其實是騙妳的，這根簪子出自於我手，並蒂蓮也是我雕的，妳第三加時戴了我的簪子，這代表什麼，還用我再說得更明白嗎？」

「如果我娘送我的簪子是工匠磨的，我是不是也要嫁給工匠呀？你用一根簪子換了我娘一堆玉石，你跟工匠還有什麼區別？你要是無便宜可占，你會來交換嗎？」海琇趁他分神思考，想來搶簪子，沒想到秋千一傾，她便撞到了他懷裡。

蕭梓璘順手抱住她，離開秋千，以親密的姿勢滾到地上。「我願意把親手磨製的玉簪送給妳，沒收回的意思，妳不用急著投懷送抱。哎喲，妳手真狠。」

腰間最軟的肉被重重掐了一下，蕭梓璘當然要反撲報復。她柔軟的腰肢被抱住是必須的，粉嫩的唇被咬腫也是應該的，下一目標是哪兒呢？

「真小，一把就能握住，還有點硬。」

「你、你放開——」

「黃昏疏雨濕秋千，綠楊樓外出秋千，亂紅飛過秋千去，欲上秋千……」被秋千得罪慘了的女詩人，敞開清越的嗓子大聲朗讀與秋千有關的詩。

被吻得意亂情迷、身體漸漸酥軟、已沒有力氣再反抗的海琇，聽到讀詩聲如夢初醒，拚上全身的力氣把蕭梓璘撞開，慌慌張張爬起來，羞得眼睛都紅了。那張臉更是一片赤色，已蔓延到脖子，血紅還再向下延伸。

蕭梓璘把簪子插到她髮間，替她整了整衣服，彈掉她身上的草葉灰塵，又不緊不慢地整理好自己的衣服，才繞出花樹叢，輕咳了一聲。

蘇瀅趕緊行禮。「參見臨陽王殿下，琇瀅又在換衣服嗎？」

「怎麼？蘇四姑娘都是在花園換衣服的？」

「沒有的事，嘿嘿，臨陽王殿下請便。」蘇瀅隔著花叢衝海琇做了鬼臉。

海琇怔怔地坐在秋千上，對蘇瀅的到來沒有任何反應。

蘇瀅來到秋千旁，看著海琇的樣子，微微搖頭，沒說什麼，只拿過她髮間的簪子給她重新盤起頭髮。

若不是蘇瀅扶著她，她都邁不開腿，也認不得回房的路了。她暗恨她的丫頭，這麼半天連一個人影都不見，卻也暗暗慶幸，幸虧她們沒出現。

「別找妳的丫頭了，她們都被小小的迷陣制住了，若不是我看到銀二，把他給制伏，我也進不去。」蘇瀅吐了吐舌頭，又道：「妳是不是嫌我來得不是時候？我也不想壞人好事，我好不容易能出府一趟，就想把及笄禮給妳補上。」

回到臥房，海琇才噘著嘴說了一句。「妳是來得確實不是時候，妳來得太晚了。」

蘇瀅看海琇衣衫完好齊整，曖昧一笑。「沒事吧？衣服還穿在身上呢！」

「妳胡說什麼？」海琇雙手掩面，趴在床上，連蘇瀅送她的禮物都沒看一眼。

「我給妳開張藥方。」蘇瀅寫了一張方子，吹乾墨跡，遞到海琇跟前。

「我又沒生病，妳給我開什麼藥方？」

「避孕藥，吃一副可以保一個月。」

「妳……」

「妳不必不好意思，先當我是大夫，再當我是朋友。臨陽王殿下是眾多閨秀傾慕的男子，妳快人一步不是壞事，但要保護好自己。」蘇瀅坐到床邊，又說：「喜歡他，享受男歡女愛不是很正常嗎？要是哪個人肯對我這樣，我就……」

「姑娘在房裡了嗎？府裡來了客人，太太讓您去見客。」門外的丫頭出聲打斷了話。

「知道了，妳先回去，我馬上就去。」

海琇爬起來，靠在蘇瀅肩頭，沈默了好一會兒，才嘆了口氣。蘇瀅早知道她跟蕭梓璘的事了，起初，她怕得要命，慢慢平靜下來，倒有點不在乎了。

「在清安寺，妳的嘴被親腫，想讓我和清華往范成白身上猜，但那時我就懷疑是他了。都說臨陽王殿下不好女色，他肯親近妳，妳就要抓住他的心，吸引他更近一步。」

「別說那些了。」海琇從多寶格上拿下一個錦盒，遞給蘇瀅。「及笄禮上我收了好多禮物，還得了不少賞賜，這是送給妳的，改天我們好好說話。」

蘇瀅見海琇下了逐客令，拍了拍她的頭，沒再說什麼，拿起錦盒就走了。

海琇叫小丫頭伺候她梳妝打扮一番，又在唇上抹了濃濃的膏脂，才去前面見客。

洛芯姊妹和她們的母親胡氏來作客，周氏高興，讓海琇陪同她們閒聊到晌午，吃過午飯，才放她們走了。之後，海琇又和海珂試穿進宮的衣服，秦姨娘奉承湊趣，直到天黑回來，海琇都沒時間跟周氏獨處，原想問問簪子的事，也只好改日再問了。

第四十四章 宮中赴宴

沈默了兩天，海琇忍不住了，讓丫頭把周氏請後花園涼亭喝茶賞花。

「有話就說，有事就問，別學妳父親那一套。」周氏知道海琇有事問她。

海琇噘了噘嘴。

「娘，最近是不是有人逼迫您或者跟您有條件交易呀？」

「要是有，妳打算怎麼辦？想不想為娘出口惡氣？」周氏含笑反問。「我聽妳父親講過一個笑話，說妳是恨一個人，就生一個女兒，教壞了嫁給他兒子，保證禍害他們家三代。就像老太婆，氣死了老太夫人，把妳那個軟王八祖父也薰陶得不入流了。她教出來的兒子、孫子都是一副豬狗德行，也不知道葉家和海家有什麼仇？」

海琇握住周氏的手，鄭重其事地說：「父親講的笑話可以汲取，老太太就是很好的例子。娘，您把我教得賢良淑德，我慚愧不能替您出氣，您再生個女兒吧！」

周氏一把推開海琇。「去去去，別給根竹竿就想上天，有話直說。」

「好，我直說。娘，那只紅玉乳花簪到底是誰磨製的？您別告訴我是工匠。」

「妳都知道了還問什麼廢話？妳是想替娘出氣，還是想拿娘出氣？直說。」

海琇點點頭，又握住周氏的手，問：「娘和父親是不是想賣女求榮？」

「寶貝女兒，想不想賣女求榮不在我們，而是要看能不能賣得出去？」周氏溫柔地拿開海琇的手，嘆氣道：「我們一家到京城快兩個月了，妳的及笄禮也過去了幾天，別說提親，連來打聽的人都沒有。五姑娘還沒及笄，先不提；妳看看二姑娘，倒是還有三兩個來問的，只是都不適合。咱們是比不上人家沒及笄就定親的，可就妳們這樣，怎麼讓父母賣女求榮？幸而倒是有人來買了。」

本來海琇是想興師問罪，現在被反問得啞口無言，只顧低頭找地縫了。

周氏小勝一局，很舒心。

「臨陽王殿下找了一座乳花玉礦，在最險、最深的河道下面，淘出的玉石都不錯；他會挑玉，卻不會開玉，就用一根磨好的簪子換走了我開的八塊玉石。他不讓告訴妳，也不讓外傳，這是我和他的約定。他不想讓妳知道簪子是他磨的，甘願充當製簪的工匠，估計是怕妳起別樣的心思。」

蕭梓璘不讓周氏跟她說，卻跑來親口告訴她，還占了一通便宜，真是太可惡了。本想不厭煩他，想想他做的事，海琇又恨上了他，恨得想咬他！

「好吧！娘，我以後再也不提這件事了。」

「我的寶貝女兒真是懂事，再去給娘泡壺茶，娘為妳的親事著急上火呢。」

海琇也著急上火，心思不能與人言，只能自己琢磨。回京快兩個月，她對蘇家、葉家的情況瞭解不多，一些敏感的事也不方便問蘇瀅，到現在，她只知道蘇宏佑還在為妻守制，未滿三年之期；葉玉柔生了個兒子，計畫等蘇宏佑出了孝就扶正。折了程文釵，讓她恨到骨子裡的小孟氏受了重創，但這遠遠不夠。

她不讓自己再去想那些閒事，她該想想怎麼收拾這些仇人，讓他們生不如死。

離進宮赴宴還有三天，聽說蘇瀅生病不能去，海琇猜到是蘇夫人在搗鬼。蘇夫人要帶蘇漣去，怕庶女的風頭蓋過嫡女，就算計蘇瀅。她需要蘇瀅相助，不想讓蘇夫人的詭計得逞，只得乖乖奉上一千兩銀子去求蕭梓璘了。那傢伙收了銀子辦事特麻利，她的信和銀票送出去剛兩個時辰，陸太后就派人接蘇瀅進宮了。

「妳的信，蘇瀅讓交給妳的。」清華郡主特意跑來給她送信。

送走清華郡主，海琇回到臥房，打開信一看就吃了一驚。這封信不是蘇瀅寫的，也不是蘇灩寫的，字跡她從未見過。這封信沒有抬頭、沒有落款，只有一個日期，就是今天，內容倒是密密麻麻寫了滿滿幾頁。

信上寫了錦鄉侯府的現狀，以蘇宏佑和葉玉柔為主，對她上輩子留下的孩子也著墨不少，她想知道的與蘇家有關的一切，都在這封信上看到了。看完信，海琇心驚肉跳，連後背都冒出了冷汗，對想探查她秘密的人驚懼不已。

若寫信的人不知道她的前世就是程汶錦，信的內容想必也不會如此中她的下懷。她沈思半晌，決定不動聲色，以靜制動，將那封信化成灰燼。

周氏正在看帳本，把一些簡單的帳目交給海琇整理，海琇卻被那封信攪得心不在焉。丫頭來報海誠回來了，海琇趕緊迎出去，又給他捧來一杯柚子茶。

「長華縣主一行昨天就到了京城，住進了輔郡王府在京城的一座別苑，並沒去柱國公府。今天上午，國公爺帶大老爺去接她回府，卻吃了閉門羹。」海誠對長華縣主的到來很是關注。

千呼萬喚的長華縣主終於到了京城，柱國公府的好戲也該上演了。長華縣主到京城，要以海朗遺孀的身分和海朝分家，這可是一場值得期待的鬧劇。

周氏抬起頭，輕哼一聲。「老爺最好躲那個是非窩遠點，別把自己捲進去。長華縣主就是不跟府裡重新分家，我們也得不到什麼，只希望他們分得徹底。」

「我們一回京，就與老太太幾人對簿公堂，府裡原打算一文銀子不給就把我們趕出來。妳們母女都是聰明人，妳們說說他們為什麼要改變主意？」

周氏撇了撇嘴，說：「那還用問，一家同心對付長華縣主唄。大老太爺死後國公府沒分家，長華縣主又守了這麼多年，真一板一眼分家，整座國公府給人家都不夠。那老虔婆背後肯定有高人指點，才暫時留下我們二房，多一個人多一份力量。」

海琇覺得這件事沒這麼簡單，忙說：「父親快說吧！別讓我們猜了。」

海誠輕嘆一聲，說：「長華縣主若跟國公府提出重新分家，於情於理，國公爺和老太太不敢說不分，畢竟長華縣主的身分在這兒擺著呢。若真分半數以上的家財給長華縣主，國公爺和老太太都心疼，這時候就有人給他們出了主意——分家可以，但長華縣主必須從國公府過繼一子，免得海家的家財落到別人手裡。大老爺一直以嫡長自居，不能過繼，只能過繼我和老三、老四了。」

「原來如此。」周氏恨恨咬牙，冷笑道：「他們若是一文銀子不給便把我們二房趕出去，長華縣主就有可能過繼我們。他們求著我們回府，這是要把我們控制在手裡，阻止我們過繼，真不知是誰給他們出的這主意？」

海誠無奈嘆氣，說：「是誰的主意不重要，重要的是我們竟一點風聲都沒聽到，今天若不是老三和老四起了衝突說漏了，我還被蒙在鼓裡呢。」

「他們都想過繼到長華縣主名下？」

「老太太想讓老三過繼，說老三是嫡次子，過繼給長華縣主彰顯身分；白氏和貴妃娘娘想讓老四過繼，論身分，老四也是嫡子。他們僵持不下，國公爺沒了主意，怕爭端太過讓人笑話，就說等宮宴過後再說這件事，別因為府裡的事影響了姑娘們的前途。國公爺沒明說，那意思就是哪房的姑娘長臉，哪房機會就大。」

「讓他們折騰吧！老爺別為這些閒事分心，也別去想那過繼的事，國公府就是一文銀子、半份產業不給，把咱們趕出來，咱們家也缺不了吃花銀子和宅子。明日去宮中赴宴，我還不希望琇兒出風頭呢，嫁入皇族宗室就那麼體面？至於二姑娘和五姑娘，我盡了心就好，實在不想多管她們，老爺就多操些心吧！」

京城和西南省不一樣，在京城，若妾室庶女都靠正妻的產業生活，會讓人笑掉大牙的。他們家若真從國公府出來就面臨這種狀況，海誠不得不憂心。

「娘，為什麼我們二房不能想過繼的事？」

周氏冷笑道：「人家老三和老四都算嫡子，既有後臺撐腰，外祖家也都有爵位、勢力，妳父親有什麼？儘管有秦姨娘母女，秦家跟我們也沒什麼來往。」秦姨娘是海誠的表妹，秦姨娘的父親是海誠的親舅舅，當年秦家犯了事，秦姨娘才給海誠做小的，後來秦家起復，跟海家關係也不好。

海琇想起蕭梓璘在順天府內堂跟她說的話，心裡不由一顫。

當時，蕭梓璘讓她勸慰周氏，不讓周氏提和柱國公府分家的事，而長華縣主要來京城，同柱國公府重新分財產的事也是蕭梓璘告訴他們的。

蕭梓璘是什麼意思？家事都想插一把，到底他打著什麼主意？海琇想到一種可能，臉不由飛紅，她想跟海誠和周氏說，又不確定，只好決定暫時不說。若真如她所想，蕭梓璘可謂是為他們家謀劃長遠、用心良苦，她無以為報呀！

海誠嘆了口氣，說：「明天長華縣主也進宮赴宴，我們就是無過繼之心，妳也要帶珂兒、琇兒和璃兒去給她請安，畢竟她也是我的大伯母。」

「二姑娘跟我們一起，五姑娘和老太太及府裡的姑娘們一起去，還輪不到我帶。太后娘娘身邊那麼多人，我們有沒有露臉的機會還不知道呢。」

「怎麼沒露臉的機會？妳們是太后請的人，她怎麼也要見見。陪在太后娘娘身邊的除了李太貴妃，就是長華縣主和逍遙老王妃了，記得要向這些人行禮參拜。」

「父親怎麼知道得這麼清楚？」

海誠面露得意。「今天回城時碰到了衛長史，他閒聊時跟我說的。」

做為蕭梓璘的第一心腹，衛長史閒懵了嗎？沒事跟一個同知官聊宮中后妃的事。他肯定是被蕭梓璘授意，才會向海誠透露消息。

「逍遙老王妃也回京城了？」周氏的臉色有些難看。

「衛長史說她前天回來了，以後就要在京城定居。」

「那就祝她長命百歲！」周氏暗咬牙關，笑得陰森冷酷。

海誠只顧想自己的事，沒注意周氏的臉色，海琇卻把周氏的變化看到了心裡。看周氏的模樣，周家一定和逍遙老王妃有深仇大恨。

回到臥房，海琇睡意全無，盤腿坐在床上撫額沈思。荷風送來一封厚厚的信，說是蘇灩寫給她的，海琇接過信，忍不住劇烈心跳。

信不是蘇灩寫的，跟那封信一樣是封匿名信，內容也與上一封相連。事無鉅細，連蘇宏佑被關在偏院，寂寞難耐，多次給葉玉柔送信求歡遭拒之後，飢不擇食，居然與送飯的婆子偷情這事都寫得很清楚。

信上還提到一個消息——明天葉玉柔會以大長公主孫女的身分去參加宮宴。

葉玉柔是蘇宏佑的妾室，又生下了兒子，難道換一重身分入宮就能掩人耳目嗎？若單純作為蘇宏佑的正妻，無詔並不能入宮，那麼當時她為什麼要以千金之軀給蘇宏佑做妾室？就因為她懷了蘇宏佑的孩子？一副落胎藥就能將孩子打掉，還神不知、鬼不覺，又何必委屈自己呢？以為害死程汶錦母子自己就能扶正，自己的孩子就是嫡長子？作夢去吧！

「既然妳想做一個低賤的妾室，那就當到死吧！」海琇看著信化成灰燼，咬牙冷笑。「想扶正？還要問老天妳和蘇宏佑有沒有命活到那一天！」

第二天一早，丫頭就把海琇叫起來梳妝打扮，簡單吃了點東西，又要繁瑣地補妝更衣。海琇有封號，周氏又格外給她添了釵環飾品，檢查無誤這才放了心。

陸太后宴請貴婦閨秀，說白了就是一場小規模的選秀。想通過這次選秀得了貴人們的青眼、改變自己和家人命運的女孩比比皆是，個個都做足了準備。

她們乘坐的馬車很快就到了宮門外，夾在長長的車隊中，等候檢查。海琇掀開車簾，看到前面的是錦鄉侯府和忠順伯府的女眷，後而則是柱國公府和程家的馬車。前有狼、後有虎，面對虎狼夾擊之勢，她必須打起十二萬分精神應付。

一隻手在她眼前掠過，她沒看清手的主人，就有一封信落到了懷裡。海琇見丫頭們沒發現那隻手，鬆了一口氣，趕緊把信藏到了袖袋。這時候收到信要比在家裡收到信緊張得多，輪到她們檢查時，她的心才慢慢平靜下來。

今天進宮的人太多，預備的軟轎不夠用，等待轎子往返時間又長。太監總管優先安排年長及身分尊貴的人坐轎，其他人若不願意等待，那便步行進宮。

周氏帶海琇、海珂進宮後，就坐到宮門一側的涼亭裡等待轎子。海老太太帶大太太、四太太及海琪、海琳、海璃和海珍也進來了。

回來了兩頂轎子，執事太監給海老太太安排了一頂，另一頂則讓海琇坐。海琇給執事太監塞了個荷包，讓把轎子安排給周氏，她和海珂步行進去。

「多謝琇瀅縣君，琇瀅縣君賢淑孝順，周夫人有福了。」執事太監施禮道謝。

周氏客氣了兩句，坐上了轎子，海琇和海珂一左一右跟隨。

忽然，身後傳來了馬蹄聲和驚呼聲，海琇回頭便看到蕭梓融、烏蘭察、蕭梓璘和六皇子騎馬而來。敢在宮道上騎馬而行，遇到閨閣女孩也不迴避，也就是他們這號人了。

「小烏雞，妳騎我的馬。」烏蘭察跳到蕭梓融馬上，把自己的馬拍給了海琇。

海琇不作聲，連頭也不抬，要不她豈不承認自己是烏雞了？烏蘭察以為海琇害羞客氣，想伸手拉她，被周氏斥責了一頓，又被蕭梓融連人帶馬打跑了。

到了後宮門口，周氏與胡氏等人閒話，海琇趁如廁的機會看了那封信。

信上說蘇瀅給陸太后治腿疾的效果不錯，陸太后想賜她一個封號，並給她指一門好親事。蘇夫人容不下蘇瀅這個庶女比蘇漣這個嫡女強，要設計害她，葉玉柔亦參與其中，連大長公主也對此知情。

信中寫得簡單，只說她們要害蘇瀅，卻沒說要怎麼害。她們這麼多人，再加上一個熟悉皇宮的大長公主，蘇瀅孤身一人，又該從何提防？

海琇擔心蘇瀅，卻一時想不出該怎麼幫她。

第四十五章　害人不成

海琇心事重重來到後宮門口，就見葉玉柔扶著大長公主從裡面出來，蘇漣挽著蘇夫人跟在她們後面。海琇平和地注視著葉玉柔，眼底卻是仇人相見，分外眼紅的凜然。

葉玉柔一身翠綠色低胸上衣，下身穿了一條乳白色的裙子，頭上則梳了少女的髮髻，配上她嬌豔的面容，倒也清新亮麗。但歲月不饒人，一個生過孩子的女人打扮得再年幼，也不像少女那般清豔靈動了。看她沈悶清冷的神態，就知道她在錦鄉侯府過得並不如意。蘇宏佑正為程汶錦守孝，這對她也是變相的提醒和告誡。

「妳看什麼？」葉玉柔見海琇看她，不客氣地問道。

海琇正想該怎麼刺激葉玉柔呢，葉玉柔既然先開口，她也就有話接了。

「妳就是錦鄉侯府大房的葉姨娘吧？真是難得一見的美人。」海琇笑得溫和燦爛。「我們柱國公府也有三位葉姨娘，每一位都是漂亮知禮的人。」

「妳胡說什麼？她是我表姊，是大長公主的嫡長孫女！」蘇漣怒視海琇，高聲說道，但明顯底氣不足。「妳算什麼東西？再胡說看我不掌妳的嘴！」

「怎麼了？」周氏冷著臉上前為海琇助威。

蘇夫人見是周氏母女，對蘇漣低語幾句，母女二人正開口要罵，卻被大長公主以眼神制止。海老太太等人過來，瞪了周氏母女一眼，又和大長公主等人說起閒話。

海琇吐舌一笑，高聲對海珂說：「二姊姊，我聽說妳最崇拜的江東程家那位才女的丈夫有一個小妾，看畫像和那位姊姊長得一樣，但她們都說不是，虧我還是善畫的人，竟然還認錯了人，真丟臉。」

「四妹妹不必介意。」海珂知道海琇恨葉家人，故意這麼說。

「都是什麼賤東西？一點規矩都不懂。」海老太太惡狠狠地看著海琇，又瞪了海珂一眼。「這是深宮內院，也是妳們能猖狂的地方？真不知道自己有多麼低賤！」

周氏斜了海琇一眼，斥呵道：「妳也真是不懂事，平白提什麼葉姨娘，看妳刺到老太太的痛處了吧？我們府裡就是再多葉姨娘，也不是妳們能隨便叫的，趕緊跟老葉姨娘賠個不是，咱們也該進去了。」

海老太太在柱國公府做了十多年的葉姨娘，這可是她最忌諱的過往，聽到周氏的話，她差點氣個仰倒，被大長公主瞪了一眼，才勉強站穩了。

「清華郡主派人來接我們了，我們快進去，今天的事真有趣，趕緊去告訴她。」

海老太太被氣得直喘粗氣，大太太、四太太和姑娘們臉色都不好看；蘇漣更重重跺腳，要不是怕大長公主罵她，她早追上去打罵海琇了。

周氏帶海琇和海珂進到慈寧宮，給陸太后請了安。陸太后讓銘親王妃帶周氏到慈寧宮中各處轉一轉，又讓清華郡主帶海琇幾人到小花園賞花。

「蘇瀅正給太后娘娘配藥，等煎好藥，再跟妳說話，我先帶妳們玩玩。」

到了小花園，清華郡主讓人帶海珂去找正在水榭吟詩作畫的閨秀們，又和海琇說了許多宮宴的注意事項。海琇問了蘇瀅的情況，讓清華郡主把蘇夫人等人的陰謀詭計告訴她，憑蘇瀅的聰明果敢，說不定能讓蘇夫人等人吃個大大的啞巴虧。

「真是齷齪至極！」清華郡主恨恨咬牙，碰到洛芯姊妹，閒話了幾句。「妳們玩吧，我去看看蘇瀅，她應給逍遙王府小郡主幾瓶雪花蜜，我看看弄好沒有？」

「洛姊姊，我想問妳一件與妳不相干的事。」

洛芯笑了笑。「與我不相干的事，我能給妳明確的答案嗎？妳問問試試。」

海琇沈思片刻，問：「一個有才有貌、年紀不大、出身尊貴，又備受家人寵愛的女孩，什麼情況下會自願給一個貪酒好色的紈袴子弟為妾？」

洛芯把海琇設定的條件重複了一遍，很風趣地回答：「她瘋了的時候。」

「她不瘋，挺聰明的，還設下奸計，導致……」

「妳的問題只有我能回答。」一道低沈的聲音從茂密的花叢中傳來。

「是誰？」洛芯嚇了一跳，趕緊詢問。

蕭梓璘躍入涼亭，衝洛芯姊妹擺手道：「本王和琇瀅縣君有話要說，勞煩兩位姑娘迴避。」又對海琇說：「沒讓妳迴避，妳再跟著往前走，信不信會掉坑裡。」

洛芯姊妹羞得滿面通紅，趕緊行禮告退。

海琇一腳在前，一腳在後，不敢往前走了。看到蕭梓璘走近，她兩手暗暗用力，就像掐他的肉一般。

「洛芯很單純，妳問她的那些話不是多此一舉嗎？」

海琇輕哼一聲。「謝謝你的匿名信，有些消息確實提點了我。」

真人面前就沒必要再說假話，只是真話能說多少，是個關鍵敏感的問題。

「以後妳要謝我的地方還多著呢，先保留吧！」

「別保留呀！我最不願欠人情，我去給殿下取銀票。」海琇轉身要走。

「妳被一個問題困擾了幾年，此時我要給妳答案，妳不想聽嗎？」

海琇怔了片刻。「我問洛芯的問題只是道聽塗說，閒來無事一問，因此對殿下的答案並不感興趣。」

「難道妳知道我要跟妳說的是哪個問題的答案？何況妳若不想知道，又何必那麼緊張？」

「好吧，為了證明我不緊張，我聽殿下的答案，殿下請講。」

蕭梓璘靠近海琇，低聲說：「當時葉玉柔懷孕了，妳一定會想她為什麼不打掉孩子再嫁高門？因為她孩子的父親根本不是蘇宏佑，而是一個頗有背景的人。當時那個人正在逃亡途中，隨時可能性命不保，葉玉柔的孩子若打掉了，那個人的血脈也就斷了，這就是葉玉柔會委身給蘇宏佑做妾的原因。除了葉玉柔和大長公主，沒人知道這個秘密，妳最好也裝作不知道。」

只有嫁給一個足夠蠢笨的人，葉玉柔才能保護好這個孩子。蘇宏佑為了別人的孩子，敢對自己的孩子下毒手，有朝一日知道此事，他會做何反應？

困擾了好幾年的問題得到解答，海琇突然覺得那些事真的很無趣。

「妳還想知道什麼？」蕭梓璘衝海琇挑眉一笑，眼底滿含曖昧風情。

「我想知道她們要怎麼算計蘇瀅。」

「這等小事就不需要本王出手了，妳找融兒吧！他會幫妳的。」

「臨陽王殿下走好。」海琇長吸一口氣，又道：「蕭梓璘，你就沒有什麼要問我的？」

蕭梓璘搖搖頭，送給海琇一個大大的溫柔笑臉，縱身離開。

海琇怔怔地坐在涼亭裡，開始了漫無目的如野草瘋長式的思考。

葉玉柔那個孩子的父親到底是誰？大長公主為了保住那個人的骨血連自己的親女兒、親外孫都坑。葉玉柔的孩子應該是正月間懷上的，那段時間，朝廷正面臨仁平之亂……

海琇突然想起一件事，連自己都嚇出了一身冷汗。若真與那件事有關，這可是關係到皇權爭鬥，難怪蕭梓璘說知道的越多越危險。

「妳想什麼呢？這麼入神。」蕭梓融走過來問，嚇了海琇一跳。

「你來得正好，我正有事要找你呢。」海琇平靜了一會兒，慢慢擦去臉上的冷汗，把蘇夫人等人要算計蘇瀅的事告訴了他，讓他幫忙保護蘇瀅。

「反制惡人烏蘭察最有經驗，這件事交給我們，妳儘管放心。」

聽說蘇夫人等人要設計陷害她，蘇瀅一點都不吃驚，只有滿臉輕蔑。她為陸太后治療腿疾頗有效果，陸太后想要賜她一個封號，這本是闔府上下都有面子的事，可在蘇夫人母女看來，這就是對她們嫡系聲威的挑釁。這世間有些人就是這麼鼠目寸光沒見識，不知什麼是大局，可偏偏就有得勢的時候。

「我看妳不慌不忙，可有應對之策了？」就算做足準備，海琇仍然擔心。

蘇瀅冷哼道：「我不知道她們有什麼詭計、何時會動手，現在就是急得火燒眉毛又有什麼用？料想她們也不過就是那些手段，我見招拆招就好。」

「推我落水、壞我名聲、引我勘破貴人們的隱私、借刀殺人收拾我？太后娘娘需要我醫治腿疾，借她們一千個膽兒，她們也不敢殺了我。」蘇瀅拍了拍海琇的手，說：「她們不敢一刀捅了我，我就不擔心，只要性命還在，什麼都不可怕。」

海琇握住蘇瀅的手，重重點頭。這句話說得太好了，不管以什麼面孔、什麼身分，只要還活在這世間，她想做的事，沒有什麼是不可能的。

「蘇瀅，還有一件事我想告訴妳。」海琇沈思片刻，低聲道：「葉玉柔有才有貌、心高氣傲，為什麼會嫁給一個不堪的人做妾，妳想過因由沒有？」

蘇瀅輕輕拍了拍海琇的臉。「妳這不是有事告訴我，妳是在問我。」

「葉姨娘當時懷孕了，蘇灩沒跟妳說過嗎？」蘇瀅淡眉一挑。「琇瀅，我把妳當閨中密友跟妳實話實說。葉玉柔未婚先孕，不得不給人做妾，而且她的孩子根本不是我三哥的，那孩子跟程汶錦生的那個長得一點都不像，葉玉柔生下孩子時我祖母就說了。」

海琇瞪大眼睛看著蘇瀅，忽然覺得自己有點蠢。她想了兩輩子都沒有想通的問題，好不容易從蕭梓璘口中得到了答案，她就想告訴蘇瀅，讓葉玉柔的臭名更臭，卻沒想到錦鄉侯府的老太太早知真相，而且早就跟蘇瀅說了。

「妳不是有事告訴我嗎？怎麼不說了？發什麼呆呀！」

海琇自嘲一笑，說：「我想告訴妳我很蠢，蠢透了，真的。」

「這我倒沒發現，只要妳別忘記喝避孕藥，不要奉子成婚鬧出……」

「蘇瀅！再胡說！真是的，妳也欺負我！」海琇倒在蘇瀅肩膀上，腦袋拱了她一下。「妳還真知道什麼秘密，跟我說說，免得我像傻子一樣班門弄斧。」

「今天有事要安排，改天我跟妳說。」

「好，那我告訴妳一件事。」海琇附在蘇瀅耳邊，把她對葉玉柔那個孩子父親的猜測告訴了蘇瀅，聽得蘇瀅斂眉沈思，她心裡才平衡了一些。

蘇瀅沈默了一會兒，握著海琇的手說：「這件事太嚴重，妳千萬別告訴清華。」

若真如海琇猜測，別說葉家，蘇家都會被滿門抄斬。

兩個人又說了幾句閒話，蘇瀅就去安排她的事，海琇也去找海珂。海珂正跟幾名閨秀鬥詩，被幾人逼得難以喘息了，看到她進來，趕緊拉她加入戰局。海琇心事重重，應對並不得力，沒幫上海珂的忙，被那幾名閨秀罰去摘花。

海琇被海珂拉進芍藥園，面對開得花團錦簇、燦爛芬芳的芍藥花，她都不知道該摘哪一朵了。歡聲笑語，人比花嬌，很快就讓她把胸中不快拋去天外。

遠遠看到蕭梓融一個人走過來，東張西望，像是在找人。海琇讓蕭梓融跟緊蘇瀅，現在卻只見蕭梓融，不見蘇瀅，她心裡不由一顫。她問了幾個人，都說沒看到蘇瀅，她只得又去問蕭梓融，才知原來蕭梓融去喝了杯茶，一盞茶的工夫，蘇瀅就不見了。

「被人鑽空子了，趕緊去找，別出什麼事才好。」

蕭梓融很是自責，安慰了海琇幾句，就和烏蘭察一起去找人。海琇想叫上清華郡主和她一起找，得知清華郡主正陪陸太后等人說話，抽不開身，她只好自己去。她不熟悉宮裡的規矩，更不知道地形，想找人也不知道從哪裡下手。

她都還沒走出慈寧宮，僅在這座宮裡轉了一圈就差點迷了路，還被冷臉侍衛訓問了。明槍易躲，暗箭難防，若有人想在宮裡害她，就是她有千般防備也不定躲得過去。此刻，她只覺寸步難行，她需要人提點，她想見蕭梓璘！

清華郡主走不開，蕭梓融和烏蘭察還沒消息，她更加著急。她想出慈寧宮看看，但才剛出宮門就見幾個太監匆匆朝慈寧宮跑來，邊跑邊喊出事了。

海琇沒想到蘇夫人等人想設計蘇瀅，竟鬧得這麼出格。

自詡風流倜儻的平王世子掉了進御花園的湖溏裡，要不是發現得早，小命肯定保不住。他身上只穿了中衣中褲，頭髮披散，看樣子就不像做了光彩的事。

而年近古稀、連重孫都有了的英王殿下，在御花園的八角亭裡意亂情迷，玷污了比他長孫女小十來歲的蘇漣。據說，他正幹得起勁，被人驚動之後差點沒氣，都請太醫了。要是英王殿下一不小心弄出個馬上風，今天這宮宴可就太熱鬧了。

英王鬍子、頭髮花白，走路都兩腿打顫了，任誰也不會認為他和蘇漣行男女歡愛之事是你情我願；當然，面對鮮嫩嫩的小美人，英王再老也色心不減。蘇漣被一個比她死去的祖父年紀都大的男人破了女兒身，肯定是不願意的，可事情就這樣發生了。

太監、宮女及蘇家的下人看到時，英王和蘇漣正顛鸞倒鳳、死去活來呢！

聽說蘇漣被英王姦污了，海琇重哼冷笑。不管英王有多麼無恥，蘇漣有多麼無辜，碰上這種事，她的結局都一樣，沒人同情她，她只能自認倒楣。

前世，葉玉柔嫁給蘇宏佑為妾之後，蘇漣替葉玉柔抱不平，盡其所能地欺負程汶錦。多行不義必自斃，上天賜給蘇漣這樣的結果，也是她罪有應得。

至於這個結果是誰替上天給她的，也就沒必要深究了。

第四十六章 如此真相

蘇瀅被人打昏在御湖岸上的花房裡，湖邊亂哄哄鬧起來時，她才醒來。她知道事情不妙，趕緊整理衣飾妝容偷偷溜出了花房。怕引起懷疑，她乾脆直接走大路回去，遇人詢問，她就說到御花園給陸太后尋藥引子去了。好不容易回到慈寧宮，看到海琇正急得火燒火燎，又萬分解氣，蘇瀅當下就哭了。

「到底怎麼回事？我怎麼聽說英王殿下和……」

蘇瀅謹慎地四下看了看，沒說話，拉著海琇去了小花園偏僻的涼亭。海琇扶著蘇瀅坐到欄杆上，輕輕幫她整理好頭髮，只柔聲安慰，並不詢問。

平靜了一會兒，蘇瀅才長吸一口氣，重重冷哼一聲，說：「我今天才看透了蘇沁，我原以為她和我都是庶女，同命相憐，對她比對其他人都好，也最是信任她。沒想到她竟和那些人一夥，來騙我、害我，想毀了我。」

海琇輕哼道：「在西南省剛認識蘇灩和洛芯時，我就認識她了。她是個唯利是圖的人，蘇灩也不喜歡她；是我不好，忘記告訴妳她的為人了。」

「妳無須自責，是我有眼無珠，吃這一次虧、受一次教訓罷了，要不是有人暗中幫我，我就讓她們害了。好在只是虛驚一場，有驚無險。」

「他們設計來毀妳名聲的人是平王世子？」

蘇瀅點點頭，說：「蘇沁帶一名太監來宣我去賢妃娘娘的寢宮，我跟蘇沁向來要好，並沒有懷疑。剛走上通往賢妃娘娘寢宮的甬道，那太監就把我打昏了，我才意識到他們要害我。他們把我帶到御湖邊的暖房裡，想讓平王世子姦污我；到了暖房裡，我已經清醒了，他們又用迷香制伏了我。蘇漣和葉玉柔帶了平王世子來，蘇漣狠狠罵了我，還說我跟平王世子苟合之後，就只能給他做妾。她們離開之後，平王世子就脫了外衣，剛要對我動手，就被人打昏了。我還沒看清動手的人，也跟著昏了過去，醒來之後，就聽到外面嚷嚷那些事。」

海琇相信蘇瀅的話。因為憑蘇瀅一人之力，絕無可能把平王世子打昏並扔到湖裡，更別說引誘英王玷污歡蹦亂跳的蘇漣了。是誰救了蘇瀅，並安排了這樣亂鬧的局面，海琇用手指頭都能想到。一石多鳥、陰損無比的事，除了蕭梓璘沒人能做得這麼完美。在各方勢力博弈爭鬥的深宮之中，能把那些事做到神不知、鬼不覺，也就蕭梓璘有那本事。不管是誰，落到蕭梓璘的坑裡，只能自認倒楣了。

「她們居然想用這麼陰險的手段害妳，讓妳給平王世子為妾，真是惡毒！我聽說平王世子最是貪淫好色，妻妾子女都有幾十人了。」

蘇瀅重哼冷笑。「確實陰險，不過比起老態龍鍾、孫子孫女都成群的英王殿下，平王世子至少還年輕。英王殿下都成棺材瓤子了，哪天歸西都不知道，給他做妾是死路一條。害人害己，自作自受，就看宮裡和我們府上怎麼處理這件事了。」

蘇漣喜歡蕭梓璘，一心想給他做正妃，沒想到卻被年近古稀的老人玷污了清白。這下好了，別說嫁給蕭梓璘為妃，有點頭臉的男人也不會再要她了。

「沒想到妳們在這裡躲清靜，真是的。」清華郡主朝海琇和蘇瀅走來，邊走邊奚落她們，她身後還跟著一位相貌姣好、冷漠傲氣的女孩。

海琇和蘇瀅給清華郡主行禮，讓她坐了，又詢問宮宴開席的事。

清華郡主擺了擺手。「還開什麼席呀？都麻煩透了，把好端端的宮宴都攪了。」

海琇和蘇瀅都知道清華郡主在埋怨什麼事，可不便詢問，只好沈默。

「我都忘記介紹了。」清華郡主拉過同她一起來的女孩，說：「這位是逍遙王府的連潔縣主，剛陪她的祖母從漠北過來，以後就要長居京城了。」

「見過連潔縣主。」海琇和蘇瀅給那女孩施禮請安。

「我只是個縣主妳們都這麼恭敬，要是見了我那位郡主堂姊，妳們該不會要卑躬屈膝吧？」連潔縣主語氣拈酸、面帶倨傲，看向海琇和蘇瀅的目光並不友好。

海琇和蘇瀅互看一眼，都沒說什麼，心裡對這位連潔縣主厭煩起來。她們看在清華郡主的面子，並不和她一般見識，但以後和她見面也會敬而遠之。

清華郡主尷尬一笑，忙說：「連潔縣主的堂姊是現任逍遙王的嫡女，皇上欽封的連純郡主。她們二人都在逍遙王府的老王妃膝下長大，是最要好的堂姊妹。」

逍遙王府的兩位貴女若真是要好的姊妹，連潔縣主說起連純郡主的語氣會像是醋汁泡過嗎？清華郡主故意這麼說，就是變著法提醒連潔縣主。

連潔縣主聽出清華郡主語氣中隱含的諷刺，輕哼一聲，沒說什麼。她是逍遙王府的貴女，欺負出身一般、沒封號的女孩還行，在清華郡主面前可不敢造次。

「逍遙老王妃與我皇祖母曾是閨中密友，認識五十多年了。連純郡主和連潔縣主都是性子爽朗的人，也頗有才學，她們以後都會在京城定居。逍遙王府在京城的別苑修建構造十分別緻，她們家在京郊還有一座風儀山莊，景色最好，以後我們可以去她們府上和莊子上遊玩，地方大得很，住上幾日都沒事。」

「遊玩的事別和我說，我祖母和堂姊允了，我又能說什麼？逍遙王府就是有再多的宅子和莊子，我們二房能分到多少？還不都是人家王府的。」

也不知這位連潔縣主是真的不懂事，想怎麼說話就怎麼說話，還是她憋了一肚子氣沒處撒？不管清華郡主說什麼，她的話都帶刺兒，連分家的事都扯出來。

清華郡主是直爽之人，相比之下，她的教養要好得多。連潔縣主把話說得那麼不中聽，她仍面帶微笑，沒有半點冷淡或是要發作的意思。

海琇衝清華郡主和連潔縣主施禮說：「時候不早，我怕家母惦記，就此告退。」

「我也要回去給太后娘娘配藥了。」蘇瀅衝她們施了一禮，要跟海琇一起走。

「我有這麼討人嫌嗎？幹麼不說話就都走了，不給我面子嗎？」連潔縣主恨恨咬牙，冷哼道：「我知道妳們是看不起我的，嫌我父親不是逍遙王。」

清華郡主笑了笑，對連潔縣主說：「妳在涼亭裡坐一會兒，我送送她們。」

「有什麼見不得人的事，非背著我說。」

海琇和蘇瀅不想跟連潔縣主廢話，轉身走了，清華郡主跟她們一起離開。走出了一段路，進到湖塘邊的水榭裡，幾人才鬆了一口氣。

「她是什麼人呢？」蘇瀅衝涼亭的方向撇了撇嘴。

清華郡主苦笑道：「她是逍遙王府二房的嫡女，父親只是四品官，二房一直都在京城，跟遠在北境的逍遙王府不親近。她從小養在逍遙王老王妃身邊，跟連純郡主面和心不和，老王妃總是壓著她，她才成了這樣。她的生母和蘇灩的生母是親姊妹，只不過蘇灩的生母是庶出。還有，她父母想把她許配給璘哥哥，她也喜歡璘哥哥，只是憑她父親的職位，她不能做正妃。她想讓逍遙老王妃跟我皇祖母說說，卻被訓了一頓，這才一肚子氣。」

原來罪魁禍首又是蕭梓璘呀！這人也太有女人緣了，真是麻煩！

海琇和蘇瀅相視一笑，又以同情的目光看向清華郡主，都搖搖頭，沒說話。

「宮裡出了那樣的事，我皇祖母不想讓我們聽，就讓我把她帶出來玩，一再囑咐我別跟她動氣，要不我才不願意理會她呢，年紀輕輕卻像個怨婦。」

蘇瀅挑了挑嘴角，說：「辛苦妳了，難為妳了。」

清華郡主冷哼一聲，說：「改天我帶妳們去找連純郡主玩，連純郡主是很和氣的人，跟她可不一樣，只可惜她定親了，玩不了多久。」

「妳羨慕人家呀？」海琇和蘇瀅齊聲問。

「懶怠理妳們。妳們先別回慈寧宮，到處轉轉吧，那些事還沒處理好呢。」

「出什麼事了？」海琇裝作不知情地詢問。

清華郡主把御湖旁發生的事說了一遍，又嘆氣道：「平王世子被人打昏，又被扔進了河裡，御花園居然出了這種事，皇上很是生氣，下旨讓璘哥哥嚴查。蘇漣和英王的事最不好處理，蘇老太太說她不認蘇漣這個孫女了，讓蘇夫人處置，蘇夫人帶著蘇漣哭鬧著回府了。而英王妃和大長公主打罵起來了，我皇祖母正勸架呢！」

換成一般女孩，被他王玷污，只能給他做妾，蘇漣卻不一樣。英王和大長公主是堂兄妹，論輩分他是蘇漣的舅爺，這兩個人就不只是年齡的差距了。

蕭梓璘真是陰損到家了，找誰不行，非找英王。他嫌惡英王，也對大長公主反感，就鬧了這麼一齣。說來說去，這都是皇家的體面，他卻絲毫不顧忌。

清華郡主正跟海琇和蘇瀅閒話，蕭梓融和烏蘭察就來了。聽蕭梓融說，蕭梓璘僅用了一刻鐘就把發生在御花園的事查清了，證人、證詞和口供都齊全了。

蕭梓璘查出來的真相是這樣的——

平王世子是好色之人，今日進宮就是抱了獵豔之心。他在御湖岸上閒逛，看到蘇漣正在岸邊賞荷，就色心大熾，起了歹意。他讓下人把伺候蘇漣的丫頭都騙走了，又用迷香把蘇漣迷倒，欲行不軌，一個粗使太監看到這一幕想救蘇漣，就把平王世子打昏了。動手之前，太監不知道那人是平王世子，打昏之後才看清楚，他害怕了，就把平王世子扔到湖裡，也顧不上蘇漣，就逃跑了。

正巧英王經過，看到昏睡的美人，旁邊又沒下人，就起了色心。等蘇漣的下人醒悟過來回去找蘇漣時，正看到英王趴在蘇漣身上苟合呢！

伺候蘇漣的下人、平王世子、逃跑的太監及昏昏沈沈的英王都交代了。蕭梓璘把這些人的口供串在一起，理清之後，呈交給皇上和陸太后。

皇上和陸太后都點了頭，當事人誰也不敢多說什麼，也就沒人質疑了。事情因蘇瀅而起，鬧出這樣一場鬧劇，到最後連蘇瀅一個字也沒提到。

蕭梓璘向皇上請罪，說自己監管不慎，才出了這種事。皇上明辨是非，不但沒罰他，還賞賜了他。陸太后也不落後，褒獎了一番，也賞賜了不少寶貝。

蘇瀅鬆了一口氣，認為蘇漣等人罪有應得，自然也對蕭梓璘充滿了感激。

「都回去吧！馬上開席了。」

清華郡主無奈皺眉。「妳們等一下，我叫上連潔縣主。」

她們到達慈寧宮門口時，看到英王妃帶著她的幾個兒媳、孫媳哭哭啼啼從陸太后的寢宮出來，全都哭得傷心，看到有人，趕緊低頭迴避。

英王年紀大了，輩分又在那兒擺著，他做出有悖人倫之事，能不羞愧難當嗎？皇上和陸太后怕英王羞愧而想不開，不敢說他什麼，就把英王妃叫來一頓好罵。英王惹出這種事，承擔責任的人成了英王妃，這就不只是倒楣了。

她們剛穿過垂花門，看到葉玉柔伺候著大長公主也出來了。大長公主看到蘇瀅，乾巴巴布滿褶皺的臉上充斥著怨毒，好像要吃了蘇瀅一樣。

蘇夫人等人想陷害蘇瀅，此事大長公主知情，她明知這種事陰毒骯髒，可作為長輩，她並沒有阻攔，甚至還幫她們提供方便。

事到如今，最終害了蘇漣，她又恨上了蘇瀅，可見她心裡沒有一點是非觀念。

葉玉柔狠狠瞪了蘇瀅一眼，低呵道：「趕緊回府去。」

現在回府不是找死嗎？她以為蘇瀅傻呀，會乖乖回去任她們發洩收拾？

「我正為太后娘娘尋藥引子，還要親自煎晚上的藥，現在不能回去。再說，祖母都沒回去，我怎麼能回去呢？我要留在她老人家身邊服侍。」蘇瀅給大長公主行了禮，快步往慈寧宮裡面走，卻被葉玉柔叫住。

「妳什麼時候回府？」葉玉柔的目光如冰冷的尖刀一般。

她們要害蘇瀅，沒想到卻把蘇漣給搭上，自是有苦說不出。究竟是誰在暗中幫助蘇瀅？這是她們急切想知道的事。

「我自有安排，不勞葉姨娘費心。」蘇瀅冷哼一聲，大步離開。

蘇夫人吃了這麼大的虧，連大長公主的老臉都丟盡了。她們連同錦鄉侯府都徹底失了臉面，卻還想著要用陰毒的手段折磨蘇瀅，藉此出口惡氣。

蘇瀅也知道她們的想法，她要想自保，就要用致命的招數來回擊。

平王妃和平王世子妃也哭哭啼啼地從慈寧宮的偏殿裡出來了，她們見人就躲，誰跟她們說話也不敢抬頭，顯然是被陸太后罵得狗血淋頭了。

剛才，平王世子被蕭梓璘以穢亂宮闈的罪名打了三十大板，至少要躺一個月才能下床；皇上又下旨申飭平王，又罰了平王世子三年的俸祿。

慈寧宮的院子裡聚滿了貴婦，她們面帶隱晦的笑容，都在竊竊私語，議論今天的事。一場鬧劇攪了陸太后的好心情，她顧不上再看那些，只想吃頓飯了事。

周氏在偏殿的暖閣裡休息，海珂陪著她，看到海琇進來，她沈下臉。「妳看看妳，進宮就玩瘋了，不知道出大事了嗎？還不安安分分地找個地方待著。」

海琇吐舌一笑。「我就是想找個地方安安分分待著，才來找娘的。」

海珂拉海琇坐下，說起剛發生的事，心有餘悸，海琇跟她們說了實情。聽說蘇夫人等人害人不成反害己，周氏咬牙叫好，海珂則連聲嘆氣。海琇剛想跟周氏說蘇家的事，就有太監進來找海琇，說臨陽王有請。

「怎麼樣？今天的仇報得可痛快？」

海琇輕哼一聲。「這個問題你應該去問蘇瀅，她們想害的人是她。」

「問她？我怕我忍不住會割她幾刀，太氣人了。」

「為什麼？」海琇嬌憨一笑，明知故問。蘇瀅兩次撞破蕭梓璘和她獨處，還說了不少風涼話，蕭梓璘不恨才怪，可惜他再恨也無計可施。

蕭梓璘來到她身邊，低聲說：「不許吃她開的避孕藥，親親摸摸不用吃。」

「你、你走開，討厭。」海琇羞得滿面通紅，想推蕭梓璘一把，卻因不敢看他而推空了。羞澀為她清秀的面龐平添了嫵媚，煥發出如夏花般的美感。

「妳同我一起走，從這間屋子裡大大方方地走出去。」蕭梓璘拉起她的手。

「我才不跟你一起走。」海琇想甩開他，不料轉身太急，卻一下子撲到他懷裡。

蕭梓璘雙手攬住她，下頷頂在她的額頭上，微微調整了姿勢，在她前額上親了一下。看到海琇面若桃花飛紅，他緊緊摟了一下，又鬆開了。

「今天宮宴過後，就會有指婚聖旨頒下，妳就沒一點想法？」蕭梓璘雙手輕輕抓住她的手臂，沒有再擁她入懷，他懷疑她是不是不願意這樣，怕唐突了她。

「沒有。」海琇甩開他的手，回答得清晰而乾脆。

「為什麼沒有？」蕭梓璘見海琇不像是開玩笑或欲擒故縱，心裡很不舒服。

「蘇漣的想法很明確，結果現在悲乎慘矣。」

蕭梓璘輕哼道：「妳跟她不一樣。她跟今天所有牽連其中的人都罪有應得，我沒要他們的命，只給他們一個小小的教訓，小懲大戒，已是格外開恩了。」

海琇不想再說什麼。蕭梓璘早已不是唐二蛋，雖說是同一個人，卻有著莫大的差距。或許窮盡一生，她都看不透蕭梓璘，所以與他相處，她總有點膽怯。雖已然及笄，她卻不敢再想婚嫁之事，因為她的心遠不像她的外表那麼輕鬆。

蕭梓璘靠近她，低聲道：「告訴我，妳怎麼想？」

海琇深吸一口氣。「對於指婚，我沒想法，那是一件很奢侈的事。我適應不了爾虞我詐的生活，我想回西南省去，可又覺得永遠回不去了。」

「明白了。」蕭梓璘衝海琇點頭一笑，做了一個請的手勢。

邁出那道門檻，她的身體有一種輕飄的感覺，令她感覺很不真實。跟蕭梓璘坦白了，雖是婉拒，卻很堅定，她感覺自己的心也空了。

第四十七章　端午節禮

蕭梓璘見海琇輕飄飄地離開，他的心好像被撕了一半，或許那一半的心原就屬於她，被撕了，他不適應，卻也莫名地輕鬆。

在他記憶深處，不管是程汶錦還是海琇，都只是在那個斷斷續續的夢中與他結緣。夢能給他提示，可不管是歡樂還是悲慘，都讓他感覺虛無飄渺。

只有在他連自己都不知道是誰的那段日子，在屬於唐二蛋的記憶中，不管是出於本能的相救，還是別有用意的婚約，都是最真實的，是他一生的經歷。

蕭梓璘凝望著海琇的背影在他眼底慢慢縮成一點，直到徹底消失不見，她的話仍在他耳邊迴蕩。她對他沒有想法，她喜歡唐二蛋比現在的他要多得多。

「主子，人早走了。」

「你以為我瞎嗎？」蕭梓璘暗哼一聲，說：「放出風去，就說太后娘娘應本王所請，要把柱國公府四姑娘指給本王為正妃，卻又有顧慮，猶疑不定。」

「殿下，奴才愚鈍，奴才覺得這句話很彆扭，您看，明明是應您所請，還……」

蕭梓璘心情很好，重重拍了拍金大的肩膀，說：「越是聽上去彆扭的話，越容易讓人聽出多重意思。本王就想讓人們去猜測，說得太清楚，就沒猜測的餘地了。你只需告訴一個人，不管是宮裡的，還是府裡的，其他就不必管了。」

金大想了想，說：「屬下明白了，屬下這就去。」

「早了點，等宮宴差不多結束的時候再去。」

蕭梓璘長長舒了口氣，他相信自己的個人魅力和影響力。這句話傳出去，柱國公府會招來不少麻煩，而他要扮演一個什麼樣的角色，就不言而喻了。

海琇神色迷離，回暖閣的路上，吸引了眾多目光，也引來了諸多懷疑。她乾脆表現得更慌張，在暖閣門口看到周氏，沒等詢問，就說自己被叫去查問了。想探聽些消息的人聽說她被叫去查問，聯想到可能是剛才的案子還沒完，都老實了。

慈寧宮的大殿裡擺了幾十桌席面，珍饈美味、佳釀美酒，香氣氤氳繚繞。

陸太后和王侯公門年長的貴婦坐在大殿正中，左邊是誥封命婦，右邊為千金貴女。來赴宴的人數不少，大殿的氣氛多了沈寂安靜，少了喧囂熱鬧。

蘇賢妃和葉淑妃都稱病告假，沒來大殿伺候，眾人都知道因由。蘇漣是蘇賢妃的姪女，是葉淑妃的外甥女，都是嫡親的，出了那種事，她們還有什麼臉見人？

海貴妃帶著幾名品級較高的宮妃伺候左右，見陸太后強顏歡笑，她們也不敢恭維湊趣了。陸太后身分最為尊貴，她勉強調節氣氛，可收獲的笑聲實在有限。

誥封命婦都在察顏觀色，見陸太后臉色不好，她們也都安靜了。

相比之下，右邊的千金貴女就活躍多了。她們之中多數人教養良好，可都年少氣盛，其中不乏多事之人，三言兩語鼓動，就吵鬧起來。

連潔縣主聽到清華郡主稱蕭梓璘為璘哥哥，她也效仿，語氣中流露出親暱及愛慕之情。洛川郡主看不慣，跟海琪嘀咕了幾句，就同連潔縣主發生了爭吵。這裡數清華郡主身分最高，好話說盡才勸住她們，沒驚動陸太后等人。

海琇同海珂、海玫、蘇瀅、洛芯等人坐在一桌，她們彼此相熟，相處也輕鬆了許多。她們都不是多事之人，又各有心事，只安靜用餐，倒贏得了諸多讚許。

海琪心儀蕭梓璘，她知道洛川郡主的心思，倒有結盟並相互利用之意。她與洛川郡主這皇家寡婦結成一派，看來是想攜手並肩入駐臨陽王府的內宅了。

都說紅顏禍水，蕭梓璘殺氣那麼重，跟紅顏不沾邊，倒跟禍水掛上鈎了。

觸到被蕭梓璘深吻過的前額，海琇不禁面紅心熱，趕緊喝茶降溫。若讓人知道蕭梓璘想娶她為正妃，喜歡他的貴女及她們身後的家族不把她吃了才怪。與蕭梓璘親暱的事連周氏都不能說，免得她那個爽快的娘親叫嚷出去。

只是她無論如何也想不到，蕭梓璘竟讓人往外散佈消息，就是想看她被人圍攻、無可奈何的模樣。等她無路可退、奮起還擊時，他再助她一臂之力，順便撿個大便宜。

蘇瀅碰了碰海琇，低聲道：「真是奇怪，今天怎麼不見鑲親王府的人？連明華郡主這麼好熱鬧的人都沒來，她要是來了，看到那幾位吵架，可就熱鬧了。」

近來暗衛營無案可查，蕭梓璘便大材小用，負責皇宮安危。陸太后在宮中設宴招待命婦貴女，蕭梓璘負責周邊防護，在慈寧宮出入算是公幹。

除了蕭梓璘，鑲親王府無一女眷來慈寧宮赴宴請安，不知道銘親王在前殿設宴，是否有鑲親王府的男子參加？畢竟本朝這最位高權重的兩位親王看起來並不和氣。

海琇笑了笑，說：「我們一家回京時日不長，尚未見過明華郡主。」

蘇瀅撇了撇嘴，低聲說：「尖酸刻薄、不講道理，還頗有心機，一不高興就打罵人。自己從來不講規矩，還總把規矩禮數掛在嘴邊上教訓別人，京城多數人見了她，都會遠遠躲開。她沒見過妳，一旦碰到，肯定會給妳一個下馬威。」

「這麼厲害？」海琇還真有點膽怯了。

蕭梓璘原是鑲親王世子，但明華郡主卻不是他的同母妹妹。

蕭梓璘的生母出身顧姓武將世家，與陸太后的娘家沾親。在一次與北狄國的惡戰中，她的父兄戰死，母親悲傷過度，也離她而去。顧氏當時年幼，陸太后就把她接進宮裡，只是她在宮中即便已一味低調，今上和鑲親王還是都看中了她。

因身分限制，陸太后只想讓她給當今皇上做侍妾，李太貴妃非跟陸太后一爭長短，想盡辦法把顧氏要來給鑲親王。陸太后將計就計，請求先皇指婚，把她許給鑲親王做了正妃。

其實，李太貴妃替鑲親王要她，只是賭口氣，她根本不想讓一個毫無家世背景的人給鑲親王做正妃；然而，指婚聖旨一下，李太貴妃無奈，就把一肚子怨恨都發到了她身上。李太貴妃不讓她懷孕，又讓自己的姪女給鑲親王做側妃，生下了兒子。

所以說，蕭梓璘雖說是嫡出，在鑲親王府卻不為長，他還有一個大他兩個月的兄長，正是李側妃所出。有李太貴妃為後臺，李側妃自然不把顧氏放在眼裡。

顧氏生下蕭梓璘，僅一年就去世了。

李太貴妃讓鑲親王把側妃扶正，陸太后和當今皇上都不同意。直到蕭梓璘七歲被封為鑲親王世子，李側妃才得以扶正，可她的兒子卻與世子之位無緣了。

明華郡主也是李側妃的女兒，李側妃扶正，她便成了鑲親王府唯一的嫡女，又得李太貴妃寵愛，就封了郡主，在鑲親王府乃至京城身分都很是尊貴。

想到蕭梓璘的身世，海琇不禁一聲長嘆，心中多了幾分溫熱的柔軟。

蕭梓璘生母早逝，無同母弟妹，又無外家幫襯，這些年，他在鑲親王府的日子肯定不好過，不知經歷了多少刀光劍影，能活下來也真不容易。好在蕭梓璘被封了臨陽王，能獨立開府，也就不受鑲親王府諸多轄管了。

蘇瀅見海琇沈思發呆，拍了拍她的手，說：「妳無須擔心，明華郡主就是再厲害，也有能降住她的人。不管她多麼猖狂，只要見到那人，當下就蔫了。」

「誰呀？」

「臨陽王殿下。」蘇瀅衝海琇眨了眨眼，笑容隱含曖昧。

海琇頓時感覺周身無力，她不想跟蘇瀅多說，起身去給清華郡主敬酒了。

席面撤下之後，陸太后又同眾人說笑喝茶，還和逍遙老王妃拿當年趣事開玩笑，費盡心思不冷場。坐了一會兒，她實在疲累，就和逍遙老王妃去了寢殿。

海貴妃和銘親王妃照料眾人，讓眾人到御花園賞花、到御湖泛舟，等陸太后養足精神，再和眾人說話。有人覺得宮中遊玩無趣，就找藉口告辭了。

周氏便是最先告辭出宮者之一，吃完飯，她就帶海琇和海珂回府了。

「娘，您怎麼一直不高興？到底出什麼事了？」

「沒大事。」周氏搖頭冷笑，愣了一會兒，說：「做了太多虧心之事，回到京城還好像衣錦還鄉一般，妳說這種人的心和臉是怎麼長的？」

「娘說的是逍遙王府的老王妃？」海琇不想打啞謎，直接問了。

周氏冷哼道：「除了她還有誰？」

「我看逍遙老王妃是很和氣的人，娘怎麼跟她像是有仇一樣？難道和周家的長輩有關？娘能跟我說說當年的事嗎？」海琇眼巴巴地望著，想聽故事。

「不能。」周氏回答得很乾脆。「妳歇著吧，我去妳舅舅家坐坐。」

第二天再見到周氏，看她心情好了，海琇也放心了。閒來無事，周氏教海琇查帳、記帳，同她閒話，卻沒再提起周家當年的事。

三天之後，指婚聖旨頒下來了。

指婚沒海家姑娘什麼事，海琇鬆了口氣，繼續原來的生活，直到幾位不速之客接連登門，海琇才知道她已經成了這京城的焦點。

陸太后在宮中設宴，就是想為皇族宗室及王公之門的成年男子選妃指婚，結果，被英王和蘇漣及平王世子一折騰，她心裡不悅，也就沒了心情。

只是宮宴之後，若陸太后沒有指婚，某些家族滿腹希望落空，肯定會心存怨氣、嘮叨非議。於是，陸太后勉強指了幾門親事，也算是圓了之前所說。

此次指婚，令萬眾矚目，閨秀們期望也最高的臨陽王殿下只收了一位側妃，這令人們驚詫不已，同時也令不少人看到了希望。努力尚未白費，再接再厲。

蕭梓璘享親王例，應有一位正妃、四位側妃、八名侍妾，這些都是要在皇族族譜上留姓留名的，可現在別說正妃、側妃，連侍妾都沒有。此次皇上發話了，讓陸太后給他指四位側妃，同時嫁進王府伺候他。陸太后訓了他半日，他才勉強收了一位側妃，正是那位眼高於頂的連潔縣主。

縣主做了側妃，他的正妃沒郡主封號能壓得住嗎？非出身皇族又有郡主封號的就是洛川郡主了，若洛川郡主被指給他為正妃，臨陽王府不雞飛狗跳才怪。

想像著臨陽王府的女人們打成一片、蕭梓璘疲於應付的窘樣，海琇笑出了聲。

然而，陸太后把蘇瀧指給四皇子做側妃，這令海琇驚詫不已。

四皇子現有一正妃、兩側妃、四名侍妾，一個蘿蔔一個坑，填得滿滿的。除非四皇子要加封親王，才能有四位側妃，否則蘇瀧就是多餘的，連侍妾也不如。

純真爽朗如蘇瀧，在四皇子府沒名沒分，日子該怎麼過？偌大的錦鄉侯府做下的孽，卻讓蘇灩一個無辜的弱女子去承擔，太過殘忍。

海琇心疼她、同情她，卻無能為力幫她改變定局，只希望她有足夠的勇氣面對這一切。

海琇去探望周氏，見她正在給親戚朋友準備端午節禮，便說：「娘，我們是否該給長華縣主送一份禮物？她是父親的大伯母，又離京這麼多年剛回來。」

此次宮中設宴，長華縣主並沒有參加。聽說她一早進宮給陸太后請了安，就去了京郊的莊子。這些天，別說跟柱國公府，就是跟皇族中人也沒什麼來往。

周氏想了想，說：「我跟妳父親商量一下，問問府裡怎麼安排。」

「不管府裡送不送，我們送就是我們的心意，禮物不求名貴，只備家常過節的東西，實用就好。」

海琇對長華縣主其人充滿好奇，送禮也是為了試探。

兩人正說話，就聽說逍遙王府派人來送節禮了，母女二人都很吃驚。周氏暗暗咬牙，但想到逍遙王府的人不可能知道周家的來歷，心裡才稍稍放鬆了。

「讓逍遙王府的人進來，我倒要看看他們想出什麼么蛾子？」

逍遙王府派了八個下人來送禮，四個衣飾光鮮的婆子，看樣子像府裡體面的嬤嬤；四個粗使婆子也衣衫整齊，每人手裡提著一只籠子。

那四個體面的婆子進來就用手帕掩住了口鼻，給周氏和海琇見禮也只是低了低頭。粗使婆子將籠子上面的紅布掀去，周氏和海琇才看到籠子裡羽毛鮮亮的雞。

「什麼意思？」周氏側身坐到椅子上，語氣冷漠，對逍遙王府的人很不客氣。

領頭的婆子上前回道：「這是我們府上的老王妃讓給海夫人和琇瀅縣君送來的禮物，產自津州鳳鳴山的錦雞。這錦雞長於鳳鳴山的密林裡，冠羽鮮豔、肉質鮮美，適於觀賞、食用；只是若把錦雞養於府中，一定要遠離梧桐樹，離近則剋。」

若不是提前查驗了婆子們的牌子，海琇才不相信她們是逍遙王府的下人。這些人來意不善，可他們和逍遙王府向來並無衝突，為何她們竟要如此明目張膽地欺上門來？

「謝謝逍遙老王妃的厚禮，我們收下了。」周氏冷哼一聲，冷笑道：「這厚禮來得突然，我們也沒能提前備下回禮，失禮之處還請諸位回覆，請逍遙老王妃莫見怪。」

「不怪不怪，海夫人沒備下回禮再正常不過。」

周氏冷冷一笑，說：「來而無往非禮也，提前沒備下回禮，現在準備也來得及。孫嬤嬤，讓人把大舅太太昨個兒送來的那些養於鄉間地頭的草雞，殺八隻給逍遙老王妃帶上。不瞞妳們說，這散養的草雞不只好吃，生出來的蛋味道也不錯。」

孫嬤嬤是曾伺候周氏母親的老人，對逍遙王府也心存仇恨。「太太，您確定給逍遙老王妃送殺好了的草雞？老奴以為這樣不妥。這草雞若是殺了，以後可就沒機會生蛋了，這樣乾脆地讓畜牲丟了性命，也太便宜牠們了！」

「妳說得有道理，那就送活的吧，也讓逍遙老王妃感受我們的善心。」

逍遙王府的婆子感受到周氏和孫嬤嬤語氣中隱含的強烈恨意，驚訝不已。她們打著送禮的幌子，實則是來諷刺海琇、警告周氏母女，沒想到卻如此吃癟。她們沒受過此等閒氣，自然忍不住，決定把送錦雞的隱意說明白。

「謝謝海夫人的善心，海夫人如此善解人意，想必也是聰明人。大家都知道海夫人出身商戶，這身分確實低微，當然也影響了琇瀅縣君。雖然妳們母女還有攀高望上的心，可錦雞終究是錦雞，羽毛再華麗也成不了鳳凰。」

婆子說完，輕笑著衝其他三個婆子使了眼色，三人跟著笑起來。手提雞籠的四個婆子抖動雞籠，錦雞鳴叫起來，伴隨她們的笑聲，格外刺耳。

孫嬤嬤捏緊拳頭，牙齒咬得咯咯直響，想動手，卻被周氏攔住了。

海琇本在一旁瞧著眾人的神態，看到孫嬤嬤的態度，暗暗吃驚，心裡有種怪異的感覺，都忘記回擊逍遙王府下人對她的侮辱了。

孫嬤嬤平日為人和氣，怎麼一見到逍遙王府的人就氣到失了本性？周家和逍遙王府究竟有什麼深仇大恨？而且看起來，逍遙王府的人並不知道周氏主僕恨極了她們。

周氏冷哼一聲，衝逍遙王府的下人投去蔑視的目光。看樣子逍遙王府的下人並不知道她的身世，她們今天也不是為上一輩的仇恨而來。

時隔多年，她和周貯、周賦習慣了平靜的生活，並不想把真實的身分公佈於眾。他們兄妹已決定替上一輩了卻恩怨，只是時機還未成熟。

現在的周家頗有實力，而老逍遙王去世，逍遙王府的聲勢已日漸低落了。

逍遙王府的婆子見周氏和海琇都沒答話，以為她們被嚇住了，挖苦諷刺的言語更加明顯，更有甚者已將矛頭指向海琇，吐出的話語十分難聽。

海琇這才明白，逍遙王府的婆子之所以帶錦雞登門，全是為了給她一個下馬威。

第四十八章 設計婚事

「妳們說得對，這錦雞確實成不了鳳凰，逍遙老王妃肯定也有深刻的體會。想當年，逍遙老王妃的娘家還出過一位賢妃，她祖父還是閣老呢，最後怎麼樣？那位賢妃娘娘不是被千刀萬剮了嗎？這些事妳們也聽說過吧？至今沈家的姑娘也嫁不到好人家，不就是有前車之鑑嗎？可見錦雞也是雞。逍遙老王妃做了王妃，搖身一變成鳳凰，不會把沈家舊事都忘了吧？

「逍遙老王妃和大長公主明明是嫡親表姊妹，怎麼宮宴上見面連句話都不說呢？幾十年過去，有些事就算別人忘了，自己想必不會忘。善有善報、惡有惡報，那些享受榮華富貴卻還沒遭報應的，可別認為是老天放過了他，將來若有什麼報應到子孫後代身上，只怪他們祖上缺德。」

「妳、妳竟敢口出狂言，談論當年的事侮辱皇家……」

「只是在說草雞就是草雞，別跟皇家扯關係。來人，送客，連雞一塊兒丟出去。」

孫嬤嬤拿起笤帚打向那幾個婆子，又喝令下人將她們往外趕，也把雞籠子一塊兒往外扔。送客的下人中有一個身材結實的丫頭格外賣力，把逍遙王府的婆子打得連滾帶爬，逍遙王府的婆子不敢抵擋，只一路叫罵，吸引了許多看熱鬧的人。

把她們趕到大門口後，孫嬤嬤跟圍觀的人說明情況，聽得眾人唏噓嘲笑、嘖嘖咋舌。百姓最善於傳播流言，今天的事不出三天就會傳得京城人人皆知。

海琇見周氏面色沈謹，低聲道：「娘，逍遙王府……」

「別怕他們，他們若是敢借這件事鬧起來，那我們就把當年之事揭出來，把京城鬧個天翻地覆。」周氏目光陰冷，毫無懼怕之色。

「娘，我不是怕，我就覺得逍遙王府此舉反常。逍遙老王妃不是如此淺薄且心無城府的人，何況這些婆子是針對我，並非針對周家，我覺得這裡面一定有事。」

「那老虔婆確實不是淺薄之人，心機頗深，按理說不會做出如此露骨之事。」周氏停頓了一會兒，又說：「這些婆子今日的舉動確實是為了針對妳，恐怕不是老虔婆派來的，只是她們為什麼這麼做，妳應該明白。」

連潔縣主愛慕蕭梓璘，想憑自己尊貴的出身佔據臨陽王正妃之位，可陸太后卻只把她指給蕭梓璘做側妃，逍遙王府就算不以此為辱，也不會高興。

海琇在及笄禮簪的紅玉乳花簪是蕭梓璘親手磨製的，宮宴之後，這個秘密就傳開了。儘管傳話的一再強調這只是交易，也足令連潔縣主之流妒火中燒了。

「簪子的事是誰傳出去的？怎麼人們都把我和那個人扯到一起了？」

周氏無辜地搖了搖頭。「不管誰傳的，這都是在提醒妳別把世人當瞎子。」

「娘，您在說什麼呀？」

「隨便說說，妳心裡明白。嘿嘿，寶貝女兒，其實我和妳父親都不怕背上賣女求榮的臭名，要是能賣得出去，又能賣一個羨煞眾人的好人家，我們高興。」

「明天我去城外莊子給長華縣主送禮。」海琇真心想遠離京城的是非。

晚上，聽海誠回來一說，海琇和周氏才知道，京城裡這幾天正流傳蕭梓璘求陸太后把海琇指給他為正妃的事。陸太后嫌海琇出身低，這件事就不了了之了。

原來如此。

「老爺，難道臨陽王殿下真看上我們琇兒了？」周氏之前給女兒拉郎配只是自娛自樂而已，聽說蕭梓璘真求了指婚，她反而心裡沒底了。

「這是好事，只是木秀於林，風必摧之，我擔心以後還會有更多的人找我們家的麻煩。臨陽王殿下求賜婚一事若一直懸著，我們一家就會麻煩不斷。」

「不怕，兵來將擋，水來土掩，誰也休想欺負我女兒。」

海誠點點頭，又說：「這幾天，國公府也一直在說這件事。府裡想把大姑娘嫁給臨陽王殿下，哪怕做側妃也高興；可臨陽王殿下卻想讓琇兒做正妃，位分比大姑娘高，他們就不痛快了。這不，琇兒和蘇泰次子定親之事被吵了出來，就連和唐二蛋的婚約也被提起了。今天他們拿這個說事，我發了頓脾氣，都翻臉了。」

聽說有人提起她和唐二蛋定親的事，海琇一個激靈——這兒還有一顆隱雷呢！

「這些人真是……」周氏看了海琇一眼。「老爺，我們現在怎麼應對呀？」

「以靜制動最好。」沒等海誠開口，海琇先說話了，海誠夫婦也紛紛表示認同。

第二天，海琇一早起來，便到郊外給長華縣主送端午節禮，不巧長華縣主前一天到西山寺拜佛燒香了，三天後才能回來。

海琇沒見到人，卻收了一份豐厚的回禮。

夜幕降臨，海琇主僕才回來，就聽說清華郡主來看她了。

據周氏轉述清華郡主所說，逍遙老王妃宮宴第二天就帶連純郡主回了津州祖宅；連潔縣主身體不適，沒跟她們一起去津州。逍遙老王妃啟程之後，連潔縣主和她母親進宮給陸太后請安，也不知道說了什麼，陸太后就指婚了。

周氏冷哼道：「估計老虔婆不知道她孫女做了什麼，這樣更好，她有苦說不出，只能打落牙齒和血吞，這可是大快人心，不怕她回來再出么蛾子。」

海琇被這些事攪得頭昏腦脹，周氏說了半天，她都沒聽進去。直到周氏拿來一份請帖，說明華郡主請她三日後到鑲親王府作客，她打了個冷顫，才清醒了。

三日之後正是端午節，包粽子、祭聖賢、插艾草、除邪祟的日子。端午節去人家家裡作客，還是鑲親王府，那不是自討穢氣嗎？不被打出來才怪。

可明華郡主給她下了帖子，代表正式邀請。明知不合習俗，若她婉拒，憑明華郡主的性子，定會想盡辦法為難她，那她可就等於是黏了狗皮膏藥、捅了馬蜂窩了。

「不知是誰故意把臨陽王殿下請太后娘娘指妳做正妃的事傳出來，依我看，那人這樣做就是想詐人，看看有多少人按捺不住，跳出來插一槓子。」

「娘都點明那人是故意傳出這些，還不知道是誰呀？」

周氏輕嘆道：「我弄不懂他為什麼要這麼做？不會是想把咱們家推出去當靶子吧？我們家沒得罪他呀！另一個可能就是，他當真對妳有意。可我想到這點，自己都嚇了一跳。我們都有賣女求榮的想法了，能不同意嗎？他又何必費這麼大的周折呢？」

「娘，外面下大雨呢，您出去賞雨吧！別打傘。」

「臭丫頭，學會戲弄妳老娘了！」

海琇挑了挑嘴角，沒再說什麼，拿起請帖回房獨思了。蕭梓璘有意是真，拿她做靶子也是真，小設一計，讓牛鬼蛇神都現形，一併收拾了也省事。

今晚海誠被大雨攔在了柱國公府，周氏一人百無聊賴，皺眉思慮，夜深人靜仍無睡意。丫鬟鳳球掀開簾子進屋，衝周氏點了點頭。周氏知道鳳球是誰的人，趕緊示意孫嬤嬤打發了其他丫頭，換好衣服，讓她帶路去了後花園。

蕭梓璘歉意一笑，說：「夜色已深，還勞煩夫人跑一趟。」

「臨陽王殿下親自過來，想必有要事相告，就不必客氣了。」

「夫人讓令嬡親自去給長華縣主送禮，看來是理解本王的苦心了。」

「殿下的苦心太深，妾身理解起來有點困難；妾身的女兒還行，一眼就能看透。」周氏頓了頓，又說：「我們給長華縣主送禮沒有什麼目的，她是長輩，以前不在京城也就罷了，如今回來，給她送節禮再正常不過。殿下也知道我們得罪了逍遙王府，長華縣主與逍遙老王妃是舊識，希望她能替我們遊說一二。」

「夫人若把真實身分公開，還懼逍遙王府不成？」

周氏心裡一顫，冷眼掃視蕭梓璘。「什麼意思？」

「本王剛接到北邊的消息，北越國攝政王沐呈灃廢掉了他姪子的皇位，擁護自己的幼子登基了。沐呈灃原是北越大皇子，王后嫡出，頗有才幹，卻因兄弟鬩牆、手足相殘，被囚禁了幾十年。他忍辱負重多年，重見天日不到三年，就顛覆了北越皇權。聽說他是重情重義之人，重回巔峰第一件事就是尋找他失散幾十年的同胞妹妹。本王在想，是該給他製造些麻煩，還是給他提供些線索？夫人以為呢？」

周氏輕哼道：「那是王爺的事，朝廷大事與我一個深宅婦人有何干係？只要王爺不強加罪名封了周家在西南省的玉礦和金礦，我就拜謝王爺厚恩了。」

蕭梓璘笑了笑，說：「夫人是精明人，自然知道有些事該怎麼辦。」

「十萬兩。」

「……」蕭梓璘兩眼望天，一副不為所動的樣子。

「王爺嫌少？呵呵，妾身說的是十萬兩金子。」看到蕭梓璘轉瞬間換了一張動人的笑臉，周氏撇了撇嘴，說：「十萬兩金票，我女兒的嫁妝。」

「夫人太客氣了，十萬兩金票足以讓本王心旌搖曳，妳再搭個女兒，本王怎麼好意思呢？」蕭梓璘衝周氏抱拳行禮。「夫人美意，我若再推託，就是不敬了。」

周氏咬牙暗哼。「希望你不是為要十萬兩金子才想要我女兒的。」

「夫人誤會了，我明明是先對令嬡有意，才真心想替夫人分憂。夫人身家如此豐厚，若都留給大舅哥，導致他被金銀迷眼，耽誤了學業，豈不罪過？」

「我謝謝你。」周氏差點咬破自己的舌頭。

「夫人不必跟我客氣。夫人既不想摻和朝廷之事，那本王就放出消息，說沐呈灃的妹妹，當年北越國最尊貴的公主，已被逍遙王府暗殺了。這消息放出去會給逍遙王府帶來什麼後果，夫人可想而知，也算本王替夫人出了一口氣。沐呈灃不能再見親妹妹也就罷了，他妹妹留下的兩子一女也不願與他相認，實在遺憾。」

「那妾身就把花園借給王爺，讓王爺在此盡情遺憾。」

「夫人說笑了，我只是不希望夫人再隱瞞身分。」

「十萬兩金子不夠，我可以再加。我女兒沒有尊貴的身分，若王爺介意……」

蕭梓璘狡黠一笑，忙擺手。「不介意、不介意，時候不早，夫人請回吧！」

周氏走了幾步，又轉身說：「柱國公府那般德行，我又是商戶出身，我家老爺官職也不高。說實話，我真不希望我女兒高嫁，榮華富貴不是誰都能享的。」

「夫人要是不放心，就再加十萬兩金子，我保證令嬡不會受一點欺負。」

「……」周氏從沒想過自己能在雨後的黑夜裡走那麼快，被狼追也不過如此。

端午節當日，海琇拿著明華郡主的請帖、帶著厚禮去了鑲親王府。

王府的門人把她擋在了門外，說請帖上的日期寫錯了，明華郡主宴客的日期是明天，讓她明天再來。門人見海琇一副毫不在意的態度，又裝模作樣地跟她道了歉。

海琇笑了笑，說：「有勞貴僕將我帶來的禮物收下，並呈給明華郡主，這是禮單。端午節不同往日，禮物既然拿來了，就不會再拿回去。」

門人見海琇態度大氣，不敢造次，趕緊點頭應是，恭送她離開。

不管鑲親王府宴客的日期是不是寫錯，她來過了，禮也送了，就不可能再來第二次。不管誰問起，她都有話可說，畢竟寫錯宴客日期是很丟臉面的事。

她沒打算第二天再去鑲親王府，閒來無事，本想賴床懶睡，可一大早，海老太太就打發下人來傳話，說今天讓周氏和海琇陪她去鑲親王府作客。

周氏本不想去，可沒想到剛用過飯，海老太太就帶人親自過來了。今天海家要去鑲親王府的人真不少，除了六位姑娘和大太太、四太太，海老太太連葉姨娘和秦姨娘都帶上了。她們個個一身簇新、花枝招展，一看就是要去參加隆重的宴會。

海老太太見周氏母女不想去，心裡著急。她怕適得其反，不敢用規矩禮數強逼周氏，只好言勸慰。周氏看她反常，心中疑慮更深，就想果斷拒絕。

「娘，有老太太親自帶我們去鑲親王府作客，您還擔心什麼？我被明華郡主糊弄的事娘別再計較了，當年公爺被鑲親王打得那麼狠，不也過去了嗎？」

這是杜國公府極不光彩的一件事，海琇此刻輕鬆地提起，倒令海老太太很是尷尬。

周氏笑了笑，說：「我是膽小怕事沒成算的人，真怕鑲親王一時氣怒，把我們扣在府裡，再約國公爺打一架，不管誰對誰錯，那臉面可真是丟盡了。」

海老太太暗暗咬牙，假笑道：「妳們母女快去收拾吧！別讓人都等妳們。」

周氏答應了，帶海琇進屋更衣梳妝，母女仔細商量了一番。

今天到鑲親王府作客肯定沒好事，她們不知道會發生什麼，只能以不變應萬變，帶上蕭梓璘給的丫頭，好隨時傳遞消息。

第四十九章　欲加之罪

到了鑲親王府，才知道今天來赴宴的客人真是不少，其熱鬧隆重絲毫不遜於陸太后在宮中所操辦的宴席。除了在陸太后宴客時丟了人的錦鄉侯蘇家沒有露面，京城中王公勛貴及官員之家的女眷差不多都到齊了，連英王府和平王府都有人來。

清華郡主帶海琇去見了明華郡主。明華郡主打量了她一番，撇了撇嘴，沒說什麼，也沒有難為她的意思，就是一副絲毫不看在眼裡的神態。

「別在意，她就這副德行，不敢把妳怎麼樣。」清華郡主輕聲的安慰。

海琇微微一笑，說：「我安分守規矩就是。」

「放心，還有我呢，不會讓妳吃虧。」清華郡主頓了頓，又說：「聽說妳昨天來鑲親王府被拒之門外了，昨天過節，確實不是登門作客的日子。」

「我知道，但我按請帖上的日子赴約也沒錯。」

「妳是明理之人，太后娘娘聽說這件事都誇了妳。」

海琇心下微哂。「郡主這幾天見蘇瀅了嗎？蘇家怎麼安置蘇漣？」

「蘇老太太要把蘇漣送到家廟裡，老死再出來，錦鄉侯也同意了。可大長公主卻不同意，她認為把蘇漣送到英王府做妾更合適，蘇夫人也聽她的。」

「真去做妾嗎？那輩分……」海琇不得不佩服大長公主。真不知道這位公主的腦袋是怎麼長的，難道被圈禁幾十年，把腦子圈壞了？由此來看，她能養出蘇夫人那樣的女兒、葉玉柔那樣的孫女也就不稀奇了，這就是血脈。

太監傳懿旨讓眾人進正堂，說李太貴妃有話要訓。海琇同清華郡主往裡走，無意間看到海琪和海老太太等人陰鷙得意的神色，海琇的心猛跳了一下。

李太貴妃比陸太后還要雍容華貴幾分，說話倒是很和氣，她讓眾人免禮，又請幾位身分尊貴且年長的女客坐了。海老太太有幸得了一個座位，自是喜出望外。

「太貴妃娘娘有什麼話要訓導，直接讓人傳話就是，今兒在場的人誰還敢不聽？把眾人叫到一處，您要親自訓話，我們都覺得過意不去了。」

真有會溜須恭維的人，話說得合情合理，捧得李太貴妃也很舒服。有人帶了頭，眾人也都跟著恭維，一時間，正堂響起說笑、討喜、湊趣的聲音。

眾人正一團和悅，李太貴妃突然冷哼一聲，輕蔑陰鷙的目光投向海琇。海琇不由渾身一顫，周氏趕緊擋住海琇，清華郡主也緊張起來。

「琇瀅縣君，妳可知罪？」

該來的躲不過去，擔驚害怕無用。此時，海琇心裡反而慢慢平靜下來了。

「小女子不知，請太貴妃娘娘明示。」海琇慢騰騰跪下，面色坦然自若。

「妳這個賤人，還敢說自己不知罪，本郡主抽死妳！」

明華郡主抽出皮鞭，掄起來就要打海琇，鞭子沒落下，就被一根草繩纏住了。

海琇閉上眼睛，等待鞭子落下，此時她的面容和心潮皆如止水般平靜。她有御賜的封號，別說明華郡主，就是李太貴妃下令打她也要有充足的理由、充分的證據，否則她有直接上書皇上和陸太后的權力。

就算鑲親王府和李太貴妃以明華郡主不懂事為由辯護，只要自己堅持，明華郡主肯定討不到便宜。明華郡主猖狂慣了，肯定不會考慮到這些。

重重落下的鞭子被一根草繩緊緊纏住，出手的人是周氏帶來的丫頭鳳球。鳳球的穿著、長相都很普通，一看就是低等丫頭，可她居然敢阻攔明華郡主打人，真是不要命了，不說別人，就連清華郡主都為她捏了一把汗。

海琇睜開眼，看到鳳球一臉淡定，鬆了一口氣。若是普通丫頭，就算愚忠護主，也不敢在這種場合出手，單看鳳球如此平靜，就看出她根本不把明華郡主和李太貴妃放在眼裡。海琇已猜到鳳球的主子是誰，可周氏在其中又扮演了什麼角色呢？

「賤人！妳敢攔本郡主？」明華郡主的鞭子被纏住，用盡力氣也沒抖開。

「真是煩人。」鳳球突然鬆開草繩，明華郡主踉蹌幾步，差點摔倒。

明華郡主破口大罵，又要掄鞭子，被李太貴妃以眼神制止了。鳳球是伺候周氏的，敢在鑲親王府當著李太貴妃之面阻攔明華郡主，看來是有恃無恐。

李太貴妃可以不跟鳳球一般見識，但會把這筆帳記到周氏母女身上。

「有話就說，別動不動就撒潑。」清華郡主忿忿說道，上前去扶海琇。

李太貴妃冷哼一聲。「清華，妳也太沒規矩，我說讓她起來了嗎？」

清華郡主一頓，看到銘親王妃給她使眼色，才不情願地退下。

「狗拿耗子，多管閒事。」明華郡主衝清華郡主咬牙冷哼。

清華郡主強壓怒火，說：「回太貴妃娘娘，琇瀅縣君是聖上欽封，在西南省時，她曾任治河監理，對治理羅夫河貢獻不小，還請太貴妃娘娘……」

李太貴妃眯起眼睛，怒問：「妳眼裡還有沒有長輩？妳皇祖母是這麼教妳規矩的嗎？我跟琇瀅縣君無私仇私怨，懲罰她也是按規矩辦事，用得妳來教嗎？」

眾人一聽李太貴妃連陸太后都怨上了，心存公道的也不敢再吭聲。

海琇衝清華郡主感激一笑，微微搖頭說：「今天這麼多人在場，想必公道也自在人心。太貴妃娘娘教導我規矩，讓我認識自己的罪過，定不會隨意冤枉。只是我確實不知自己所犯何罪？若無明示，只會耽誤太貴妃娘娘的時間。何況，若太貴妃娘娘真想治我的罪，按理也應該通過官府和太后娘娘。」

「妳這個賤人！」明華郡主又要掄鞭子，見李太貴妃瞪她，馬上就安靜了。

李太貴妃在鑲親王府給海琇下馬威實屬無奈，傳出去，必會有人說她倚老賣老、仗勢欺人，可她已忍無可忍，再不發作，她這口氣更爭不上來了。能把京城的貴婦貴女聚在一起的機會不多，她必須趁今天這好日子出口惡氣。

「沒想到琇瀅縣君的嘴竟這般硬，連在這鑲親王府，當著哀家的面還敢狡辯！也罷，哀家看妳年幼，就訓導妳做個明白人，只是要哀家訓導人，可是有代價的。」

海琇觸到清華郡主給她使的眼色，想讓她服軟認罪，她微微搖頭，暗哼說：「敢問太貴妃娘娘訓導的代價有多大？若小女子承受不起，就不勞駕太貴妃娘娘了。」

「妳膽子真不小。」李太貴妃暗暗咬牙。她沒想到海琇敢這樣對自己說話。

周氏上前施禮，說：「若太貴妃娘娘不直言我女兒的罪過，非讓我們猜，恕我們母女只能不奉陪。我們母女都有御封加身，鑲親王府的勢力就是再大，也不敢要我們母女的命。今天走出鑲親王府的大門，我們自會到順天府請罪。」

明華郡主被人捧習慣了，今天落了面子，忍得很辛苦，聽到周氏的話，她氣得直跺腳。「妳們今天休想走出鑲親王府的大門。來人，給我把她們綁了！」

周氏不是軟弱的人，她心裡有底，更不會被明華郡主嚇到。「清華郡主和明華郡主都是親王府的郡主，這差距可不是一般的大。」

鳳球撇嘴說：「有些人就是欠揍，可能是知道我三個月沒打人了。」

「狗奴才！妳敢在鑲親王府猖狂？」明華郡主掄起鞭子打向鳳球。偌大的京城，可沒幾個人敢違拗她，今天沒抽海琇幾鞭，她都快憋死了。

鞭子挾著腥風朝鳳球抽下去，鳳球輕飄飄躲過，順手甩出一條長綾。長綾不只纏住了鞭子，還纏住了明華郡主的手，而另一頭則握在鳳球手裡。

「掛哪裡？」

周氏皺眉道：「哪兒也別掛了，把人放了吧。今天鑲親王府宴請了這麼多有頭有臉的人，鬧出了這麼大的事，傳出去會讓人笑話的。」

李太貴妃想給海琇下馬威，卻沒想到海琇和周氏都沒有懼怕請罪的意思，還把她給晾起來了。看樣子，周氏母女是不準備給她臺階了，這令她懊惱氣悶不已。

銘親王妃推了周氏一把，又衝李太貴妃陪笑道：「太貴妃娘娘肯訓導晚輩是她們的福氣，任是誰也該感恩戴德。可周夫人和琇瀅縣君都不知道自身犯了什麼罪，說不定這其中真有誤會，不如太貴妃娘娘就多教導她們幾句，跟她們直說。」

「請太貴妃娘娘明示。」周氏接到銘親王妃的暗示，也擺出示弱的態度。

「不是哀家不想教導她們，是她們不懂規矩，居然對哀家無禮。」李太貴妃處處爭鋒習慣了，被周氏母女弄得很沒面子，當然不會甘休。見周氏示弱了，李太貴妃咬牙冷哼。「柱國公夫人，妳替哀家說，她們畢竟是你們家的人。」

周氏和海琇互看一眼，心裡都明白這是被柱國公府的人陷害了。海老太太等人究竟給她們母女挖了什麼陷阱，竟還要借助李太貴妃和鑲親王府的力量坑她們一把？

海老太太有些猶豫，一臉訕笑，不知該如何開口。當著這麼多人，要她把那件事說出，就算能徹底打壓海琇和周氏，她也會背上欺負庶房媳婦和孫女的罵名。

「我來說。」蘇氏早等不及了，要做出頭鳥，看到海琪給她使眼色，她又換了一副謙恭的笑臉。「稟太貴妃娘娘，就由妾身替我們家老夫人來說吧！」

「好，說得詳細些。」

蘇氏清了清嗓子，說：「那日在宮中赴宴回來，妾身就聽到了一些閒話，說外面有人傳言臨陽王殿下求太后娘娘把琇瀅縣君指給他為正妃，妾身一聽就覺得不對勁。高高在上的臨陽王殿下，怎麼會求一個要才無才、要貌無貌，出身一般，母族還是商戶，只是勉強才有個封號的女子為正妃呢？妾身把傳言稟報了國公爺和老夫人，他們都不相信，讓人去追查，還把二老爺叫進府中查問。」

「賜她一杯茶，讓她接著說。」

蘇氏喝了茶、道了謝，又說：「妾身府上的人查出原委，把國公爺都嚇了一跳。散佈這個消息的人竟然正是周氏和琇瀅縣君。琇瀅縣君迷戀臨陽王殿下，想嫁給他做正妃，才編出了這等謊話。我們府上都覺得這件事太大，不敢隱瞞，就把實情報給了鑲親王妃。妾身只求太貴妃娘娘明斷是非，趁這麼多人在場，公開申明此事，別讓那身分低微卻兩眼望天的無恥小人折辱了臨陽王殿下的清名。」

周氏聽到蘇氏的話，差點笑出聲，海琇也搖頭冷笑。雖說她們笑的原因不一樣，卻都是一副滿不在乎的神態。

瞧李太貴妃神色冷厲，還以為是多大的事呢！若隔牆有耳，蕭梓璘聽到蘇氏這番話，又該做何感想呢？

那些話明明是蕭梓璘放出來想要詐某些人的，蘇氏等人卻把那些話安到了海琇和周氏身上。這下好了，連李太貴妃這條大魚都詐出來了，看他怎麼收網吧！

眾人聽到蘇氏的話，各色目光紛紛投向海琇母女，對她們指指點點、竊竊私語。

「琇瀅縣君，妳聽清楚了嗎？」

「回太貴妃娘娘，小女子聽清楚了。」

「妳可知罪？」

「小女子不敢領罪，天地良心，請太貴妃娘娘明察。」

「祖母，別聽這賤人狡辯，那些話肯定是她胡編出來，就是想以假亂真，妄想嫁進臨陽王府。」明華郡主衝海琇恨恨咬牙，想用天下最惡毒的話辱罵海琇。「父親是低賤的庶子，母親出身卑賤的商戶，就算你們都有御封在身，也改不了你們一家低微的出身。就憑妳這樣的貨色，也想嫁入王公勛貴之門?!」

海琇微微一笑，高聲道：「我想明華郡主肯定是誤會了，在座的人恐怕也沒聽清楚。我敢用天地良心賭誓，那是因為這番話並非出自我口；何況我從未仰慕過臨陽王殿下，也不想嫁入臨陽王府，信不信由你們。」

「閨閣女兒不懂規矩，嫁不嫁也是妳能隨便說的嗎？」海老太太拿出長輩的威嚴斥責海琇。「我們查證過，這些話確實是妳說的，妳還想狡辯嗎？」

周氏瞪了海琇一眼，恨恨一笑。「妳真是不懂規矩，怎麼能隨便說嫁或不嫁呢？妳要是個有本事的，應該設計與臨陽王殿下偶遇，弄出些首尾來……」

「娘，慎言、慎言。」海琇真為周氏的過於爽快而頭疼。她想埋汰海老太太為嫁進柱國公府未婚先孕之事，居然拿自己的女兒作筏子指桑罵槐，說不定蕭梓璘如今就躲在暗處偷聽，要讓他聽到這些話，還不笑掉大牙？

李太貴妃冷笑點頭。「哀家聽明白了，妳說天地良心，是賭妳自己從未有嫁進臨陽王府之心。臨陽王出身尊貴，又得皇上寵信，妳為什麼不想嫁，跟哀家說說，若是合情合理，哀家就不追查妳胡言亂語之罪了，好不好？」

「小女子不知道怎麼說，只好緘默，請太貴妃娘娘恕罪。」

海琇也知道李太貴妃存心想刁難她，或者她們還有更深的陰謀。被身分比她尊貴的人刁難，她想不出更好的方法迴避。

李太貴妃冷眼看著海琇，心裡更加氣惱。她沒想到海琇軟硬不吃，倒讓她碰了一個不軟不硬的釘子。她自持身分，有些事不好說，可這小丫頭非逼她說。

「妳否認自己胡編謠言，說自己不想嫁給臨陽王，偏偏矛頭指向妳，哀家問妳理由，妳又不知道怎麼說，這不是很矛盾嗎？難道妳有難言之隱？」李太貴妃畢竟是有身分、有地位的人，有些話，尤其關係到女孩的名聲，她不能隨便說出口。皇家女眷是臣子女眷的表率，言多必失，可不能被人揪住把柄。

蘇氏聽到李太貴妃的話，暗暗興奮，趕緊給葉姨娘使眼色。

「稟、稟太貴妃娘娘，賤妾有話要說。」葉姨娘慌忙跪下，做了自我介紹。

又跳出來一個。海琇衝周氏眨了眨眼，只可惜葉姨娘這條魚不算肥。

李太貴妃知道葉姨娘要說什麼，挑起嘴角，點頭一笑。「妳說吧！」

「稟太貴妃娘娘，琇瀅縣君在西南省時，曾與船工之子有過肌膚之親，兩人多次私會，還寫下了婚書。」葉姨娘陳述了唐二蛋相救海琇之事，又呈上了婚書。

海琇緊緊皺眉，當時朱嬤嬤不是說把婚書毀了嗎？怎麼葉姨娘手裡還有？葉姨娘只呈上了一份，另一份呢？難道葉姨娘還留了一手？

「他們定親時日不長，那唐二蛋就沒了蹤影。他傻乎乎的，可能是出門走丟了，或是讓野獸吃了，為此，琇瀅縣君還哭過幾次，顯然對唐二蛋情深意重。後來，她就住到了廟裡，回來之後，再沒提過唐二蛋的事，想必是……」

「妳這個賤人，妳再胡說八道，我撕爛妳的嘴！」周氏忍無可忍，要撲上去打葉姨娘，被海琇拉住了。「姑娘的清名關係到二房的名譽，妳竟如此不懂事嗎？」

難道周氏不知道蕭梓璘就是唐二蛋？她讓唐二蛋去廟裡送過幾次信，難道都是下人接待，其實周氏根本沒見過唐二蛋？海琇暗暗鬆了口氣。周氏不知道最好。

原先蘇氏和海老太太等人便把這件事當成了海琇的污點和把柄，這回好了，有熱鬧看了。這樣的熱鬧想必臨陽王殿下不會錯過，他也該現身了。

「這件事不光賤妾知道，秦姨娘母女也可以作證。」葉姨娘果然夠蠢，沒能明白周氏的意思。她被蘇氏等人利用栽贓海琇，可這樣一來，海璃豈不是跟著吃虧嗎？

葉姨娘是海誠的妾室，海璃也是二房的姑娘，她這等於是往自己身上潑髒水。

「秦姨娘，妳快出來作證。」蘇氏又趕緊給秦姨娘使眼色。

海珂拉著秦姨娘後退了兩步，面露猶豫。看樣子，蘇氏和海老太太等人許諾了她們母女什麼，或是威脅了她們，但她們母女不笨，知道作證的後果。

蘇氏叫了秦姨娘幾次，秦姨娘猶豫再三，直到李太貴妃親自點她的名，她才回話。她實話實說，還指明這一切都是葉姨娘擅自做主，為海琇和唐二蛋寫下婚書。

聽說海琇曾跟船工的兒子定親，眾人議論紛紛，投向海琇和周氏的目光更是輕蔑多於同情。連銘親王妃和清華郡主都備感無奈，心裡替海琇惋惜。

周氏陷於被動，氣得臉都青了，若不是鳳球攔著，她真要發作了。只是看到海琇一副無所謂的態度，周氏被氣惱憤恨充斥的內心不由多了幾分納悶。

第五十章　弄巧成拙

李太貴妃搖頭一笑，問：「琇瀅縣君，她們說的可是真的？」

「稟太貴妃娘娘，口說無憑，都寫過婚書了，上面有兩個人的手印，還能有假嗎？」蘇氏好不容易抓住了機會，極盡能事地埋汰海琇，想把她的污名坐實。

海琪是柱國公府長房嫡長女，是海朝和海老太太及海諍夫婦花費苦心培養的名門閨秀，沒想到海琇一回來就壓了海琪一頭，這讓他們如何能容忍？最近京中傳言四起，他們終於找到了扳回一局的機會。正巧李太貴妃和鑲親王府也為傳言煩惱，他們一拍即合，就聯手演了今天這場戲。

海琇從容地點頭。「回太貴妃娘娘，是真的。」

「那妳打算怎麼辦？」李太貴妃此時倒成了一位和善的長輩。

「小女子不知該怎麼辦，請太貴妃娘娘訓導。」海琇一臉楚楚可憐之色。

既然妳們爭著往坑裡跳，不推妳們一把，也對不起妳們。

李太貴妃笑了笑，說：「妳既然和唐二蛋定了親，就是唐家婦了，不管妳多麼不甘心，也要恪守婦道。這樣吧，哀家作主這份婚書生效，若唐二蛋走失，妳就等他回來，做他的妻子；若他死了，妳就算是他的遺孀，為他守寡。臨陽王求太后娘娘把妳指給他做正妃那件事，不管是不是妳說的，哀家都不追究了。妳年紀不大，為一個船工的傻兒子守寡，也確實委屈妳了。」

「小女子不覺得委屈，只要太貴妃娘娘及諸位相信小女子並無高攀臨陽王殿下之心，小女子願意等唐二蛋一生一世。」海琇眼角淌出兩滴清淚，順著臉頰慢慢滑落。

海琇這句話還真不希望蕭梓璘聽到，她沒必要跟他真情告白。相比腹黑詭詐的蕭梓璘，海琇打從心裡更喜歡純厚樸實的唐二蛋；相比京城的錦繡繁華，她更喜歡西南省的那一派蔥蘢。若不是因為她放不下仇恨，她真想在西南省平靜度過此生此世。

周氏憂心著急，趕緊跪下。「太貴妃娘娘，那份婚書本來就是葉氏胡……」

「娘，您別說了，話已出口，不會反悔。」海琇靠在周氏肩上淡淡一笑。

在場的人看向海琇的目光除了幸災樂禍，又多了幾分無奈和猜疑。皇上親封的縣君竟要苦等一個已經走失幾年、生死不知的船工？以後的日子該怎麼過。

一個婆子匆匆跑來，附在李太貴妃耳邊低語了幾句。

李太貴妃冷笑道：「這叫什麼事？太后娘娘指婚不算數嗎？」

「出什麼事了？祖母。」

「逍遙老王妃回來了，聽說太后娘娘把連潔郡主指給臨陽王為側妃，就訓子罵媳地鬧開了。」李太貴妃撇嘴冷笑。「看來逍遙老王妃是不想讓連潔縣主給哀家的孫子做側妃了，這不是要落哀家的臉面嗎？那哀家就把柱國公府長房長女海氏和洛川郡主指給他做側妃。明華，妳替祖母給太后娘娘寫份摺子，呈上去。」

「多謝太貴妃娘娘。」蘇氏扶著海老太太謝恩，海家女眷也跟著道謝，海琪面露羞澀，看向海琇的眼神充滿掩飾不住的快意和嘲諷。

蘇氏毫不遮掩地揭露海琇在西南省的事，原來是為了給她女兒爭取臨陽王側妃之位。就為一個側妃之位，蘇氏等人不遺餘力地出賣自己，這代價也太大了些。海琪才貌出眾、心高氣傲，可惜家族威望有限，想做臨陽王的側妃還得費盡心機。

雖說現在朝野有關叔終姪繼的議論淡了，但臨陽王的封號還在；就目前形式來看，蕭梓璘比幾位皇子都有實權，若將來他真的登臨大寶，他的側妃也是金尊玉貴的皇妃，說不定還有機會問鼎鳳位。

陸太后把連潔縣主指給蕭梓璘做側妃，京城皆知。逍遙老王妃不同意她親自教養的孫女與人做妾，李太貴妃便抓住這個機會，一次打了陸太后和逍遙老王妃兩個人的臉。婚嫁大事在她們看來只是爭鬥的籌碼，一個隨意的玩笑。

「都起來吧！」李太貴妃很滿意自己的傑作，笑問：「怎麼沒見洛川郡主？」

「回老祖宗，她剛剛還在，聽說老祖宗指婚，她害羞，就躲出去了。」

銘親王妃和清華郡主都在場，洛川郡主要是敢出來晃，那臉皮就足以當被子蓋了。李太貴妃把她指給蕭梓璘做側妃就等於打了銘親王府一個響亮的耳光。陸太后始終壓李太貴妃一頭，真不知道洛川郡主及清平王府以後該如何自處？

佳餚美酒已備好，下人來通知開席，鑲親王妃扶著李太貴妃，邀請賓客入席。

李太貴妃看到海琇還跪著，滿意地笑了，又看向滿臉憂急的周氏。「周夫人不必如此憂心。哀家知道妳就這麼一個親生女兒，能體諒妳的心情。兒孫自有兒孫福，雖說琇瀅縣君與唐二蛋的婚書是葉姨娘擅作主張寫下的，可做人做事都要言而有信，做為母親，教導女兒懂規矩禮數，便該支持她守著才對。先讓她守幾年，若唐二蛋一直不回來，哀家就向皇上給她求一座貞節牌坊。」

周氏想反駁李太貴妃的決定，想痛罵李太貴妃一頓，可見海琇不動聲色，她也只能忍住了。海琇是有主意的人，不公然反對李太貴妃，一定是另有打算。

蘇氏以勝利者的姿態，虛情假意地勸慰道：「唐二蛋已兩年多生不見人、死不見屍，其實這不是壞事，說不定哪天他就會回來認親，還能做成一門好姻緣。船工之子身分確實低微，誰也不想嫁，可是各人有各命，誰也強求不得。」

海琇想諷刺蘇氏幾句，無意間卻瞥見鳳球正衝著牆外別有意味地竊笑。鳳球是蕭梓璘的人，看她的笑容，海琇就猜到蕭梓璘一定躲在牆外看熱鬧。

「琇瀅縣君，哀家看妳神色不對，妳是不是有話要說？」

海琇點點頭。「太貴妃娘娘，小女子能先起來、喝杯茶再說嗎？」

明華郡主恨恨冷哼。「小寡婦條件還挺多的，真是矯情。」

李太貴妃瞪了明華郡主一眼，又換了一張笑臉，讓海琇起來，又讓人上茶。

海琇喝了一杯茶，清了清嗓子。「太貴妃娘娘，小女子能以罵代說嗎？」

「妳想罵誰？」海老太太沈著臉問出這句話，也問出眾人的疑惑。

蘇氏趕緊幫腔。「太貴妃娘娘面前豈容妳放肆？妳……」

李太貴妃輕笑幾聲，爽快地說：「罵吧！有窩心事罵出來心裡就痛快了。」反正妳不敢罵我，妳要真罵了也正好，正好治妳一個不敬之罪。李太貴妃笑意吟吟地看著海琇，越想心裡越痛快。

海琇向李太貴妃致了謝，又吸了口氣，高聲罵道：「唐二蛋，你個烏龜王八蛋！你個闔家作死的龜孫子！你有本事一輩子縮著頭，別出來，我都心甘情願為你守寡。你要是敢沾別的女人，我讓你知道『後悔』兩字有一萬種寫法。」

除了鳳球，眾人都驚呆了，連周氏都瞪大眼睛看著女兒。一向溫言軟語、貞靜文雅的琇瀅縣君竟敢如此撒潑般大罵辱人的髒話，真讓她們開了眼。

「罵得好、罵得痛快，真是闔家作死的王八蛋。」李太貴妃暗暗咬牙。她又想起她恨了多年的人，不顧體面和尊貴，也罵了出來。

一直饒有興致看熱鬧的鳳球實在忍無可忍，蹲在地上，捂著肚子放聲大笑。

「哈哈哈哈，罵得好、罵得痛快，小烏雞，我也幫妳罵。唐二蛋，你個烏龜王八蛋！」

烏蘭察躥到枝葉茂密的大樹上，衝臨陽王府的方向邊罵邊笑。

看來烏蘭察知道唐二蛋是誰了，蕭梓融也一定知道了。這兩人的嘴巴還真緊。

「唐二蛋，你個烏龜王八蛋，你坑了老子的金山，還戲耍老子，老子饒不了你！你們全家都是烏龜王八，你祖母是母王八，你老爹是……」

一襲清涼的玉色隨風而起，在空中劃出優美的弧度，落到牆上，又撥劍朝樹上刺去。劍光游移，白衣翩躚，與碧葉、藍天相映成色，舞動白雲麗日。

劍如驚鴻，人似游龍，玉影拂風，吸引了眾人的目光。

烏蘭察縱身跳開，邊罵邊拔出彎刀與一身玉白長袍的蕭梓璘打在一起。彎刀兩把，銀劍一柄，相牽相繞，在陽光下閃爍耀眼的光芒。

「是臨陽王殿下！穿白衣的是臨陽王殿下！」

不知是哪個花癡喊了一聲，在場的人全都仰起頭，目光追逐著白色身影。蕭梓璘似乎有意將他自身絕對的美感充分現於人前，打鬥姿勢更加優美。於是，驚呼嬌喊響成一片，目光裡積聚的愛意氾濫成海，足以淹沒了他。

海琇也被蕭梓璘吸引了，目光隨著他的形影閃爍，與此同時，牙齒還咬得格格直響。她真希望能用的目光把蕭梓璘定格在某一處，讓烏蘭察狠狠插上幾刀。

烏蘭察邊打邊退，打不過，踩著屋簷房頂撒腿就跑。蕭梓璘騷包式地賣弄輕功，把烏蘭察追得倉皇逃躥，到了臨陽王府上空，兩人都不見了。

李太貴轉向海琇，冷笑道：「妳和唐二蛋的婚事哀家已作主定下了，妳剛才罵也罵了、氣也出了，以後就恪守婦道，不與外男往來，別丟了哀家的臉才是。」

「小女子謹記太貴妃娘娘教誨。」

「妳記住就好，傳話下去，準備開席。」

「祖母急著入席，是不是因腹中飢餓？」蕭梓璘的聲音自人群後面響起。

李太貴妃頓時笑臉如花。「璘兒怎麼來了？這院子裡可都是女眷。」

蕭梓璘挑嘴一笑，回道：「孫兒眼明心亮，人心都看得透，還能分不出男女嗎？孫兒自知英俊，一向從不懼人觀看，這是人之氣度，祖母可別小氣了。」

李太貴妃臉色沈了沈，擠出笑容，問：「你來可有什麼事？」

「孫兒來找人，順便算一筆舊帳。」蕭梓璘神色坦然，目不斜視。

大麻煩被她罵出來了，海琇咧嘴苦笑，趕緊往周氏身後躲藏。蕭梓璘以眼角的餘光瞄了她一眼，兩名黑衣女衛便溫柔地把海琇請到了人前。觸到蕭梓璘充滿笑意、隱含促狹的目光，海琇也賞了他一個大大的笑臉。

「璘兒，祖母也訓斥過琇瀅縣君，你就別難為她了。」

明華郡主自作聰明，忙說：「她造謠生事，二哥就該狠狠教訓她。」

「確實該狠狠教訓她。」蕭梓璘衝海琇眨了眨眼。「妳還有什麼好說？」

「小女子無話可說，請臨陽王殿下治罪。」

「還想罵嗎？」蕭梓璘笑得燦爛，問話的聲音溫柔而低沈。

「當然要罵，海四，妳要是不罵就真成……」烏蘭察尖叫一聲，從房頂上跳下來，落到海琇身旁。「蕭梓璘，你敢對小爺下毒手？怕小爺揭穿你就是唐二蛋？」

「璘兒，這是怎麼回事？」李太貴妃聽出端倪，頓時警覺了。

眾人聽到了烏蘭察的話，明白的、不明白的都不知道該做何反應了。

「祖母真的想聽？」見李太貴妃一臉期待，蕭梓璘推了推海琇。「妳來說。」

「真是麻煩，我來說！」烏蘭察大概是怕說得不中聽會被蕭梓璘收拾，撥出兩把彎刀握在手裡，嚇得在場的女眷連忙後退，給他們騰出一方空間。

蕭梓璘把烏蘭察推到一邊，衝李太貴妃淡淡一笑，說：「四年前，孫兒在華南辦案遭了暗算，身受重傷，落到水裡，才好不容易保住了性命。從華南到西南，孫兒被水流沖出了千餘里，沖到羅夫河羅州段的險灘上。一位姓唐的船工救了我，傾盡所有為我治傷調養，傷好了，我卻失憶了，連姓名祖籍都忘了。唐姓船工見我呆傻身弱，就收我為義子，與他捕魚拉船謀生，沒想到我會救下海知州的女兒，還得了一樁好姻緣。本來我不想再提這門親事，祖母高德，非逼孫兒守信重諾。」

「你、你說什麼?!你說什麼？」李太貴妃騰地一下站起來，又重重坐到椅子上，一手捂住胸口，一手指著蕭梓璘，高聲喊呵。「你、你再說一遍。」

她不傻，也沒老糊塗，當然知道蕭梓璘說的是什麼，可她不敢相信，也不願意相信。蕭梓璘說得很清楚，本來他不想再提當年的婚約，是她為私心把這件事鬧開了。她自認聰明，想教訓周氏母女，沒想到卻搬起石頭砸自己的腳。

烏蘭察直晃著手裡的彎刀。「他說得不夠清楚嗎？妳還問他說什麼？妳真的聽不懂？他說他四年前捉賊差點搭上自己的命，老唐頭救了他，看他傻了，就收他當了兒子，給他起名叫唐二蛋，他就是唐二蛋。他救了海知州的女兒，海家的葉姨娘要埋汰嫡女，就自作主張把琇瀅縣君許配給了唐二蛋，還寫了婚書，妳不是已經看到了嗎？妳不是讓琇瀅縣君認下這門親事嗎？這就成了。」

李太貴妃又騰地一下站起來，指著烏蘭察問：「璘兒，他說的可是真的？」

「千真萬確。」蕭梓璘面露勉強，嘆氣說：「難為祖母了。」

這下人們都知道了，蕭梓璘在失憶時曾和海四姑娘訂過親，他清醒之後並未再提起這門親事，就是不想承認。可讓李太貴妃等人一鬧，人們都知道了，他不承認也不行了。只是如今他要真娶了身分低微的海四姑娘，李太貴妃可是要愧疚不已了。

海琇再一次成了眾人注視、談論的焦點，各色目光和竊竊私語聲都砸向了她。

第五十一章　婚事做成

「璘兒，這是真的嗎？到底是不是真的？」李太貴妃坐到椅子上，狠厲的目光投向葉姨娘和秦姨娘，又呵罵道：「妳們都傻了嗎？為什麼不說話？快說！」

明華郡主和丫頭、婆子想要扶住李太貴妃，被她一把推到了一邊。

在場的人都因這突然的反轉驚呆了，葉姨娘和秦姨娘呆怔得更厲害。她們的腦海好像被漿糊填滿了，什麼都忘了，哪還敢說半句話。

蕭梓璘挑嘴一笑。「阿爹，您來說吧！」

老唐頭來了，先給李太貴妃行了禮，又給葉姨娘和秦姨娘見了禮。

看到老唐頭，別說葉姨娘和秦姨娘，就連海珂和海璃都相信高高在上的臨陽王殿下就是卑賤低微的唐二蛋了。唐二蛋真和海琇定過親，她們都沒有忘記。

老唐頭把當年的事講述了一遍，見眾人聽明白了，他掏出用油紙裹著的婚書遞給蕭梓璘，嘆氣說：「我早說要認這門婚事，你總是猶豫，這樣不好。你現在覺得海知州家的嫡小姐身分低微，怎麼不想想你一身腥臭、拉縴打魚時人家不嫌你低？還是太貴妃娘娘疼你，費盡了心思把親事公開，你要聽娘娘的話。」

海琇躲在人群裡，低著頭、摀著臉，真想放聲大笑。這人還變得真快，短短幾年時間，連憨厚沈悶的老唐頭都會語重心長地說出氣死人不償命的風涼話了。

「我記下了，阿爹先回府吧！」蕭梓璘讓銀二把老唐頭送走了。

蕭梓璘輕咳一聲，衝李太貴妃鄭重行禮。「多謝祖母一片苦心，孫兒聽祖母的，認下這門親事，還請祖母跟父王、皇上和太后娘娘說清此事。」

周氏站不住了，一旁的洛夫人攙住她，她便順勢倒在洛夫人身上。看到洛夫人羨慕欣喜的目光，周氏卻只想撞牆。臭丫頭矇她，蕭梓璘坑她，這兩個早聯手了！

「你、你想怎麼樣？」李太貴妃好像突然老了幾歲，說話時連牙齒都在打顫。

「祖母都把事情鬧開了，孫兒還能怎麼樣？琇瀅縣君都答應等著，等不來就守寡了，孫兒要是不認這門親事，豈非禽獸不如，更枉費了祖母的教誨？」

「祖母，您被海家人騙了，她們早就知道二哥是唐二蛋，這是她們設下的圈套！」明華郡主聰明了一把，可惜不對地方。「祖母，您可是答應讓冰兒表姊做二哥的正妃了，這門親事要是作數，您怎麼跟我外祖父交代呀？」

李太貴妃冷靜了一會兒，深吸一口氣，說：「璘兒，唐二蛋是唐二蛋，你是你，你和唐二蛋沒有任何相干，你明白嗎？為何非要把這樁醜事攬到自己身上呢？」

「祖母為什麼說這是醜事？難道祖母忘了這醜事也是您帶頭提起來的？祖母既然把這件事鬧開，孫兒也想通了，可此刻祖母又不想讓孫兒認了，這不是置孫兒於不義嗎？」

「不，我不同意！你父王、母妃也不會同意的！」

「就在祖母質問琇瀅縣君的時候，孫兒就跟父王坦白了這件事。父王說人要言而有信，既然祖母願意提起當年的婚約，那我們府上就答應了。」

李太貴妃眼皮一翻，一口鮮血吐出來，人如坍塌一般倒在了椅子上，下人趕緊把李太貴妃抬進內堂，又叫喊著去請太醫，進進出出的人亂成了一團。

蕭梓璘到內堂看了看李太貴妃，一會兒工夫就出來了，臉色冷酷而陰沈。他陰冷的目光掃過眾人，落到了葉姨娘身上。「金大，去告訴海誠，他的妾室葉氏眼睛不好，本王想給她換雙新的，把舊的剜下來賞給小鷹吃，就不用他花銀子了。」

「是，殿下，小鷹好幾年沒吃眼珠子，一定饞壞了。」

葉姨娘反應過來，剛要磕頭求饒，就被兩名黑衣女衛堵住嘴拖走了。在場的人都嚇呆了，所有人都停下了動作，連想驚呼的都摀住了嘴，就怕惹怒了這個煞神。秦姨娘是聰明的，發現蕭梓璘正看著她，趕緊連滾帶爬地撲到海琇腳下，緊緊抱住她的腿。

蕭梓璘輕哼一聲，從海琇身邊走過，丟下一句——「指婚聖旨很快就會頒下來，妳就偷著樂吧！」又在她臉上摸了一把，就以麻利的姿勢，丟給了眾人一個英挺的背影。

大概是鑲親王府今日沒看黃曆，本來宴客是樁喜慶事，開始也挺順利的，不承想卻來了一個驚天逆轉，在震驚所有人的同時，也把李太貴妃震倒了。

李太貴妃吐血昏倒，驚動了後宮朝廷，光太醫就來了一群。主人病了，哪還有心情宴客？天熱，準備好的美味佳餚鑲親王府的下人吃不完，只好拿去餵狗了。

今日發生在鑲親王府的事消息不脛而走，眾說紛紜。不管人們怎麼說、怎麼傳，新鮮出爐的臨陽王正妃掌控了京城輿論的方向。當年的一紙婚書，不管是誰在抱有何種居心的情況下寫的，由李太貴妃向眾人公開之後，也不得不作數了。

從鑲親王府回到家，這一路上，海琇一直一言不發。她不僅不說話，臉上也無悲無喜，沈靜得如同深秋止水。

周氏認為自己被海琇和蕭梓璘聯手騙了，心裡不痛快，冷著臉，想讓海琇勸她，沒想到海琇的臉比她還沈，最終她也只能服了軟。

臨陽王正妃是諸多名門閨秀削尖腦袋都想坐上的位置，卻落到了她身上，可她心裡沒有高興的感覺。只是定局已成，她知道自己無力反抗，乾脆就痛快接受，矯情沒用，還會招來更多謾罵。

早晨出門早，沒吃多少東西，午後才回來，早餓了。於是不用丫頭布菜伺候，她自己便開始慢條斯理地用餐了。平時她飯量不算小，但今天一頓吃了以往三頓分量，還沒有要停的意思，甚至專揀以前不愛吃的吃。

周氏來看了兩次，都沒打擾她。第三次又來，怕她吃撐了，就坐下來看著她。

海琇放下筷子，說：「別讓秦姨娘和二姑娘跪著了，罰她們有什麼意思？讓秦姨娘去給葉姨娘收屍，她們姊妹十幾年，也該全了這最後的情意。」

葉姨娘被暗衛帶走了，說是要給她換一雙眼睛。進了暗衛營，清白無辜都能屈打成招，葉姨娘本就不是善輩，活著出來的可能性不大了。

孫嬤嬤出去傳話，又使眼色把房裡的丫頭都帶出去了。

周氏挑了挑眉頭。「妳就沒打算跟我說些什麼？」

「不打算。」海琇回答得很乾脆。「您不也有事瞞著我嗎？」

「我那都是陳年舊事，也不是什麼好事，妳知道有什麼用？」

「我也是回到京城才知道他就是唐二蛋。」海琇撒了謊，把認出蕭梓璘的時間推遲到他們一家回京、蕭梓璘審案的時候，這樣更容易讓周氏相信。「我沒想過跟他有什麼瓜葛，只想過平凡安逸的日子。我原以為他不會放在心上，要是知道他有承認那門婚事的打算，我就會提前跟他溝通，勸他放棄。」

「做臨陽王正妃不好嗎？」

「不是不好，是我覺得不適合。」

周氏微哂一聲，面露曖昧。「適不適合現在不知，也得先在一起才會知道。」

海琇斜了周氏一眼，沒再說什麼。她不是不喜歡蕭梓璘，而是不喜歡那麼多女人覬覦他。

「臨陽王府來人說，明天指婚聖旨就下來了。」

「那就接唄，她們不是設計了陰謀嗎？我們非爭口氣給她們看看。」

周氏重重點頭。「好女兒，接著吃，使勁吃，妳吃得越多娘越高興。」

海誠聽說了鑲親王府發生的事，還沒到下衙的時間，就匆匆回來了。聽周氏詳細講述了在鑲親王府發生的事，海誠又是喜、又是恨，拉著周氏嘆息了半晌。

無獨有偶，今天胃口好的不只海琇一個人，陸太后也是。鑲親王府的事傳進宮時，陸太后正用午膳，她破了規矩，邊吃邊讓人回話。

她年紀大了，運動不多，思慮卻不少，飯量當然不大。可今天這頓午膳她吃了一個多時辰了，還意猶未盡。飯菜涼了，有的熱過了兩次，她還沒吃飽。銘親王妃來了，有事要回稟，陸太后才讓人撤席，銘親王妃又親自伺候她洗漱。

「那邊的事母后都聽說了吧？」銘親王妃出了口惡氣，心裡自是痛快了。

陸太后哼笑兩聲，說：「哀家還想聽妳說說，下人們畢竟講得不夠喜慶熱鬧。」

在銘親王夫婦面前，陸太后沒必要掩飾自己對李太貴妃的痛恨和厭惡。

「她這跟頭栽得夠大、夠響亮，她可別一病不起，哀家還想跟她商議璘兒和融兒的婚事怎麼辦呢。璘兒封了王，鑲親王府世子也還沒立，她若不參與該有多遺憾。」

銘親王妃輕哼道：「她好不容易抓住機會要打別人耳光，就卯足了勁兒。不承想別人不痛不癢，倒把她自己拽了個跟斗，真是活該。」銘親王妃拿出一份摺子，呈給陸太后。「這是她讓明華寫的，要把洛川郡主和海大姑娘指婚給璘兒，讓呈給您。明華也是個沒成算的，這摺子不是給自家人上套兒嗎？」

「這是好事。」陸太后接過摺子，粗略看了一遍，就讓女宮蓋上了鳳印。

「母后，她這指婚的摺子您恩准了？」

「不但我准了，我還要把她的摺子呈給皇上御覽，是否按她的意思下旨指婚由皇上來定。不管璘兒是不是接受這兩位側妃，跟她的梁子可都結死了。」

「璘兒心思詭詐，琇瑩縣君也是深沈之輩，以後熱鬧還多著呢。」陸太后撇了撇嘴，剛要說話，就有人來回話，說逍遙老王妃遞牌子求見。

「都申時了，逍遙老王妃怎麼這時候來求見？」銘親王妃明知故問。

陸太后長嘆一聲，說：「急事，糟心的事。」

聽陸太后一說，銘親王妃才知道，把連潔縣主指給蕭梓璘做側妃，其實並不是逍遙老王妃的意思。連潔縣主仿逍遙老王妃的筆跡給陸太后寫了一封信，把陸太后給騙了。

逍遙老王妃回來後，聽說了京城發生的事，就把連潔縣主關了起來，又求陸太后收回指婚懿旨。陸太后很生氣，又不得不答應逍遙老王妃的請求，正為難呢。

陸太后讓太監宣逍遙老王妃進來，又對銘親王妃說：「他們家要退婚就要從自家找原因，不管說連潔是病了還是傷了，以後連潔都不好嫁了。」

「那也是她自作自受。」

逍遙老王妃進來，果然如陸太后所說，她說連潔縣主有隱疾，不宜成親。陸太后當即就給了她臺階，讓她寫摺子上來，還要讓皇上過目，畢竟陸太后也是跟皇上商量過才指的婚。

陸太后仔細提點了逍遙老王妃，這件事也就定下來了。

「妾身本打算留在京城養老，出了這檔子事，也沒臉了。妾身想回塞北，把連潔也帶回去，冷她幾年，等她想明白了，再給她定一門親事。」

陸太后握著逍遙老王妃的手，說：「一轉眼，我們都過花甲之年了，不知道還有幾天好活？哀家真希望妳留在京城，想見面就能見到。聽皇上說北越國攝政王兵變奪權，換了皇帝，北邊可能要亂，鬧不好會打仗。」

「太后娘娘放心，塞北現在安定富裕，這仗不會打的。逍遙王府坐鎮塞北幾十年，定不負皇恩、盡忠報國。北越國的攝政王是沐公主的親哥哥，知道他奪了權，我更要回去。當年的事我最清楚，還能跟他說明白，免得牽連別人。」

陸太后微微搖頭，嘆息說：「沐公主是聰明人、能耐人，也是可憐人。」

逍遙老王妃掩面痛哭。「是我害了沐公主，她只想過平靜的日子，我不該把她牽扯進來。她死的時候懷了幾個月的身孕，一屍兩命，死不瞑目。」

「沐公主跟我們都是很好的朋友，我們都不想讓她死，那是誤會，妳也別自責。聽說沐呈灃最疼他這個妹妹，我擔心妳回去解不開誤會還搭上自己的性命。」

逍遙老王妃剛要開口，就有太監傳話說蕭梓璘來請安了。陸太后知道蕭梓璘為何事而來，怕逍遙老王妃尷尬，趕緊讓銘親王妃帶她出宮。

落日的餘暉灑在蕭梓璘臉上，五彩光暈為他英朗的面龐平添了迷離。看到陸太后出來，他淡淡一笑，深邃的目光也變得柔和了。

「猴崽子，費了那麼多心思，繞了那麼大的彎子，得償所願了？」

「回皇祖母，孫兒不想費心思，也不想繞彎子，有人要鬧騰，孫兒只好借坡下驢。不管事情鬧成什麼樣，也怨不得孫兒，皇上也這麼說。」

「哼！看你滑頭的，指婚聖旨明天就頒下去，你也可以安心籌備婚事了。」

「是該籌備婚事了。」蕭梓璘朗朗一笑，施禮道：「孫兒告辭。」

「你別著急走，哀家想讓你查一件事。」陸太後跟蕭梓璘說了當年的事，又道：「因為一個誤會，沐公主沒生下孩子就死了，一屍兩命讓人心痛。你去查查她懷的是誰的孩子。當年，沐呈澧把沐公主送到我朝避禍，我朝沒護她周全，理虧在先，她哥哥重掌北越皇權，若跟我們要說法，我們也要有個交代。」

蕭梓璘挑嘴冷笑。「若不是沐公主的哥哥重掌皇權，恐怕沐公主來生也等不到這個交代了。逍遙王府在當年舊事上扮演了不光彩的角色，該付出代價才是。」

「話不能這麼說。沐公主的哥哥要不重掌皇權，我們跟誰交代呀？總不能跟他的政敵交代吧？逍遙王府當年那麼做也是為了朝廷、為了塞北安寧。」陸太后停頓片刻，又說：「我聽說沐公主手裡掌握了北越國不少生意，你也知道北越國鉅富遠勝我朝，沐公主死了，那些生意落到誰手裡了？她哥哥肯定會追查。」

「原來沐公主手裡的生意屬於北越皇族，難怪那麼龐大。」笑容從蕭梓璘的嘴角散開，很快就溢滿了整張臉，那是撿到大便宜的得意笑容。

「哀家說沐公主一屍兩命死得可憐，怕跟她哥哥沒法交代，你怎麼反而笑得那麼開心？暗衛營是不是查到什麼了？你快跟祖母說說。」

「確實查到了一些消息，只是孫兒一想到臨陽王府底子太薄，孫兒又沒外家幫襯關照，成親還要花不少銀子，就心煩意亂，哪還有心情陪皇祖母閒話？」

「你這猴崽子，想要銀子沒門，給我走。」陸太后掄起枴杖就把蕭梓璘趕了出去，只是見蕭梓璘真走了，她又後悔了。想知道隱秘消息，連她都要拿銀子換。

蕭梓璘走出慈寧宮，招金大過來，低聲說：「準備厚禮，本王今晚要登門拜訪岳母。就給十萬兩金子做嫁妝太少，不公平，本王必須去討個公道。」

金大瞪大眼睛看著蕭梓璘，蕭梓璘都得意洋洋走出老遠了，他還沒明白過來。

第五十二章　指婚聖旨

夜深人靜，周氏走在通往後花園的小路上，邊走邊搖頭。「人家都是夜會情郎，我這算什麼？受制於人，不管什麼時候都要隨傳隨到。」

鳳球嘻笑道：「夫人這是替姑娘會情郎，免得姑娘心急，自己來。」

「她敢？她要是做出有違禮法規矩的事，我打斷她的腿！」

「海夫人要打斷誰的腿呀？」

暗夜裡突然傳來問話聲，嚇了周氏一跳，她趕緊尋聲望去。夜色濃郁，一身白衣的蕭梓璘從濃密的花叢中走出來，清涼之氣浸透悶熱的夏夜。

「回主子，海夫人要打斷琇瀅縣君的腿。」

「她敢！」蕭梓璘繃著臉，周身散發出森涼氣息。

周氏很想說「我女兒的腿，我想打就打」，但一想到這人在乎她女兒，她的嘴張了張，沒能說出話來。做母親的都希望別人疼自己女兒，只是疼得過火就讓她難受了。

「我不敢，你敢。」周氏無奈地說。

「對，我敢。」

「那你把她的腿打斷給我看看。」周氏擺出叫板的架勢。

「我怕夫人會心疼。」蕭梓璘搖了搖頭。

不管他是唐二蛋還是蕭梓璘，抑或是在他的夢裡，他與海四姑娘相處相伴的時日都不短。他瞭解她，知道她是外柔內剛的性子，也知道她有自己的堅持與底線；有時候，他會把她和程汶錦混在一起，就像他夢醒時迷茫前世今生一樣。

周氏輕哼一聲，問：「王爺三更半夜叫我出來有什麼吩咐？」

「指婚聖旨明天會傳到柱國公府，冊封正妃和側妃的聖旨會一起頒下。柱國公府已接到消息，他們沒來知會你們，你們就自己過去，別因誤了接旨授人以柄。」

「知道了。」

聖旨頒到柱國公府無可厚非，畢竟他們還沒分家。府裡提前接到消息，卻沒人來告知他們，此事關係到家族名聲，竟都可以用來算計，那些人真是無可救藥了。

周氏愣了片刻，問：「那兩位側妃還需皇上下旨指婚嗎？」

蕭梓璘冷冷一笑，說：「若皇上不下旨，我三年之內就不成親了。」

「為什麼？」周氏沈下臉，心中憋了一口惡氣。

「親祖母因我而今纏綿病榻，我怎麼還能成親呢？」

想到李太貴妃今天栽的這個莫大無比的跟斗，周氏哂笑出聲，心中惡氣也散了一半。李太貴妃這次被算計慘了，若不給她幾分臉面，等她要死要活地折騰，肯定會影響兩人的婚事。皇上願意為她親選的側妃下旨指婚，也等於是為蕭梓璘圓場。

「夫人放心，這兩個人我會妥善處理，不會讓琇瀅縣君受委屈。」

周氏笑了笑，說：「無所謂，沒個妾室讓她分心擺佈，她閒著幹什麼？我知道你真心待她，不會讓她受妾室的閒氣，跟我當年情況不同，我就放心了。」

「她閒著還有……她會閒嗎？」蕭梓璘慢悠悠地走到周氏身邊。「我待令嫒一片真心，定會護她周全，夫人不必謝我，以後把女婿當兒子一樣疼就行。一個女婿半個兒，再加上一個女兒，怎麼也比一個兒子分量重吧？夫人該公平才是。」

周氏納悶了，他愛他媳婦、護他的媳婦還需要當丈母娘的答謝嗎？一個女婿加一個女兒要跟兒子比較分量，難不成還要上秤去稱？何況這跟公平又有何相干？

蕭梓璘知道周氏沒聽明白他的深意，更沒明白他的小心思，但他不能說得太清楚，要讓周氏慢慢去領悟，免得讓人懷疑他居心不良。

「女兒和兒子我一樣疼，女婿也是一樣的。王爺可還有事？」

「明天長華縣主回京，她會去柱國公府，跟海朝提出清算家產一事。吵鬧折騰自不會少，若事發突然，夫人知道如何權衡利弊就好。」

過繼之事最難應對，周氏和海誠已統一口徑，也商量好了對策。其實周氏根本沒把柱國公府那點產業看在眼裡，她鼓勵海誠爭取機會也是想爭口氣。

周氏點點頭，問：「殿下可還有事需要交代？」

蕭梓璘沈思片刻，說：「我黃昏時分到慈寧宮請安，太后娘娘剛送走逍遙老王妃，可能是兩人談起了當年舊事。太后娘娘說沐公主死時已身懷有孕，讓我查她懷的是誰的孩子？若北越國攝政王問起也有個交代。」

「你想怎麼答覆太后娘娘？」

「我差點說出沐公主當年死裡逃生的事，想到夫人的囑咐，我忍住了。該怎麼答覆太后娘娘還需夫人示下，依我之見，夫人還是公開身分的好。」蕭梓璘見周氏垂目沈思，又說：「夫人的父親本是裕王世子，被繼母誣陷才被逐出皇族。當年之事已真相大白，皇族也想恢復夫人父親的族籍，但需要一個契機。現任裕王是夫人的親叔叔，因無子女面臨絕後，王爵該由夫人的兄長承襲，這件事情遲早會公諸於世，夫人及兩位周老爺到底怎麼想，還需給我一個準話，讓我早做謀劃。」

周氏冷哼道：「那個人當年棄我們而去，我們兄妹發過誓不會再認他。我們沒什麼想法，也不稀罕裕王的爵位，更不想跟皇族有任何瓜葛，只想過平靜的日子，不管你跟太后娘娘怎麼說，我都不希望皇族的事牽扯到我們。」

「夫人不想跟皇族有瓜葛也好，夫人兄妹要是真認祖歸宗，按輩分，我該稱夫人堂姊。雖然我們這一脈跟裕王那一脈很遠了，卻也沒出五服，論起來也不好。」

周氏撇了撇嘴。「皇族好像不講究這些。論輩分，蘇七姑娘該稱英王殿下為外舅公，不也……呵呵，大長公主還答應讓蘇七姑娘到英王府做妾呢。」

蕭梓璘彈飛一片花瓣，輕哼道：「不管是皇族貴胄還是平民百姓，不入流的人和事都不少，夫人兄妹不稀罕裕王的爵位，只怕還有別人稀罕。」

「……你說的是岳氏？臨陽王殿下查我們家的事果然事無鉅細，無一遺露。」

「岳氏母子就在津州，他們千方百計結交朝廷官員、皇室中人，一直想要認祖歸宗，想必裕王一脈面臨絕後的事他們也聽說了。夫人兄妹既然恨岳氏，就不該讓他們得逞，就算認祖歸宗，他們也是妾室庶子，低夫人兄妹一頭才對。」

周氏沈默了一會兒。

「你容我想想，我和兩位兄長商量之後再答覆你。」

伴著海誠起伏有序的鼾聲，周氏一聲接一聲長長地嘆氣。女兒即將成為臨陽王正妃的喜悅及揚眉吐氣的暢快，也無法消除此時她心底的煩悶，若沒有蕭梓璘給她傳遞消息、出謀劃策，她都無法想像自己面對這麼多事該是如何地被動。

海誠一覺睡醒，看到周氏靠在床邊唉聲嘆氣，心裡就不痛快了。兩人對答了幾句，不中聽的話越說越多，就吵了起來，一架吵到了天亮。

一大早，文嬤嬤就把海琇叫起來，梳洗完畢，讓她去看看海誠和周氏。海琇來到正房，看到周氏陰沈著臉，眼角還有淚珠，海誠正溫言軟語勸慰，她打了一個長長的呵欠。

周氏終於破泣為笑，再找人時，只見海琇正在軟榻上呼呼大睡。

「不長心的東西！四位側妃、八名侍妾，美人無數，天天爭風吃醋，過上三年五載，給妳弄出一堆庶子庶女，每一個要吃要喝，我看妳還睡得著不？」

海誠拉開周氏，嘆氣道：「哎呀，還沒成親呢，妳嚇唬她幹什麼？」

海琇翻了個身，嘟囔道：「我是被嚇大的嗎？車到山前必有路，真到了那種地步，我也不在乎。跟她們爭風吃醋，我閒的嗎？」

「姑娘快起來收拾，今天是您的大日子，還有好多事要應酬呢。」

「知道是我的大日子還有閒心吵架，那就讓他們吵個痛快，誰也別勸，等我睡個回籠覺再傳早飯。」海琇嘴上這麼說，還是問起了周氏和海誠吵架的原因。

聽說指婚聖旨要傳到柱國公府，府裡昨天就接到了消息，卻沒人來告訴他們一聲。海琇撇嘴一笑，繼續打盹，弄得海誠夫婦和下人們都沒脾氣了。

「我真不知道你們為什麼要為這等小事生氣？是我不長心，還是你們心太小了？聖旨傳到柱國公府，我就不信我不去他們敢接旨，要不就試試？我知道你們生國公爺的氣，大老爺是兒子，父親也是；大姑娘是親孫女，我也是，可他的心就能偏到胳肢窩裡。你們不想想，他要不是糊塗人，國公府能到今天這一步嗎？」

在一個無知無畏的小人心裡，根本就沒有父子大義，更不會顧及親情，也不會被道義羈絆，他只想自己怎麼適合怎麼做，沒有什麼能真正束縛他。這樣的人不是大奸大惡，亦不是偽君子，卻最無情無義，而海朝恰是這樣的人。

海家這些年出了多少不入流的事，受了多少白眼唾棄，海朝要是有臉、有皮、有氣節，還能活下去嗎？海老太太之所以能制伏他，就是強中更有強中手，正好同流合污；即便柱國公府即將出一位親王妃、一位親王側妃，也長不出多少臉來。

吃過早飯，海琇和海誠、周氏到國子監接了海岩，一起去了柱國公府。

柱國公府所在的街道已灑掃乾淨，門前鋪了紅毯，門上掛起了紅燈籠，一派簇新喜氣。門人一身新衣，喜氣洋洋，正跟看熱鬧的路人閒話玩笑。

海琇一家的馬車停在門口，門人趕緊陪笑上前施禮，說了一堆恭賀的話。正門打開，讓他們的馬車通行，又一路小跑，把他們帶到了接旨的廳堂。

柱國公府大小主子們全到齊了，男的在外廳，女的在內堂，竹簾相隔。除了海家男子，外廳還有兩個外人，一個是憫王，另一個是海貴妃宮裡的管事太監。這兩人笑意吟吟，比海家人還要高興，海朝父子正陪著他們說話。

內堂裡鮮衣搖曳，玉影輕移，卻很安靜，偶爾說話也輕聲細語。

海誠一家進來，先給憫王和海朝行禮請安，又和其他人互相問安。海朝親自領著他們一家進到內堂，讓他們給海老太太行禮。海老太太臉色陰沈，連一句話都不跟他們說，蘇氏也一副死了親娘的模樣，倒是小白氏婆媳對周氏和海琇熱情有加。幾位姑娘坐在碧紗櫥裡都很沈默，看到海琇才有了些笑意。

海琪落落大方，拉著海琇坐下，又行禮道：「以後還請妹妹多多關照。」

海琳輕哼道：「以後妹妹成了姊姊，姊姊成了妹妹，這也顛倒太過了。」

海琇淡淡一笑，問：「三姑娘見過妻和妾姊妹相稱嗎？」

「妳個……」海老太太痛罵的話到了嘴邊，海朝摀住她的嘴，只得又嚥了下去。

海朝沈著臉斥責蘇氏，讓她看好海老太太，別在大喜的日子丟人。看到海璃一身白衣從碧紗櫥後面出來，海老太太抱著她痛哭，又推著她跪到周氏腳下。這一老一少哭訴葉姨娘命苦，連憫王都驚動了，派人進來詢問因由。

海琪似乎沒把海琇嘲諷她是妾的話放在心上，又拉著海琇的手，輕聲說：「四妹妹，不管怎麼說，葉姨娘也是我們柱國公府的人，她被暗衛營帶走，打的是二房的臉，不如妹妹求求臨陽王殿下，讓他開恩，把葉姨娘放了。」

海琳撇嘴道：「葉姨娘真是可憐人，她給四妹妹保了一門好親事，沒想到竟落了這樣的下場，這事要是傳出去，外人就是不說忘恩負義，也會說妳無情無意。」

海琇搖頭一嘆，說：「葉姨娘已不是我們二房的人了，昨天臨陽王殿下派人去給我父親傳話，我父親當場就寫了放妾書，就算她從暗衛營出來，也是要被送回葉家的。大姑娘若認為我應該為葉氏求情，我派人去說一聲也沒什麼。」

聽到海琇這番話，眾人都沈默，海璃也不吭聲，海老太太咧開嘴亦嚎不下去了。葉姨娘因獲罪被休棄，誰要是再為她求情，那就真成了傻子。

海朝進到內堂，威嚴的目光掃過眾人。「不知道今天是什麼日子嗎？傳旨官已經出宮了，這麼重要的日子怎麼能隨便胡言亂語？都謹慎些，聽到了嗎？」

海老太太不敢應聲，其他人也都乖乖聽著。海琪羞得滿臉通紅，氣息都粗重了。

「回公爺、老太太，長華縣主來了，說是來給兩位姑娘賀喜的。」

「她來幹什麼？我的孫女……」海老太太覺得底氣不足，說不下去了，又喊道：「這是我們府上，不讓她進來，把她趕走！快，攔住她！」

海朝有些驚慌，聽到海老太太說要把長華縣主趕出去，他也沒了主意。海誠想要勸阻，又見周氏和海琇都給他使眼色，他暗嘆一聲，也就罷了。

一名太監站在內堂外，高聲道：「國公爺、老夫人，憫王殿下請你們去迎接長華縣主。長華縣主是皇族貴女，不能拒之門外，再說她也是國公爺的長嫂。」

「好好好，我們馬上就去。」海朝馬上附和，用力拉著海老太太往外走。

長華縣主一身素色衣衫，身形消瘦，精神卻很好，身體也硬朗。她不用人攙扶，走路的步伐快捷穩當，臉上掛著像是與生俱來的高傲，笑容中透出冷冽。看到海朝等人，她挑了挑嘴角，沒說話，似乎連一眼都不想看他們。

海貴妃宮裡的管事太監做了自我介紹，請了安，又介紹了憫王。長華縣主和憫王互相見禮寒暄，她一邊說話，一邊用清亮的目光掃視海家眾人。

海朝剛要開口，就聽到門外傳來喧鬧聲，他知道聖旨到了，趕緊讓人擺香案接旨。海老太太沒理會長華縣主，帶著女眷進了內堂，長華縣主就在外廳候旨。

「奉天承運皇帝，詔曰：柱國公府二房長女賢良淑德、貞靜溫婉，現加封為琇瀅縣主，賜與臨陽王蕭梓璘為正妃，欽此，謝恩。」

「吾皇萬歲萬歲萬萬歲。」

海朝有點納悶，連聖旨都忘記接了。海誠則趕緊接過聖旨，再次叩謝皇恩。

憫王和管事太監領傳旨太監到裡屋喝茶，海朝和海諍互看一眼，趕緊跟上來。

海諍試探著問：「敢問公公只有這一道聖旨嗎？是不是還落下什麼？」

「哎喲，你要是不提醒，咱家還真忘了。」傳旨太監彈了彈蘭花指，說：「皇上口諭，柱國公長房長女要是願意做臨陽王的側妃，就做吧！朕就不另外擬旨了。」

眾人都被這賜婚側妃的口諭驚到了，唯有長華縣主笑出了聲。

皇子或王爺的側妃在夫君和正妃面前雖是妾，但她們有封誥、有身分，名字也會被寫入皇族玉牒，死後還能享受後人的祭奠和香火。

為皇子和王爺賜婚側妃也是件鄭重的事，有的單獨頒聖旨，有的寫在賜婚正妃的聖旨裡，像海琪這樣只是口諭賜封、傳旨太監還差點忘了的，僅此一樁。

海琪是海朝和海老太太及海諍夫婦精心培養的大家閨秀，就是想讓她聯姻皇族，為柱國公府爭光長臉，也一改柱國公府多年的低迷。

可皇上就這麼賞了海琪一個側妃之位，這也太打臉了。

憫王嘴角微挑，沒說什麼，海貴妃派來的管事太監眼底劃過幸災樂禍。他們把傳旨太監請到內室喝茶，海朝和海諍互看一眼，趕緊跟了進去。

「敢問公公，洛川郡主也被指婚給臨陽王殿下為側妃，她的身分是如何詔示眾人的？」

海諍心裡著急，問話也很直接。

「那件事還沒定下來呢，清平王夫婦下個月要進京，等他們來了再說。」傳旨太監很淡定地喝了杯茶，接過海誠遞來的紅包，恭喜了一番，就告辭了。

第五十三章　過繼分家

憫王拉著海誠說話，又問海岩的功課，倒是熱情親切。海朝和海諍、海詔和海訓及幾個孫子都在場，眾人臉上都沒什麼高興的神色，只是陪著應付說話。海琇被加封為縣主，又成了臨陽王正妃，兄弟們嫉妒，反應冷淡在海誠的意料之中。

「岩兒，去陪你伯祖母說說話。」海誠給海岩使了眼色，又笑道：「你伯祖母待字閨中時可是有名的才女，騎射武藝皆了得，貴妃娘娘對她最為崇拜。」

「是，父親。」海岩會意，向憫王和海朝行禮告退，就去找長華縣主了。

長華縣主年邁才回京，想要過繼兒子養老，肯定會把其中一房全過繼了。海岩是有心之人，聽說過繼之事，就向周氏和海誠表明了態度。他一直留在京城，早就看透了柱國公府這一干人的嘴臉，有機會遠離他們，他自是高興。

「我等罪過，只顧替二舅舅一家高興了，倒冷落了長華縣主。」憫王給海訓使了眼色，又說：「本王今天來是想過問柱國公府的家事，還請外祖父恕罪。」

海朝訕訕一笑。「柱國公府是殿下的外家，臣哪敢怪罪殿下？」

憫王和海貴妃都想把海訓過繼給長華縣主，有家產繼承家產、有爵位承襲爵位；海朝則被海老太太說服，想把海詔過繼過去，這樣就能肥水不流外人田。

長華縣主正跟海岩說話，看到海訓父子過來，海詔也趕緊跟了過來，不由暗暗皺眉。

「我去看看新封的臨陽王正妃，就不跟你們說話了。」

海琪、蘇氏和海老太太此刻正抱頭痛哭，怨天不公、怨地不平，其他人也表現得很難過。周氏和海琇不想在屋裡待下去，正好長華縣主找她們，就一塊兒出去了。

海琳見海琇悠然自得，心裡氣憤妒恨，卻又不敢非議她，就把矛頭指向海珂。「琇瀅縣主得勢，二姊姊是同一房的姊妹，肯定能沾不少光。可二姊姊都到今兒了，還沒聽到喜信，不知二太太怎麼安排，該不是把二姊姊忘了吧？」

海珂挑了挑嘴角，面露輕蔑，擺出一副不屑的神態。「沾光是一定的，別人羨慕不來，三妹妹也不小了，就是再急，也不能把親事掛在嘴邊，會讓人笑話。」

秦姨娘扶正的夢早已斷了，海珂名聲壞了，野心也沒了。周氏公道，只要她不出么蛾子，就不會虧待她，有個做王妃的親妹，不管她嫁給誰，都能給她撐腰。

周氏和海誠挑了三個人，都讓她相看過了，她正選擇呢。第一個是銘親王府庶出三公子，是宮中的三等侍衛；第二個是海誠的助手，科舉出身，只是家世一般；第三個是周氏的姪兒周達，打理家中生意幾年，也是頗有見識的人。

海珂覺得哪個都不錯，但哪個都有不足之處，她不知道選誰，猶豫不決。聽海琳嘲笑她，她馬上拿出來炫耀了一番，又把海琳氣了個仰倒。

海老太太哭累了，聽到海琳和海珂正說親事，當即嚷開了。「大姑娘要嫁到臨陽王府做側妃，少不了跟那些賤貨們爭寵。二姑娘和三姑娘都陪她嫁到臨陽王府做侍妾，幫大姑娘固寵，將來生下一子半女，少不了妳們的好處。五姑娘和六姑娘及笄後也過去，我就不信妳們攏不住臨陽王殿下的心！」

海珂閉口不言。她傻透了也不會跑到臨陽王府做幫別人固恩寵的侍妾；海琳聽說要陪嫁到臨陽王府，倒是很興奮，看樣子早想大展身手了。

長華縣主和周氏母女進來，聽到海老太太的話，同時撇嘴冷哼。

海朝和海諍跟進來，請長華縣主出去說話，讓海老太太也一同過去。海老太太就像是積聚了一輩子的怨氣要發洩一樣，見誰罵誰，敢罵的大聲罵，不敢罵的小聲哼哼。

長華縣主衝海老太太撇了撇嘴，蔑視的目光又掃過海朝，說：「妳都活幾十年了，兒孫也一大堆，還是那麼不長進，我真替妳感到丟人。不過妳這樣也好，小叔子跟妳恰是一路貨色，就欠妳這樣的人拿捏，還覺得活得很舒服。知道皇上為什麼要給你們的親孫女下那樣的口諭嗎？好好想想吧！」

海老太太聞言，張口就罵長華縣主，被海貴妃宮裡的太監狠狠打了幾個耳光。她被打得口鼻出血，坐在地上就開始嚎哭撒潑，海諍和海詔趕緊勸阻。

長華縣主冷哼一聲，衝海琇笑了笑。「四姑娘看到了嗎？將來臨陽王殿下的側妃或侍妾要是這般德行，也夠妳受了，還不知道要把人丟到哪兒去呢。」

「伯祖母放心，皇族是有規矩的地方，不像我們府上這麼無狀。側妃和侍妾會不會這麼鬧，還要看殿下吃不吃這一套？暗衛營可不是吃素的。」
「此言不差，四姑娘是個聰明的。」長華縣主對海琇很是滿意。
憫王笑了笑。「時候不早，本王也該回去了，長華縣主有事就說吧！」
長華縣主舒了口氣，輕笑道：「我給皇上遞了摺子，提出要跟柱國公府平分家產，他答應了，說是交由內務府代為處理，憫王殿下知道誰主持嗎？」
憫王一怔，又笑道：「本王沒聽到消息，若真由內務府處理，主持之人必穩妥公正。既然父皇已答應縣主，應該很快就有明旨下來。」
海朝氣得臉色泛青，冷哼問：「妳要跟我們分家，請族長來不就行了，還要通過內務府嗎？妳不知道內務府管臣子家務要拿賞銀、要抽成嗎？」
「抽成和賞銀由我給。」長華縣主面帶冷氣，語氣乾脆。
「長華縣主既已說明來意，本王不妨說說自己的想法。本王以為柱國公府的家怎麼分、由誰來分並不是當務之急，眼下最重要的是另一件事。」
「憫王是說我想過繼誰為子的事嗎？」長華縣主問得直接而乾脆。
海朝趕緊附和。「對對對，柱國公府的家業是我的，不能落於外人之手。」
「柱國公府的家業是你的？是你掙下的嗎？誰又是外人？我是外人嗎？」
「不管誰掙下的，國公府的家業就是我們的，我們享受是我們有這個福，他們享受不上是他們沒好命。短命鬼、黑寡婦受苦受罪是他們活該，老天爺厚待我們是我們命好。」海老太太戰鬥力極強，看來並沒有受到教訓。

不等人下了令，管事太監就又出手了，打完之後，他的手都腫了。海老太太挨了七、八個耳光，口鼻再次出血，臉腫得像豬頭，躺在地上直喘氣。海諍心疼海老太太挨打，卻也無話可說，氣得直跺腳，而海詔乾脆躲到一邊去了。

「你哥哥是短命鬼，你父親也是短命鬼，他們拿命給你掙下了這份家業，又早早死了，不干涉你，多好呀！你是不是早就盼他們死呢？要不你怎麼敢跑到敵軍的地盤上嫖妓呢？今天當著你兒孫的面，你就沒什麼要教誨他們的？」長華縣主死死盯著海朝，出語冷硬刻薄，牙齒格格直響，恨不得咬他一口。

海朝無地自容，訕訕而嘆。「過去的事還說它做什麼？趕緊說正事吧！」

「這麼說你是認同這個無知潑婦所說的話了？」長華縣主見海朝不說話，又看向海諍和海詔。「你們兄弟是不是也認為你們母親說的話很對呀？」

海諍和海詔可不認為海老太太的話有什麼不對，但他們不敢說出口。

長華縣主冷哼一聲。「你們確實是命好，坐吃別人用命掙來的家業，享了一輩子福。可報應遲早會來，就算你們享受夠了、死了，還會報應在兒孫身上。我回京的第二天，去給太后娘娘請安，順便去看了看海苓。她還活著，模樣卻像是六、七十歲的老婦，比妳這個親娘要老得多，你們也有幾十年沒見過她了吧？你們的女兒十六歲進宮承寵，十七歲就不受寵，憫王殿下多大，她就失寵了多少年，這輩子恐怕也離不開了。你們捧在手心上的女兒過得暗無天日，你們還認為自己在享福嗎？真是一群無情無義的東西！想必你們的親兒子、親孫子命也不會好到哪兒，畢竟你們把福都給享盡了！」

惘王站起來，抱拳道：「長華縣主慎言。」

長華縣主搖手打斷了惘王。「知道我為什麼要請內務府分家嗎？是因為我看透了你們，只有把內務府請出來，這家才能分得公正，才能讓我放心。內務府不好糊弄，你們若想拿假帳應付，我會不惜一切把你們送進順天府大牢。」

「妳……」海朝恨恨地指向長華縣主。

「我什麼？我告訴你，我不會過繼你的兒子，他們誰也入不了我的眼。」

惘王臉色一變，問：「那長華縣主想過繼誰？想必已有人選了吧。」

長華縣主做為原柱國公世子的遺孀，要分走柱國公府一半以上的財產，皇上和陸太后都答應了；再說，這也是她該得的，不容任何人侵吞霸佔。

當年，是海朝犯錯，致使他的父兄都命絕沙場。他的父親養子不教，喪命也不冤，但他哥哥呢？這位縱橫沙場的年輕猛將死得未免太可惜了。

多年過去，兩代皇帝和朝廷眾臣都不願意再提當年慘烈，而今，長華縣主回來了，朝廷不能再沈默，該賞賜海朗的就該補給他的遺孀。皇上賜一個能襲三代的爵位給海朗是理所當然的事，長華縣主過繼誰為子，誰就能得到柱國公府半數的財產，還能襲爵。這個誘惑太大，任誰都會動心，正因為如此，競爭也很激烈。

海諍是海朝的嫡長子，他要繼承海朝一房的家業，不可能過繼；海誠、海詔和海訓都有可能，就看誰的本事更大、後臺更硬了。

「妳想過繼誰？」海朝急著想知道結果。

「你認為我該過繼誰？」長華縣主冷眼睥睨著海朝。

「我……」海朝怕了長華縣主，想推薦海詔，又猶豫了，欲言又止。

長華縣主冷哼一聲。「憫王殿下以為呢？」

「本王認為四舅舅最適合。」憫王毫不遮掩地亮明了自己的立場。

「國公府內，大老爺為嫡長，不會過繼；二老爺有功名，子女也有出息，不可能往外過繼；三老爺正妻在家廟，又無嫡子，也不適合；四老爺在國公府內雖為嫡子，卻與嫡系一脈不同，他實誠謹慎、待人以信，在同僚中口碑極好。」

海訓的生母小白氏是海貴妃的姨母，自幼護著海貴妃，海貴妃對他們母子也不錯，若不是海貴妃在宮中站穩腳跟，小白氏又怎能成為海朝的平妻呢？

今日憫王親自到柱國公府，就是來給海訓撐腰的。

長華縣主坐下來，微微一笑，說：「我認為他們四人都不適合。」

「那妳想過繼誰？」憫王和海朝異口同聲地問出這句話。

「我要過繼海勝！憫王殿下可能不知道他，按輩分，海勝是你外祖父隔房的姪兒。當年，我的夫君為救你的外祖父，孤軍深入，與北狄兵馬血戰，你外祖父被救出之後就跑了，海勝的父親是我夫君的副將，是他用盡了全力把我夫君的屍首揹了回來，導致他自己延誤了治傷，最終也喪命了，當時海勝剛出生三個月。我跟你外祖父和你繼外祖母不同，我知道什麼是知恩圖報，我還有人性情義。這些年，我一直想替我夫君報這份恩，海勝的父親去了，這份恩就該報在他身上。憫王殿下和貴妃娘娘一直都很關心我想過繼誰，我也知道你們的心思，你們說我是不是該報答海勝的父親、過繼他為子、讓他承繼我夫君掙下的家業？」

「應、應該。」憫王低垂著頭，無話可說了。

海朝想反駁長華縣主，見憫王點了頭，囁嚅著不知道該說什麼了。海諍本來就不可能過繼，得知結果，也不失望，可他心疼半數家財外流。

海誠長長鬆了口氣。原聽周氏說長華縣主可能會過繼他，他也沒感覺多高興；現在幾個兄弟之中，他們這一房的勢頭最好，他可不想好事都歸他，把別人壓得太狠。

海詔和海訓都想被過繼，聽到這個結果，兩人都失望不已。他們本來是競爭對手，互看一眼，就達成了同盟；海諍看出兩人的心意，也加入到他們之中了。

長華縣主過繼海勝可以，但絕不能讓她分走柱國公府半數的財產，能給她一兩成就不錯了；而海誠休想分到半點柱國公府的產業，剩下的都是他們三兄弟的。

「你們一家把話說清，本王也該傳旨了。」

幾道人影從房檐飛落而下，掀簾而入，又驚呆了眾人。蕭梓璘手拿聖旨帶頭，蕭梓融緊隨其後，四名黑衣暗衛護衛兩旁。這群不速之客突然到來，令喧鬧的外廳頓時鴉雀無聲。

「奉天承運皇帝，詔曰：長華縣主提議由內務府派人監管柱國公府分家，朕准，著銘親王世子蕭梓融主持，聖旨頒下次日開始，欽此。」

眾人的目光全聚到蕭梓融身上。他的經歷大家都知道，讓他主持分家不是開玩笑嗎？傳承數代的名門旺族哪一家沒有上不得帳面的齷齪事？他懂這些嗎？

不過這樣也好，只要能把他唬弄住，再給內務府那些人給點銀子就打發了。本來他們只管皇族宗室的事，出來幫人分家就是想撈些好處而已。

謝恩完畢，蕭梓璘把聖旨給了長華縣主，又介紹了蕭梓融，就告辭了。

蕭梓融似笑非笑說：「明天我辰時正刻過來，你們提前做好準備。」

「本王告辭。」憫王衝郭公公招了招手，拖著他那條殘腿快步離開了外廳。

海朝送走憫王，充滿憤恨的目光投向長華縣主。「妳也該走了吧？」

「我當然要走，你以為我很想留在這裡與你們一家人同處一室嗎？」

長華縣主冷哼一聲，說：「我們原來住的房子你們趕緊給我騰出來，這座宅子是祖產，本來就應該屬於長房，我現在只要求分走一半，便宜你們了。」

「妳、妳給我滾！」海朝氣得直跳腳。

海老太太被打得說不出話來，目露仇恨，嗚嗚吼叫。除了海誠，海諍、海詔和海訓看向長華縣主的眼神都充滿恨意，連內堂的女眷都咬牙切齒。

「別這麼氣急敗壞，凡事自有道理，你脾氣大，理由就充足嗎？」長華縣主揮手道：

「走吧，明天我們和銘親王世子同一時間過來。」

海朝忙了長華縣主，看她走出大門，這才痛痛快快大摔大罵了一場洩憤。

「她要是出門一個跟斗栽死多好，省得分她家產了。」海詔恨恨出語。

「驚了馬摔死、一覺睡死都有可能，畢竟年紀大了。」海訓也憤憤詛咒。

海老太太聽到他們的話，一下子精神了。海諍給她使了眼色，兩人互相點了點頭，齷齪的心思統一之後，又一同看向海朝。三人以眼神交流，很快就有了主意。

海誠聽到他們的話，再看看他們同仇敵愾的目光，長長地嘆了口氣。

周氏雖曾告知長華縣主要過繼自己，還是蕭梓璘一手謀劃的，可長華縣主今天卻說要過繼海勝，他剛聽說也有點失望，但更多的是輕鬆，並不會怨恨長華縣主。

海朝氣恨的目光掃過四個兒子，又落在海老太太身上，再移向內堂。以眼神巡視了一圈，他長舒一口氣，沈默了片刻，心裡的想法就底定了。

「老二，你衙門裡事多，先去忙公務吧！」

「我……」海誠很想說他今天請了假，但見海朝厭煩他，決定先告退。

他同海岩來到門口，囑咐了兒子幾句，就離開了柱國公府。海岩很是氣憤，要是別人家接了這麼風光的指婚聖旨，就算不想張揚，也要一家子擺酒慶祝；國公府倒好，從上到下連句喜慶的話都沒有，還把海誠打發走了。

第五十四章 夏夜密會

海朝見海誠走了，海岩也在外面，就讓人把周氏、海琇和海珂從內堂叫出來。

「老二媳婦，一會兒就叫馬車來，把你們的東西都拉走吧！」

周氏知道海朝這是要趕他們二房走，卻不是分家。分家還涉及到家財分配，但這樣把他們一家趕出去，一文銀子也不用給他們，就可以把他們掃地出門。

她並不在乎，若不是蕭梓璘攔著，她早就下定決心了。哪怕是得不到柱國公府的家財產業，只要遠離這一群噁心到骨子的人，她也清淨。

其實，海朝早就想把他們一家趕出去，別看海誠是他的親生兒子，他可不在乎。他之所以能夠如此狠得下心，原因之一就是他們二房剛進京就跟府裡打了一場官司。那場官司雖是海老太太母子挑起來的，海朝卻不認為海老太太母子有錯。

原因之二是，周氏竟把這些年孝敬海朝的銀子都要了回去，足有兩萬多兩。海朝恨透了她，連帶也恨上了她的兒女和海誠，不惜跟他們一家決裂。

得知長華縣主要回京，並與柱國公府分家且過繼嗣子，海朝和海老太太等人就對海誠一房的人空前友好起來，就怕跟海誠一家疏遠了，長華縣主會過繼海誠。若家財爵位落到海誠手裡，別說海老太太母子妒恨，海朝也不願意。

現在知道長華縣主要過繼海勝，他們就沒必要拉著海誠一家了。所以，事情剛定下來，海朝就迫不及待開口，這肯定是他們提前商量好的。

「這讓我把東西搬到哪兒去呀？」周氏知道海朝的心思，忍不住要跟他理論一番。

「妳不是有宅子嗎？妳不是早就想搬過去嗎？」

「這算什麼？分家嗎？要是分家也該我家老爺在的時候說，把他打發走了才說是什麼意思？難為我一個婦道人家嗎？岩兒，快去叫你父親回來。」

海岩就在門外，周氏和海朝的話他都聽到了，心裡十分氣憤，聽到周氏讓他去叫海誠，他匆匆往外走，又被海朝喝住，海諍的兩個兒子趕緊把他拉進外廳。

「你們這是什麼意思？要囚禁我們一家嗎？還是要下毒手？」周氏嘴上這麼問，心裡卻不害怕。鳳球就在門口，誰敢動手都是自尋死路。

「胡說什麼？」海朝吼了一聲，剛要再說話，就見小白氏扯他的袖子。

海老太太咬牙吼叫，出語嗚咽不清。「分家！就是要分家！你們剛進京就從府裡拿走了兩萬多兩銀子，你們必須把銀子拿回來，不能便宜了你們這些賤人。」

周氏狠啐了一口。「那兩萬兩銀子是怎麼回事，臨陽王殿下早有公斷，想要銀子跟他說去。柱國公府明天才跟長華縣主分家，你們今天想先跟我們分，就要把家財算清楚，把我們二房該得的那一份給我們。岩哥兒要娶妻，二姑娘和琇兒要出嫁，還有五姑娘和琮哥兒，他們都是海家血脈，把公中該出的銀子都算出來。就算是產業、出息和紅利我們一文不要，這幾個孩子的嫁娶也至少需要三萬兩銀子，府裡給我們三萬兩銀子，我馬上把東西弄走，寫文書分家。」

小白氏笑了笑，說：「二太太，公爺讓妳把東西搬走，不是說分家，是想讓妳騰出院子。回京後，妳們母女一直單住，把自家的東西搬過去不更方便嗎？」

海琇打量了小白氏幾眼，淡淡一笑，扯了扯周氏的手。

海誠這一房現在得勢，海朝卻要把他們一家趕出去，海老太太也叫嚷著要分家。海老太太嫉恨他們，海朝又是沒城府的蠢人，這麼做也正常。

相比之下，小白氏要比他們聰明得多。

周氏冷哼道：「為什麼要騰我們一家的院子？大老爺、三老爺兩家住的是長華縣主原來的院子，要騰也該他們一家搬出去，怎麼輪到我們了？」

「你們必須搬走，讓老大一家住你們的院子。」海朝氣悶至極，大怒吼叫。

「搬走可以，必須分家，還要把文書寫清楚。」

海朝抓起一只杯子重重摔碎。「分家好呀！想要銀子，沒門。」

周氏冷笑。「岩兒、琇兒，咱們到衙門找你父親，把事情說清楚。」

海珂哭哭啼啼追上周氏幾人，邊走邊哭，周氏就讓她去告知秦姨娘了。

海誠從柱國公府出來，碰巧遇到幾個來柱國公府賀喜的人。海誠正鬱悶，把他們攔住，請到柱國公府對面的茶樓，邊喝茶邊說府裡的事。

周氏同兒女從柱國公府出來，要去衙門找海誠，正巧遇到海誠的隨從。得知海誠在茶樓，周氏讓鳳球把海琇送回去，便和海岩去找海誠了。

海琇百無聊賴，在家等到天黑，海誠和周氏才回家。一同回來的還有海珂和秦姨娘，海琮和嚴姨娘，他們每個人臉上都透著疲憊與落寞。

不用問，海琇就知道柱國公府把他們一房分出來了。

海朝和海老太太等人確定長華縣主不會再過繼海誠一家，同長華縣主分家一事，海誠一房也不再有利用價值，就絕情地把他們分出來了。

沒有家族支撐，海誠只是四品官，周氏娘家不顯赫，海岩年紀也不大；雖說海琇是聖旨指婚的臨陽王正妃，但她能否保住正妃之位還是未知數。

「哥哥呢？」海琇挽住周氏詢問。

「去妳舅舅家了，明天還有課，不能耽誤他的學業。」

海琇點頭一笑，說：「荷風，妳把二姑娘帶到我的院子裡，今晚先讓她跟我將就一晚，明天把我院子裡的後罩房收拾出來，就讓二姑娘先住著。」

海珂向海琇道了謝，帶著自己簡單的行李跟荷風走了。

「娘，正院的東、西跨院都收拾好了，讓秦姨娘和嚴姨娘住正好。前院還有一座空院子，跟哥哥的院子緊鄰，今天也收拾過了，就讓琮弟住那裡吧！」

周氏搖頭冷笑。「妳早有準備，看來也預知到了結果，就無須我多說了。」

「娘當然要說，我想知道府裡分給了我們一房多少銀子產業？」

「呵呵，秦姨娘拿著呢，妳自己看。」

海誠重重嘆了口氣，猛灌了一杯溫茶。

秦姨娘掩嘴哭啼，把包袱打開。「就給了一千兩銀子、京郊的兩個莊子，還有祖籍那座小城裡的三間鋪子。別說哥兒、姊兒都要婚嫁，就是過日子也……」

「別哭了，天色不早，都去洗漱休息，一會兒下人把飯菜送到妳們房裡。」

海誠帶著海琮走了，秦姨娘和嚴姨娘哭訴了半天，也各自回房了。

「娘，您的東西都拉回來了嗎？」

「拉回來了。我累了，妳看著入冊，不懂的地方問孫嬤嬤。」

孫嬤嬤跟著忙活了一天，也累了，海琇沒打擾她，自己抱著帳本回房。

海琇正看帳本，鳳球匆匆進來，衝她誇張一笑，又招了招手。

「怎麼今天不叫太太？」

「終於和柱國公府分家了，太太很高興，睡得太香，叫不醒。」

海琇輕哼一聲。「讓他有話到房裡說。」

「殿下說房裡太熱。」鳳球遞給海琇一個香囊。「殿下自己做的，專薰蚊蟲。」

這個香囊不小，一點也不精緻，針腳雖粗，卻縫得均勻。一看就知道這香囊不是女孩兒做的，哪怕是剛學針線的女孩兒，也不會把香囊做得這麼粗獷。

「這、這是他自己縫的？」海琇忍俊不禁，笑出了聲。

「姑娘不信？殿下說他在西南省當船工時，都是自己縫補衣服。」

「我信。」海琇笑嘆一聲，披上外衣跟著鳳球出了門。

走到門口，她又轉身回來，拿上她剛做好的一個荷包。來而無往非禮也，蕭梓璘送給她一個香囊，她回贈一個荷包，合情合理合心意。

今天頒下了指婚聖旨，她又收了蕭梓璘親手做的香囊當禮物，如今還要月夜與他相見，她心裡的感覺微妙、美好，還充斥著幾分悸動，似有暖流蕩漾心海。

有香囊傍身，沒有蚊蠅騷擾，一路走來，清風相伴，花香氤氳。

蕭梓璘靠在涼亭的欄杆上，正擺弄一只八角燈籠，昏黃溫暖的燈光在他指間流淌。他的倒影映在湖面，湖水輕晃，顫動了他一臉的笑容。

「妳打算看多久？」蕭梓璘被海琇看得不好意思了，拉著她的手問。

海琇微微一笑，反問道：「天長地久是多久？」

「妳打算看我看到天長地久？沒想到我有那麼俊美。」

「你是臭美。」海琇很自然地坐到蕭梓璘身邊，又輕輕靠在他肩膀上。

蕭梓璘坐下來，跟海琇挨得很近。「我想跟妳說一件事，妳聽完別生氣。」

「說吧，我不生氣。」

「妳長得真不如我好看，不信妳自己看，看水裡的倒影。」

海琇淡淡一笑，沒看水裡的倒影，而是看向蕭梓璘。蕭梓璘本打算趁海琇低頭看水面時親她的臉，沒想到海琇抬頭轉向他，臉沒親到，正好親在她柔軟的唇瓣上。蕭梓璘本想輕吻一下，無意間撿到了便宜，吻住就不想鬆開了。只是他沒有經驗，第三次了，還吻得那麼笨拙，只會吮吸嘴唇，不會深入。

海琇沒有躲避，也沒有迎合，只是靜靜等待，靜靜感受。

「妳占我便宜。」蕭梓璘鬆開海琇的雙唇，閃到一邊，滿臉矯情不甘。

「這是我家，誰讓你送上門了？」海琇很痛快地承認自己占了便宜，還以地利上的優勢回擊了蕭梓璘。「你長得這麼俊美，誰看到都想佔便宜，我也一樣。」

「我、我不。」蕭梓璘一臉嬌媚的女兒態，輕輕搖晃海琇的手臂。

海琇忍俊不禁，放聲大笑。看蕭梓璘的神態，她笑得肚子疼，很自然地倒在了他的懷裡。蕭梓璘給了她一個熊抱，還不時親吻她的前額和髮絲。

一切都那麼自然，好像久別重逢的戀人，根本不像第一次親熱。

「娶妻娶賢，娶妾娶色。殿下放心，我這麼賢良，定會給你廣納美妾。」

「妳真是賢良，這麼多美妾不花妳的銀子、不費妳的力氣嗎？」

海琇輕笑道：「銀子花府裡的，力氣當然不費我的，我也不賞心悅目，我……」

「不許胡說，否則……」蕭梓璘又要咬海琇的唇瓣。

「我不說了、不說了，說正經的。」海琇擋住蕭梓璘的嘴。「今天柱國公府發生的事你都知道了吧？得知長華縣主要過繼海勝，府裡就把我們一家分出來了。」

蕭梓璘狡詐一笑。「這幫蠢貨這麼容易就上當了，我來就是要跟妳說這件事。」

海琇聽蕭梓璘這麼說，就知道這是他的妙計。

周氏知道長華縣主回京是蕭梓璘請來的，跟柱國公府分家也是蕭梓璘的主意，目的就是想讓長華縣主過繼海誠，給海誠爭取爵位，提高海琇的身分。海誠和海岩、海琇都知道這件事，周氏跟他們說的時候語氣也很是確定。

可今天長華縣主卻說要過繼海勝，連周氏都不知道長華縣主為什麼要改變主意？蕭梓璘沒跟她說，海誠和海岩、海琇就更不清楚這其中的因由了。

「我喜歡置之死地而後生，打一場漂亮必勝的翻身仗，亮瞎那些蠢人的眼，讓他們為自己曾經作出的愚蠢決定懊悔不已。」

海琇點頭一笑。「你不僅喜歡置之死地而後生，還喜歡欲擒故縱。不過，你要記住，跟我在一起一定要收斂，否則我會把你下輩子的便宜都占了。」

「是，王妃娘娘。」

海琇輕輕捶了他一下。「說吧，讓我聽聽你的高深計謀。」

蕭梓璘一手攬著海琇，一手攏著她的秀髮，輕聲說：「你們一家剛進京，我就讓妳囑咐岳母別跟柱國公府分家，其實就是不想驚動他們。他們也不傻，不跟你們分家，還跟你們一房親近起來，就是怕長華縣主要過繼二房。我略施小計安他們的心，沒想到這件事辦得那麼痛快麻利。」

「這麼說海勝也是假的了？」

「不是，海勝在長華縣主身邊長大，身世也如長華縣主所說。他現在是華南大營的副將，已在華南省扎根，都有孫子孫女了，別說過繼給長華縣主，就算他親娘來了京城，他都不會拋家捨業來京城謀出路。等柱國公府的家分清了、文書寫好了，海勝不能過繼的消息就傳來了。到時候自然有人提議讓長華縣主過繼岳父，過繼之事一定，追封海朗、賜賞加封長華縣主的聖旨就會頒下來。大局已定，誰跳出來反對都晚了，他們自己決定的事，讓他們後悔去吧！」

海朝等人聽說長華縣主要過繼海勝，確定海誠不可能撿到便宜，就立即把他們一家分出來了，卻沒想到這是蕭梓璘的計謀，專門為海朝等人挖的坑。

「謝謝你，我……」海琇想說感激的話，卻被急促的竹笛聲打斷了。

蕭梓璘冷哼一聲，說：「長華縣主有危險，我去看看，妳回房休息吧。」

海琇心裡一顫，想多問幾句，見蕭梓璘馬上要走，也沒問出口。回房的路上，她摸到帶出來的荷包還在，才想起忘記送給蕭梓璘。

一夜無眠。第二天一早，海琇就起床去找周氏，正好海誠還沒走。

海琇老實交代了蕭梓璘昨晚跟她秘會的事。當然，她只是講述了蕭梓璘跟她說的話，至於那些讓人面紅耳赤的情節，她省略得一乾二淨。

「長華縣主有危險？出什麼事了？」周氏驚急提問，又急得直拍桌子。

「怎麼會這樣？」海誠顧不上斥責女兒不規矩，他現在更擔心長華縣主的安危。不管長華縣主會不會過繼他，他都對她很是敬佩。

周氏咬牙冷哼。「我知道這件事誰是主謀，定是那老虔婆！大陰鬼、軟王八想必也知情。要是我誤會了他們，就把我的腦袋揪下來向他們賠禮道歉。」

「妳行了！還不知道情況怎麼樣就急了。我去長華縣主的宅子看看，要是有事我再回來，要是沒大事，我就直接去衙門了。」

「不管有事沒事，你都派人回來送個口信。」

海琇叫住海誠，問：「父親今天還去府裡嗎？」

「還去那邊幹什麼？以後那邊跟咱們沒關係了，文書上寫得清清楚楚。」周氏一副決然的神態。說起柱國公府，她現在簡直深惡痛絕。

「我先去看看長華縣主再決定，妳有什麼事嗎？」

海琇搖頭道：「沒別的事，我只是擔心五妹妹，怕她……」

「別管她了，就當我們家沒她這個人，更清靜。」海誠說完，轉身就走了。

周氏輕嘆道：「妳別瞎操心了，昨天在那邊寫文書，妳父親把她叫來，說清分家的事，讓她跟我們回來。她說她只認老太太，以後跟我們一家再無關係。」

海璃長得漂亮，海老太太把她養在身邊有用，不會虧待她。

憑心而論，單說相貌，海琇確實不如海璃。別說海璃這妙齡女孩兒，就連那位會縫香囊的大漢不也直言比她俊美嗎？論模樣，她確實遜色一籌。好在她不自卑，那位更是情人眼裡出西施，找一個不如自己俊美的媳婦還這麼喜歡。

「傻笑什麼？」

海琇擺手道：「沒什麼，我去幫娘對帳，把昨天拉回來的東西入庫。」

「現在還早，妳不吃早飯嗎？那些東西等吃完飯再收拾也來得及。」周氏吩咐丫頭擺飯。「我有事跟妳說，妳陪娘吃早飯，我們邊吃邊聊。」

第五十五章　側妃配齊

這頓飯吃得沈重且震驚。

汶錦自成了海琇，就對周氏和周家很好奇，總覺得他們家有不為人知的隱秘。之前她曾問過，周氏也跟她說了不少，但遠沒有今天說得那麼詳細。

現在，她不只知道她的外祖母是誰，也知道她的外祖父是誰了。聽周氏說起當年發生的事，她不只震驚，更加惶恐，一顆心彷彿被磐石壓住一樣。

前世的她只是因自己不慎，被一些小人、惡人害得悲慘殞命，比起經歷了戰火、謀亂的外祖母，在悲壯中屹立，她覺得自己很渺小、很微弱。

周氏拉住海琇的手。「琇兒，妳明白娘跟妳說這些是什麼意思嗎？」

「明白。」海琇重重點頭，又說：「海琪的外祖家是錦鄉侯府，一個正走下坡路的勛貴之門；洛川郡主的外祖家是東安王府，分家後，只算是嫡系旁支。這兩家跟我外祖家比起來都是小菜一碟，別看周家不顯山、不露水，說不定哪天就晃瞎他們的眼睛。不說我外祖母那邊，就是我外祖父這邊也足夠尊貴。」

和蕭梓璘的私下交易就沒必要和女兒說了，周氏確信蕭梓璘想要娶海琇不是貪圖她的銀子。

「別提他。」周氏皺了皺眉，說：「娘跟妳說這些，是讓妳有足夠的自信。」

「娘放心，我的自信不是因為家族和後臺，而是因為唐二蛋。」海琇見周氏以曖昧的眼神看她，吐了吐舌頭，問：「娘，北越國要是不認周家呢？」

「那倒好，省得麻煩，繼續過我們清靜安逸的日子。」

「裕王府這邊呢？」

「我昨天給妳二舅舅寫了封信，讓他趕緊派人送到密州給妳大舅舅。估計妳大舅舅今天會來京城，我也要去妳二舅舅家，家裡的事就交給妳。」

周氏正跟海琇交代帳面上的事，海珂、秦姨娘和嚴姨娘就來請安了。

秦姨娘想帶海珂去秦家。柱國公府把海誠一房分了出來，海珂的婚事也該定下來了。秦姨娘現在遇事越發心裡沒底，就想跟娘家人商量商量。

周氏沒多問，只讓孫嬤嬤給秦姨娘準備了回家的禮物。秦姨娘見周氏也要回娘家，趕緊上前伺候。周氏剛收拾好，準備出門，海誠就派隨從回來報信了。

昨夜，長華縣主的宅子遭遇十幾個蒙面人襲擊，若不是蕭梓璘給長華縣主安排了四名武藝高強的暗衛，長華縣主和她的下人都必死無疑。

長華縣主沒受傷，只是受了驚嚇，她的隨從都受了傷，但性命無憂。四名暗衛一死二重傷，另外兩人也受了輕傷，可見那些夜襲的黑衣人都是高手。

夜襲者死了十個，只抓住了三個受傷較重的，其他人都逃走了。蕭梓璘下令把夜襲者全部帶回暗衛營，不管死活，現在順天府衙役和巡城衛正全城搜捕。

長華縣主猜到是柱國公府的人要害她，不甘示弱，隨從來報信時，她又去了柱國公府，她要讓海朝等人看她精神飽滿地出現，分家時更要分文不讓。

世上最愚蠢的人，就是蠢事做盡，沒少讓人揪住尾巴，卻還要自作聰明。

海老太太屬於這種人，海朝身上也有這種人的脾性，他們二人也真是夫妻相和。最可笑的是他們的兒孫都跟他們相像，而且還發揚光大了。

送走周氏，海琇就按帳目查核昨天從柱國公府帶回來的東西。不看不知道，一看嚇一跳。沒想到周氏那些東西都是寶貝，外表簡單樸拙，看上去不值錢，要是讓海朝等人知道周氏在柱國公府放了那麼多寶貝，他們早想辦法據為己有了。

最危險的地方就是最安全的地方，這就是周氏的想法。

「小烏雞，小融融讓我來問妳有什麼交代沒有？」

海琇正記帳，聽到烏蘭察的聲音從樹上傳來，嚇了一跳。

蕭梓融第一次主事，無須任何人交代，他都會做得很公正。當然，公正以他的心為標準，他嫌惡柱國公府的人，自會有所偏頗。

「我沒事要交代他，倒有一件事需要你替我做。」

烏蘭察晃著彎刀冷哼道：「妳讓我宰了蕭梓璘讓妳守寡，我都會從命。」

海琇瞪了烏蘭察一眼。「我寫封信，你幫我送到柱國公府。」

夜幕降臨，周氏喜孜孜地回來，顯然是跟她的兩位兄長商量妥當了。她前腳進門，海珂和秦姨娘後腳就回來了，只是這母女二人都哭得很傷心。

海琇把海珂拉回房，問：「妳和秦姨娘怎麼都哭得這麼傷心？出什麼事了？」

海珂又痛哭了一場，哽咽了許久，才說出因由。

今天秦姨娘帶海珂回娘家，主要是為了海珂的親事，她們介紹了周氏和海誠挑好的人，讓秦家人幫忙掌掌眼，結果卻出了差頭，秦姨娘母女和秦家各有看中的人。秦家覺得銘親王府的三公子不錯，庶子也是皇上的親姪子，能沒有前途嗎？秦姨娘覺得周達不錯，周家豪富，人也和氣；而海珂則相中了海誠的助手沈暢，覺得和讀書人才有共同語言。

秦姨娘的父親逼著海珂選銘親王府三公子，還把秦姨娘臭罵了一頓。秦姨娘又讓她的母親和弟弟勸說其父，磨蹭了一天，最後被趕出來了。秦姨娘憋了一肚子氣，上了車就罵海珂，連海珂被蘇宏仁毀了名聲的事都翻了出來。海珂也是好強之人，不能嫁給意中人，還被痛罵，她不傷心才怪。

「是妳嫁人，不是他們嫁人，妳自己認為適合就行。」

海琇的話堅定了海珂的想法。不能和范成白在一起，她也要選讀書人。沈暢家勢差一點，但有前途，周氏和海誠不會少了她的嫁妝，將來日子也過得去。

長大了，同樣面臨嫁人成家，兩人有了共同的話題，相處起來就和睦了許多。海琇是大氣之人，海珂願意向她和周氏靠攏，她們樂於接受，幫海珂一把也是一句話的事。

第二天，海珂跟周氏和海誠說她中意沈暢。海誠很高興，周氏為周達遺憾了一番，也表示支持。秦姨娘聽說海珂自己拿了主意，病得連床都起不來了。

清華郡主來訪，給她帶來了消息，還講了許多蕭梓融主持分家的趣事。

海琇在後花園的水榭擺下茶點招待清華郡主，海珂也在。清華郡主還帶來了她兩個來自江東的表妹，有些話不想讓海珂聽，正好讓她兩個表妹陪海珂說話。

「有什麼話要跟我說？還神神秘秘的。」

清華郡主微微低頭，面露羞澀。「我要定親了。」

「是誰？」海琇對這個問題格外關注。清華郡主大她兩歲，早該定親了。

「連純郡主的二哥，逍遙王的嫡次子，好像叫連燦。」

「恭喜恭喜。」海琇起身，施禮道賀。「為什麼不是嫡長子？將來能承襲爵位。」

「我不想去北疆，不想離開京城，我母妃也不想讓我離開她。聽說連燦要參加下一屆春闈，我父王說他能高中，考庶起士，進翰林院，清貴一世。」

「進翰林院就到頭了？無翰林不內閣，逍遙王府武將立家，培養一個文人出來，還不就是想入閣嗎？以郡主之尊再做閣老夫人真真不錯。」

「我可沒想這麼遠。」

逍遙老王妃請求陸太后收回賜婚懿旨，等於打了太后娘娘的臉。但清華郡主卻嫁到逍遙王府，這表明了陸太后沒計較連潔縣主的欺騙，也是對逍遙王府的恩寵。

「對了，逍遙老王妃派人過府向妳和海夫人道歉了嗎？」

「沒有。」海琇暗哼。不管道歉與否，她都不可能寬恕連潔縣主。「她們上門羞辱也沒討到便宜，事情過去了，道不道歉都無所謂了。」

「妳不糾結就好，連潔縣主就是那樣的脾氣，也吃了虧。對了，蘇老太太一氣之下帶蘇灩、蘇瀅去了清安寺，說是要長住，想看她們直接過去就行。」

「那我安排一下時間，我們也去清安寺住上幾天。」

清華郡主很是高興。「你們府上的事太麻煩，妳什麼時候能抽出時間？」

「要過幾天了，等騰出時間，我讓人去告訴妳。」

海琇和清華郡主在一起有說不完的話，不知不覺，日影西移，她戀戀不捨地送客。

送走清華郡主等人，她又回到花園獨坐，靜靜思考清華郡主跟她說的話。

蘇漣被一頂小轎在傍晚時分送進了英王府，樂得英王鬍子都亂顫了。人們議論紛紛，想像著一樹梨花壓海棠的妙景，又創造出不少笑話。

英王妃考慮到英王年邁，這些日子身體也不好，不讓英王進蘇漣的院子，沒想到蘇漣趁夜深偷偷溜進了英王的書房，與英王行夫妻歡好之事。

更沒想到的是，英王馬上風，一次沒完，就死在了蘇漣身上。英王妃盛怒之下，把蘇漣狠打了一頓，丟進了柴房，讓她自生自滅去了。

第二天一早，英王妃派四個兒孫去給大長公主報喪，說：「妳堂哥死了，一絲不掛死在了妳外孫女身上，如今衣服還沒穿，妳趕緊過去看看，免得他死了還纏著妳。」

據跟著主子去報喪的下人說，大長公主咬牙切齒、臉色鐵青，忠順伯葉磊恨不得一頭撞死，報喪的人還沒走，他就跟大長公主直接動手打在一起。

這件事成了笑話，很快就傳得朝野皆知，街頭巷尾無不嘲笑嘻罵。葉家沒人去英王府奔喪，一家上下都消停了，聽說葉淑妃都關門謝客了，蘇家更是大門緊閉，一家人都不敢出門，連下人出門辦事，大熱天都要用頭巾遮臉。

「還好蘇老太太不在府裡，要不聽說這樣的醜事，大熱的天一心急，就算不過去，也好不到哪兒。」周氏憤恨蘇夫人，語氣裡透出幸災樂禍。

「家門不幸呀！連蘇泰一家都不出門了。」海誠搖頭嘆息，替人擔憂。

「活該，蘇家和葉家都活該，讓別人看笑話。老虔婆跟兩家都沾親，我看她的臉往哪兒擱？聽說那邊正給大姑娘備嫁妝呢，要把她早點嫁進臨陽王府，占了先機。讓英王美死的小妾可是大姑娘的嫡親表妹，真不知道她還有什麼臉嫁？」

海誠斜了周氏一眼，斥責道：「當著女兒的面，妳說話注意些。」

周氏訕訕一笑。「大姑娘充其量只算是口諭指婚的側妃，她嫁娶的儀式禮數跟誰商量的？我女兒是聖旨指婚的正妃，怎麼也沒人來商量婚事？」

「妳急什麼？琇兒剛及笄，成親最快也要等到明年，婚禮儀式提前商量有什麼用？皇族婚喪嫁娶都由禮部和內務府管，他們自有程序，我們遵循就是。」

「也是，我們太著急反而讓人笑話，好像壓不住陣腳一樣。我聽說大姑娘和洛川郡主都在準備，都想早嫁早得寵，她們年紀都不小，單我們女兒年幼。」

「娘不要擔心，年紀大有什麼用？凡事都有規矩和禮法呢。」

海琇瞭解蕭梓璘的脾氣秉性，海琪和洛川郡主爭寵有百害而無一利，說不定哪一天她們觸了蕭梓璘的逆鱗，蘇漣的經歷和結局就是她們的前車之鑑。

海誠見海琇乖巧，輕嘆一聲，說：「琇兒，陸太后又給臨陽王殿下指了一位側妃，說是頂了連潔縣主。按例他該有四位側妃，還差一位，以及八名侍妾。」

「你跟女兒說這些事做什麼？沒話說了？」

海琇攬著周氏的胳膊，笑道：「我昨天就聽說了，是清華郡主派人給我送來的消息。你們怕我難受，不想告訴我，其實你們都不如清華郡主瞭解我。臨陽王殿下只要不寵妾滅妻，不貪戀女色太過，分例內的理應按制行事。」

陸太后給蕭梓璘新指的側妃是程汶錦同父異母的幼妹程文釧，小孟氏的小女兒，今年十六歲。她在江東有小汶錦之稱，不似程汶錦孤高，比其姊更溫柔嫵媚。

海誠拍了拍海琇的手，寬慰一笑，說：「妳明白就好。」

「你跟女兒說這些有什麼用？」

「怎麼沒用？她身為正妃，就要打理內宅，應該明白這些。」

若不是海琇和蕭梓璘有緣在先，這親王正妃之位無論如何也輪不到他女兒。這是女兒的福氣，做為父親，海誠很欣慰，心情也有些沈重。

洛川郡主是有封號、有家世的貴女，先不論海琪，程文釧可是有名的才女，這三位側妃無論哪方面都能壓海琇一頭，海誠榮耀的同時也有為女兒滿滿的擔心。

海琇根本不把海琪和洛川郡主那點招數放在眼裡，這個程文釧就需要她打起十萬分精神，要想對付她，還需費一番心思謀劃。

小孟氏以程家要給程汶錦做一場盛大的法事，請陸太后為程汶錦提字為藉口，帶程文釧進宮。陸太后看到程文釧，就想起了程汶錦，閒話間就指了婚。程文釧傾慕蕭梓璘，小孟氏更是陰毒險惡，連親手害死的人都要偽裝嘴臉利用一把。

海琇不怕蕭梓璘有側妃，因為她知道只要自己不高興，蕭梓璘就會出手收拾她們。至於程文釧，就沒必要讓蕭梓璘收拾了，她要親自動手，往小孟氏心裡扎釘子。

感謝陸太后，感謝她還記著程汶錦，更感謝她給程文釧指婚。若程文釧老老實實待在江東，想找機會搓磨她、打擊小孟氏還真難。

在海琇還是程汶錦的時候，程文釧還很小，卻很不喜歡自己，跟她總保持距離；程文釵則是刻意親近她，對她親熱並恭敬以待，最後她也被程文釵害得很慘。

「琇兒，妳想什麼呢？」

海琇微微一笑，說：「我在想明天該給蘇瀅和蘇灩帶什麼禮物？」

「隨便帶什麼吧！妳明天要去清安寺，行裝都準備好了嗎？」

「噢！女兒這就去準備。」海琇趕緊起身離開，時候不早，父母也該安歇了。

第二天，海琇早早起來洗漱更衣、收拾行裝，準備去清安寺。跟清華郡主說好辰時正刻見面，約定時辰早過，她又等了許久，也沒見清華郡主來。

海琇急了，派人到銘親王府打聽情況。清華郡主是言而有信之人，爽約定會提前告訴她，除非臨時有事。派去打探消息的人回來說清華郡主今天不能去清安寺了，陸太后要駕臨銘親王府，召幾位命婦過府商量蕭梓融正妃的人選。

宮中拘謹，進出麻煩，陸太后體諒眾人，就把商議的地點定在了銘親王府。

海琇很想見蘇瀅和蘇灩，尤其是蘇灩。兩人分別幾年，前些日子在宮宴上見過一面，連話都沒來得及說，蘇灩現在又碰上了煩心事，海琇也想開導她一番。

清華郡主今天不能去了，海琇就想改到明天，把洛芯也約上一起去。周氏想把洛芯說給周達，洛家卻嫌周家是商戶，並不稱心，只是洛芯見過周達，暗自有意，考慮到海琇將來能抬高周家的身分，周達的弟弟又讀書不錯，洛芯的父母這才勉強答應了。

海琇正看著整理好的行裝發呆，下人來報說銘親王妃派人請她們姊妹過府遊玩。海琇心中猶疑，別說她，海珂的親事都定了，蕭梓融選妃讓她們去幹什麼？

第五十六章　突發變故

緊鄰皇城的街道上座落著謹親王府、銘親王府、鑲親王府和臨陽王府等皇族權貴的宅院。因這裡是進出皇城的必經之路，平日人來人往，卻安靜有序。

今日不同往時，來往的人依舊很多，卻以女眷為主，顯得喧囂而雜亂。

鑲親王府和銘親王府幾乎是對門而居。李太貴妃在鑲親王府，陸太后在銘親王府。按規矩，午時之前，李太貴妃要帶鑲親王府有封號的女眷到銘親王府請安。

跟清華郡主沒交情的閨秀，可以通過李太貴妃和明華郡主見到陸太后。不管李太貴妃和陸太后和不和，今天能見到兩位貴人，好好表現，以後自有好處。

所以，清華郡主和明華郡主今日格外繁忙，當然她們也知道，來者醉翁之意不在酒。兩府的門人都慢條斯理地查看拜帖，顯然對這些不請自到的訪客並不歡迎。

馬車在街上排起了長龍，麗日當空，和風微薰，自是人睏馬乏。有些膽大的閨秀直接下車放鬆，還有一些人掀起簾子，和相熟的人玩笑閒話。

海琇和海珂的馬車夾在諸多馬車中間，行動緩慢。大熱的天，海琇百般不耐，卻也必須忍耐，她可是京城閨秀中的焦點人物，這樣的日子，銘親王妃讓她們姊妹去銘親王府就是想讓她取悅陸太后，顯示與銘親王府的交情。

「二妹妹、四妹妹，妳們來拜訪清華郡主？」海琪頭戴薄紗帷帽，一手拈著團扇，一手扶著丫頭笑意吟吟走來，還不時回頭招呼另外幾個女孩。

海珂下車向海琪施禮問安，又朝其他女孩微笑點頭。海琇衝海琪笑了笑，沒下車，也沒說什麼。不管她今天說什麼、做什麼，都會被眾人議論評說，畢竟她們現在所處的地方離臨陽王府只有二、三十丈。

「車上太熱，四妹妹還是下來涼快一會兒吧。」

「我沒覺得熱。」海琇搖頭一笑，語氣淡漠。

「海大姑娘，妳也真是的，一口一個四妹妹，叫得人家心裡不高興了。」說話的女孩紅衣鮮豔，妝容透出幾分妖嬈，但海琇並不認識。

「對呀！人家可是聖旨指婚的臨陽王正妃，身分多麼高貴呀！這裡臨近臨陽王府正門，她能下來同我們說話嗎？」這個語氣拈酸，嫉妒都寫在了臉上。

「就是呀！海大姑娘，妳雖說是嫡長房的嫡女，才高八斗、貌比天仙，卻不得不屈居於庶房妹妹之下，這叫什麼？是世道不對，還是人家有福氣？」

「要不是李太貴妃重信守諾，替臨陽王殿下作了主，一個商戶女養出的女兒也能飛上枝頭成鳳凰？嫁一個真船工的兒子倒是適合。」

幾名閨秀一邊拈酸出語，一邊竊笑嘲弄，還不時擠眉弄眼。雖說她們在跟海琪說話，對海琇卻是滿滿的諷刺，連周氏的出身都議論上了。

海珂正想回敬幾句，看到海琇衝她使眼色，就忍了。海琪臉色也不好，那幾名閨秀雖說為她抱不平，卻也揭了她的傷疤，令她疼痛不已，卻不能叫疼。

海琇坐在車上，透過捲起的車簾，笑意吟吟地仰視天空，一言不發，好像這些人的話與她無關一樣。不是她不計較，而是她不能在這時候跟她們較真，若跟她們吵鬧，以身分壓她們，最終丟臉的還是她，她又何必費這些心力呢？

再說，這些人說的都是事實，她不能反駁，反正事實掩蓋不了。其實被她們這些話傷害最深的不是海琇，而是海琪，就因為海琪低她一等。

一個穿乳黃色襦裙的女孩嫋嫋婷婷走來，她臉上掛著淺笑，手拿一把精緻的紙扇，邊走邊吟詩，言談間透出幾分才氣，可惜舉手投足都是刻意偽裝出來。這位就是程文釧，蕭梓璘未來的側妃之一，此時也跑來落正妃的面子了。

「妳們都為海大姑娘鳴不平，連世道不平、天意不公都搬出來了，殊不知如此胸懷反而讓人笑話。烏雞變鳳凰、鯉魚躍龍門，這可不算亙古稀奇之事。」

「程三姑娘好文采，一句烏雞變鳳凰、鯉魚躍龍門，什麼都說明了。」紅衣女孩以團扇掩面，衝海琇撇嘴譏笑，那副模樣好像跟海琇結了幾世的仇一樣。

另外幾名閨秀也跟著笑起來，嘲笑海琇的言辭更為大膽。同在京城，這些閨秀海琇認識的並不多，跟誰都沒有交情，更談不上曾得罪過誰了。

可她們在這裡見到她，卻無所顧忌，恣意諷刺嘲弄，想必也是嫉妒心在作怪。她們跟海琪、蘇漣等人是一路貨色，知道她不會翻臉，就想挑釁她的底線。

若掄起棍子打一片人，被打者都傷得不重，就會群起反抗，打人者定會吃虧。

海琇不會這麼做，她要挑一個分量十足的人狠狠打擊一番，一舉起到震懾的作用。找人作筏子要目標明確才行，程文釧來得正好。

「程三姑娘，聽說妳仰仗令姊的名頭，收穫頗豐，妳這身衣裙的樣式和顏色也是程大姑娘喜歡的吧？妳東施效顰，從裡到外模仿她，博了個才名，可會彈她譜的〈鳴春曲〉和〈吟秋曲〉？妳要是不會，就趕緊練習，聽說臨陽王殿下最喜歡這兩首曲子。還有，當年賽詩會，臨陽王殿下也去了，而且有志在必得之心，妳可知道他這般人物為什麼沒在詩會勝出，勝出的卻是一個不學無術的紈綺子弟嗎？聽說臨陽王殿下早已查出其中原委，等妳進了臨陽王府，他定會問起這些事，妳還是想想該怎麼跟他解釋，令堂一定知道，妳不妨先問清楚。不過，就算臨陽王殿下喜歡程大姑娘，他也不會喜歡一個躲在影子裡的贗品，甚至還可能厭惡那種人。程三姑娘，我話就說到這裡，他日妳下場悲慘，可別怪我沒提醒妳。」

眾人聽出海琇這番話的深意，還有當年詩會的隱秘，趕緊把關注的目光投向程文釧，竊竊私語，更有甚者居然轉向海琇，擺出親切的面孔直接提問了。

「妳……」豔陽之下，程文釧竟然覺得遍體生寒，一句話也說不出來。

海琇惡毒一笑，又說：「對了，程三姑娘，范成白大人懷疑程大姑娘死得冤枉，在西南省時，他曾請臨陽王殿下調查此事，是否已查明，我不清楚。若臨陽王殿下不負范大人所託，說不定等程三姑娘入府，就要成為那被審問的人了。」

「海琇，妳胡說什麼？」海琪翻臉了。

蘇家可是海琪的外祖家，程汶錦死在蘇家，確實死得不明不白，若蕭梓璘要查此事，不只會問程文釧，也可能會問到她，到時候別說爭寵，說不定還會被牽連。

程文釧緊咬嘴唇，臉都青了，心更是高高懸起，惴惴不安。程汶錦是怎麼死的，程文釧心知肚明，若蕭梓璘真的在調查此事，她將面臨什麼，她不敢想。她也知道蕭梓璘喜歡程汶錦，而她只是一個可悲的模仿者。

幾名閨秀聽到海琇的話，收起嘲諷的嘴臉，都以莫名其妙的目光看向她，又滿臉猜疑地看向程文釧和海琪，想從她們臉上探查程汶錦之所以死在蘇家的隱秘和真相。

海琇剛要乘勝追擊，再諷刺程文釧幾句，就聽到不遠處傳來叫喊吵鬧聲。

兩個衣飾體面的婆子慌慌張張小跑過來，到銘親王府門口說了幾句話，就進去了。聽說她們是逍遙王府的人，眾人都滿臉驚疑地四下張望。

「縣主、縣主，妳不要這樣，老王妃是為妳好，妳千萬別想不開，嗚嗚……」

「什麼是為我好？她就是想害死我，我就死給她看！」這是連潔縣主的聲音。

海琇聽到哭喊聲，心裡奇怪，趕緊下了車，朝聲音傳來的方向張望。

連潔縣主跌跌撞撞跑在前面，邊跑邊哭，一群丫頭追趕她，邊追邊勸。下人抬著幾頂小轎跟在她們後面，距離有十幾丈，也在哭喊叫罵。

到了臨陽王府門口，連潔縣主要往裡面闖，卻被侍衛攔住，丫頭也追上來阻攔她。連潔縣主闖了幾次都沒能進去，乾脆坐在門口放聲大哭。

「太后娘娘把我指婚給臨陽王殿下，我生是他的人、死是他的鬼，您為什麼非要拆散我們？您說側妃就是妾，連家女兒不給人做妾，做妾可恥，那您為什麼不求太后娘娘把我指給臨陽王殿下做正妃？您為什麼不讓逍遙王府死士把那卑賤低微的正妃殺了，讓我取代她？您不是很疼我嗎？不是嗎？嗚嗚……」

連潔縣主如瘋子一般在臨陽王府門口嚎哭喊叫，如同市井潑婦，王府貴女的儀態喪失殆盡。面對眾人的指點議論，她不羞不怯，反而更加放肆。

那幾頂敞篷小轎裡坐的是逍遙老王妃、連潔縣主的外祖母沈氏，還有她的生母蕭氏。看到連潔縣主發瘋般折騰，她們羞得無地自容，只跟著哭。

蕭氏從轎子上下來，爬跪到逍遙老王妃的轎子前，大哭道：「母親，您就答應她吧！她的心在這裡，您把她帶回北疆有什麼用？太后娘娘都賜婚了。」

連潔縣主的外祖母也哽咽哀求。「姊姊，那件事是我的主意，我向妳賠禮道歉，妳打我、罵我都行，就別難為孩子了，我求妳了，我給妳跪下……」

逍遙老王妃氣得銀牙咬碎，直用腦袋撞擊轎子。原來逍遙老王妃打算今天帶連潔縣主回塞北，讓她冷靜一段時間，再給她找個門戶低一點的人家嫁了，過安逸祥和的日子。沒想到上車之前，連潔縣主甩開下人跑了，還直接跑到了臨陽王府。

聽去打探消息的下人說明情況，海琪和程文釧互看一眼，又看向海琇。那幾名閨秀一邊議論連潔縣主，一邊掃視海琇、海琪和程文釧。連潔縣主出醜雖丟的是逍遙王府的臉面，卻也牽連了臨陽王府，讓她們也跟著丟人。

清華郡主匆匆走來，挽住海琇說：「妳先進去，我去勸勸連潔和逍遙老王妃。」

海琇微微一笑，問：「妳想怎麼勸？」

「我也不知道，是我皇祖母讓我來的。」清華郡主無奈地衝海琇做了個鬼臉。

突然，通往皇城的大道上傳來急促沈重的馬蹄聲，高亢的喊呵由遠而近，片刻工夫，就有幾十名黑衣男子打馬飛奔而來，騰起煙塵迷了眾人的眼睛。

「我不活了。」連潔縣主瞅準跑在前面的那匹馬，爬起來就撲了上去。

清華郡主見連潔縣主要撞馬，趕緊跑上前要攔她，沒想到卻被馬踢了一腳。

「什麼情況？」疾行的馬戛然而止，引來陣陣馬嘶聲。

「不用你管，你負責傳達檄文，救美的事交給我。」一個絡腮大漢下了令。

「好，我傳檄文。」一個中年男子打馬朝皇城跑去，邊跑邊喊：「盛月皇朝上下聽清楚，我們是北越皇朝的一等勇士，來向你們傳來開戰的檄文。我朝大軍已開赴北疆邊界，若你們戰，就準備糧草兵馬；若退縮不戰，我朝皇上和攝政王同逍遙王府有私仇，只要將他們滿門抄斬，就放你們一馬。」

看到這些於皇城外縱馬的人，聽到他們傳達的檄文，眾人都嚇懵了。尤其是逍遙老王妃，聽到那番話，不禁全身顫抖，說不出話，也顧不上連潔縣主了。

最懵的是連潔縣主。

敢在通往皇城的官道上騎馬飛奔，盛月皇朝除了蕭梓璘和他的暗衛營，再無他人。連潔縣主之所以要撲馬，是因為她把這些人看成蕭梓璘及他的部下，結果，她看錯了人，也找錯了馬。

連潔縣主死不足惜，死了活該，沒想到卻連累了清華郡主。

「瘋女人，妳作死呀！」滿臉絡腮鬍子的男子揚起馬鞭，重重抽在連潔縣主身上，又一臉惋惜地看向被馬踢中的清華郡主。「小美人，妳怎麼樣？」

剛才就是他喊著要救美，看到清麗明淨的清華郡主，他兩眼都放光了。

清華郡主被馬踢中了大腿，倒在地上，咬緊牙關並不喊疼，只一臉怒氣地看著這些人。伺候她的下人想過來扶她，見絡腮男子甩鞭子，嚇得都不敢動。

「我說過救美是我的事，誰敢跟我搶，我就讓他們死得淒慘無比。」絡腮鬍子高舉長鞭，重重抽響，尖利刺耳的聲音震懾了在場的每一個人。

絡腮鬍子站在馬上，神態睥睨，輕蔑冷吡。看到在場的人都被他嚇住了，他才跳下馬去扶清華郡主。只是他的熱情竟遭遇冰水，不但被拒了，還挨了一個耳光。

逍遙老王妃無力地靠坐在轎子上，臉上沒有恐懼，卻充滿無助。看到連潔縣主趴在地上，身上滴血，雖然心疼想去扶一把，可她卻沒有一點力氣了。

北越國皇位易主，與逍遙王府相熟的皇帝及皇室族人已被屠殺軟禁，現在北越皇帝是攝政王的幼子，北越的皇權已掌握在他們父子手中。他們言明與逍遙王府有私仇，說明他們已查出沐公主當年慘死的真相了。

善有善報，惡有惡報，不是不報，時候未到，天理公道不會放過作惡之人。不管厄運什麼時候來，人們都嫌它來得太早。

逍遙老王妃萬沒想到，北越攝政王會向朝廷提出用逍遙王府上下的性命換北疆的安定，不蠢的人都知道，一旦面對這樣的選擇，朝廷會毫不猶豫地捨棄逍遙王府。

「母、母親，他、他是什麼人？這、這是怎麼回事？」蕭氏顫聲詢問。

逍遙老王妃淒涼一笑。「妳沒聽清楚嗎？他們是北越一等勇士，是我們逍遙王府的討命閻羅。天遭有雨，人遭有禍，妳們遭吧、鬧吧！禍事就到了。」

「他們、他們來找逍遙王府討債，我、我家老爺沒襲爵，關關關我們家什麼事？母親，快快快，我們跟逍遙王府分家，我們什麼都不要，我們……」大難臨頭之際，同林鳥各自飛，蕭氏深諳此理，自然飛得義無反顧。

「母親，他們……」連潔縣主不顧身上帶傷，撲到蕭氏懷中，哭道：「我是臨陽王側妃，臨陽王殿下會救我們的，母親，我們去臨陽王府。」

「吵死了，吵死了！」絡腮鬍子英雄救美受挫，還挨了巴掌，憋了一肚子氣。

他不敢打清華郡主，又覺得窩囊，一肚子氣沒處撒。聽到蕭氏和連潔縣主吵嚷，他找到了發洩口，拿起鞭子衝蕭氏母女一頓猛抽，幾鞭下去就抽得她們皮開肉綻了。蕭氏趴在地上，不能動彈，連潔縣主渾身是血，連哭帶叫。

絡腮大漢的鞭子也抽向了逍遙老王妃，忠僕圍起人牆護住，這才沒能傷到。逍遙老王妃沒挨到鞭子，可她的臉面被連潔縣主丟盡了，心也在瀝血。

一個身穿灰衣的人跟絡腮鬍子低語幾句，絡腮鬍子先是一怔，又看向逍遙老王妃，冷笑幾聲。接著，他輕蔑的目光又掃過蕭氏母女，仰天放聲大笑。「逍遙王府竟然也鬧這等醜事，真是笑死人了，趕緊自裁得了，哈哈哈哈……」

第五十七章　一見傾心

海琇也被這突發情況震驚了，聽說這些人是北越的勇士，想到周家與北越的關係，她的心一顫。看到清華郡主受傷，她顧不上多想，就要下車去扶清華郡主。

她戴上帷帽，剛要過去，手就被人拉住。回頭看到拉她的人是蕭梓璘，她感覺有了依靠，心也平靜下來，可見蕭梓璘一臉凝重，她暗嘆了一聲。

「殿下。」金大匆匆跑過來，稟報道：「我們派到北越國、逍遙王府和北疆諸城的暗衛暗樁有三百人之多，大小分舵有二十個，最高統領公羊決是暗衛營的老人了。可北越勇士及隨從百餘人一路長驅直入，直到進了西城門我們才知道，這很不對勁。平時只要有一點風吹草動公羊決都會傳來消息，怎麼這次有這麼大的事……」

「有什麼不對勁的？」蕭梓璘的神色沈重深遠。「公羊決及時傳遞消息僅限於他活著的時候，他悄無聲息就死了，我們都沒察覺，只能說明北越勇士比我們高明。統領一死，手下再多，或降或死，我們還能接到什麼消息？這些北越人進城用的不就是暗衛營的權杖嗎？連暗衛營的權杖都能弄到手，說明我們遜色太多了。」

金大不服。「屬下昨天還收到孤鷹和暮蘿的消息，稟明一切安好。」

蕭梓璘冷笑出聲，瞇起眼睛盯著絡腮鬍子，眼底充滿殺氣。暗衛營諸多分舵被北越勇士一鍋端了，北越勇士一路進京無阻礙，用的也是暗衛營的權杖，別說他統管暗衛營這幾年，自本朝開國都沒出過這樣的事，這已嚴重挑釁他的底線。

「金大，本王遇到對手了。」蕭梓璘語氣淡定，面色卻沈了幾分。

「殿下打算如何應付？」金大想到即將有一場慘烈廝殺，就興奮不已。

蕭梓璘不顧大庭廣眾諸多目光，拉起海琇的手，細細撫摸，臉上露出滿足的笑容，溫柔地說：「等，靜靜地等待，嚴令在京暗衛稍安勿躁，兵不血刃化解更見高明。讓衛長史替本王寫一份請罪的摺子呈上去，再去查查北疆分舵的變故。」

「是，殿下。」金大心有不甘，還是乖乖走了。

海琇鬆了口氣。「殿下，清華郡主受了傷，我擔心那人對她不利。」

「放心，調戲婦女是北越勇士的十忌之一，他不敢犯，清華沒事。」

蕭梓璘沈思片刻，又說：「清華是好武之人，她的傷不像妳想的那麼重，但她很聰明，看出這些北越勇士以那滿臉鬍子的男子為尊。她躺在地上不起來，任那人戲弄，就能分散北越勇士的注意力，為朝廷爭取應對的時間。」

沒想到絡腮鬍子竟是北越勇士的首領，海琇不由多看了他幾眼，對清華郡主更是心疼佩服。看到絡腮鬍子把連潔縣主母女打得那麼重，海琇暗暗解氣。

「我能做點什麼？」海琇都有些熱血沸騰了。

蕭梓璘衝她溫柔一笑。「若岳母問這句話，我會非常欣慰。」

海琇挑嘴輕哼，一副小女兒姿態。「你若換個稱呼，我也會非常欣慰。」

「換個稱呼？好。」蕭梓璘衝海琇眨眼一笑，高聲說：「要不妳回家一趟，跟咱娘說說這裡的情況，讓她來一趟，最好把兩位舅舅也叫來。」

「我不去。」海琇扭頭轉到一邊。

海琪、程文釧和那幾名閨秀從震驚中回過神來，都爭先恐後躲到一邊，又向北越勇士停留的地方張望，更有膽大者低聲議論，琢磨北越人適才所說的話。不過見到連潔縣主被打得趴在地上，海琪和程文釧看上去都有幾分幸災樂禍。

聽到蕭梓璘過來，和海琇親密說話，海琪和程文釧互看一眼，都要上前行禮問安。蕭梓璘沈下臉，立刻就有兩名身材結實的黑衣女衛擋住了她們的路。兩人害怕了，不敢近前，都朝海琇看去，面容雖嬌美依舊，臉上卻充滿嫉妒和怨毒。

海琇心裡舒服了一些。「我去看看清華郡主，要不那人還以為我們都怕他呢。」

「帶上劍。」蕭梓璘拍了拍腰間的劍，向她打了暗語，又微微一笑。

北越勇士及其隨從有百餘人之多，四個人去傳達檄文，其他人就駐足在距皇城百丈之外的地方。或許因為清華郡主倒地不起，橫在路間，他們才沒前行。

兩名黑衣女衛護衛海琇朝清華郡主走去，三人面帶威嚴，步伐整齊。海琇的臉比那兩名女暗衛還要冰冷威嚴，吸引了眾多目光。

清華郡主仍倒在地上，好像傷得很重，可她咬緊牙關，不露半絲怯色。看到海琇朝她走來，她很著急，衝海琇連連擺手，並掙扎著要起來。

絡腮鬍子得知在臨陽王府鬧騰的人是逍遙王府的女眷，面露輕蔑，想去諷刺逍遙老王妃，但看到海琇三人朝這邊走來，他立刻換了一張陰陽怪氣的笑臉。

「北越勇士在執行任務時絕不近女色，這個水嫩嫩、鮮亮亮的小姑娘非往跟前湊，是想逼爺犯戒嗎？代價沈重，妳們可別後悔。」

「你不必犯戒，你犯賤吧！」海琇轉身從女暗衛腰間抽出長劍，衝他晃了晃。

「哈哈哈哈……犯賤，哈哈哈哈……」

海琇雙手舉起劍，對銘親王府的下人說：「把郡主扶走，誰敢阻攔，我不惜血染長街，和他同歸於盡，就是死，也要讓那些無恥無賴之輩知我閨閣不可欺。」

「說得好、說得好，爺喜歡，可爺更喜歡美人。」絡腮鬍子兩腿夾馬朝海琇走來，甩起皮鞭，大笑道：「她不能走，爺還要把妳留下。」

「她受了重傷，再不讓她回去醫治，會出人命的。」海琇邊說邊高舉長劍給自己壯膽。

「一國勇士都是仗義之人，為難受了傷的弱女子算什麼英雄好漢？」

「放心，她充其量受一些皮外傷，不傷筋、不動骨，死不了。」

「她、她要萬一死了呢？死了怎麼辦？」海琇邊說邊給清華郡主使眼色。

蕭梓璘讓海琇多跟絡腮鬍子對話，他好藉機摸清此人的底細，再做打算。海琇本不是善談之人，尤其跟這種人說話，對她來說簡直是莫大的折磨，但這個任務她必須完成，哪怕自己被戲弄，她也想助蕭梓璘一臂之力。

「死了也好，乖乖聽話，不再反抗，我就把她抬回北越國，風光大葬，等我百年之後與她合葬。我與她生不同寢，死若能同穴，也是人生一大幸事。」

「你作夢！」清華郡主實在忍不住，自己跳了起來。她倒地都快小半個時辰了，朝廷對於北越勇士的突然到來也該有應對之策了。

「哈哈哈哈……爺喜歡，不錯，哈哈哈哈……」

海琇仰頭看絡腮鬍子放聲大笑，本來生氣又緊張，卻突然笑出了聲。因為這個絡腮鬍子耳邊的鬍鬚笑掉了一塊，他趕緊接住，想貼回原處，卻貼歪了。

絡腮鬍子看到海琇笑他，有點尷尬，訕訕一笑，又惡狠狠地朝她呲了呲牙。海琇離他不遠，看他臉上的表情豐富起來，就知道他沒黏人皮面具。透過濃密的假鬍子，海琇看到的是一張非常年輕的臉，越是裝深沈就越顯得稚嫩。

這人有幾分眼熟。海琇確定自己兩世都是第一次見這個人，為什麼會有眼熟的感覺？海琇明白過來，這人跟周家人長得相像，尤其是笑的時候。想到周氏兄妹同北越的關係，海琇心裡有了譜，更加激動緊張。

「妳看什麼？」絡腮鬍子衝海琇晃動皮鞭呵問。

海琇衝他舉劍示威，喝令道：「帶清華郡主離開，阻攔者殺無赦。」

「哈哈哈哈……小美人發威了，她……」絡腮鬍子說笑的聲音突然止住。

他派去皇城傳達檄文的四名勇士打馬回來，四人臉色很不好，看樣子談得不順利，他顧不上理會海琇等人，趕緊打馬迎上去詢問情況。

海琇衝清華郡主笑了笑，讓下人趕緊扶她回來，一起去見蕭梓璘。

蕭梓璘問了清華郡主的傷，又說：「妳先把這些千金小姐及她們的下人帶進銘親王府，一會兒說不定會打起來，免得誤傷了她們。」

「好。」清華郡主要拉海琇到銘親王府，被蕭梓璘攔住了。

蕭梓璘攬住海琇。「我還有事要她辦，妳先帶她們進去，別擔心她。」

海琇衝清華郡主羞澀一笑。「進去吧，小傷也要塗藥，免得嚴重了。」

海琪借著和海琇說話的機會，笑意盈盈地想往蕭梓璘跟前湊，卻被一個女暗衛推了一個踉蹌。她又羞又氣，面紅耳赤，在諸多閨秀的嗤笑中鑽進了馬車。程文釧沒覥著臉向蕭梓璘獻媚，只用別有意味的目光看了海琇幾眼，這才走了。

海琇撇了撇嘴，又轉向蕭梓璘，問：「我實在不會沒話找話，你看出了什麼？」

蕭梓璘沈思片刻，說：「看他的裝扮模樣像四十多歲的人，實際應該是二十歲左右；看他掄鞭騎馬，他的騎術和武功一定很不錯，內力也渾厚。」

「就看出這些？」

蕭梓璘點頭輕嘆。「妳是聰明心細之人，可有發現？」

海琇衝他挑嘴嬌笑。「有，可我不想……」

「我的一切都是妳一個人的，妳跟我要報酬，等於左手拿錢放右手。」

「說得好聽，誰信你呀？」海琇推了蕭梓璘一把，輕聲說：「那個絡腮鬍子長得像周家人，尤其跟周達有五、六分相像，他應該和我外祖母有血脈關聯。」

蕭梓璘皺眉沈思片刻，拉住海琇的手說：「我知道他是誰了。」

「北越攝政王的孫子，現在是皇子了，他名叫沐飛鳥，後改成沐飛了。他是北越第一勇士，若不是他英勇好戰，北越攝政王也不可能重掌皇權。」

「勇士們，盛月皇朝狗皇帝接了我北越皇朝的檄文，可他不答應把逍遙王府滿門抄斬。」絡腮鬍子站到馬上，高喊道：「我給了他們兩個選擇，沒有第三條路可走。捨不得斬殺逍遙王府滿門，就是要和我朝開戰，勇士們，我們怎麼做？」

「殺——殺——殺——」

撥刀亮劍，殺氣騰騰，五月午時的豔陽也被清冷肅殺的氣氛淹沒了。

聽說朝廷不同意斬殺逍遙王一府，並接了北越勇士帶來的開戰檄文，逍遙老王妃鬆了口氣，趕緊讓人把連潔縣主母女塞進小轎，去了逍遙王府別苑。看熱鬧的路人和沒來得及進去的閨秀聽說朝廷要跟北越國開戰，俱都吃驚又擔心。

一名勇士打馬而來，衝絡腮鬍子行禮道：「主子，盛月皇朝的銘親王、鑲親王率幾千名御林侍衛出皇城，想要擒拿我們，一決生死，我們的退路也被堵住了。」

絡腮鬍子不怒反笑。「我們來時怎麼說的？想過要退嗎？」

「沒有，我們寧死也絕不退卻。」

「你知道就好。」絡腮鬍子長鞭一揮，一副凜冽傲然之態。

銘親王和鑲親王率領千餘名身穿金甲、手持銀槍的侍衛從皇城出來，迅速包圍了那些北越勇士及其隨從。

「盛月皇朝向來以禮待人、以德服人，不像爾等粗蠻無狀，爾等若乖乖束手就擒，我皇寬容，不追究爾等衝撞之罪，爾等快快投降。」

絡腮鬍子大笑幾聲，又板起臉。「那紮，你來跟他們說。」

一個高大年輕的勇士跳到馬上，大笑三聲，高聲說：「我們既然敢來，就不怕戰死異鄉。你們若不按我們開出的條件選擇，我們就與你們決一死戰，絕不退縮！你們也要想清楚，只要我們在這裡流一滴血，你們的邊境就要血流長河。」

銘親王和鑲親王看到北越勇士態度強硬，心裡都沒了底，不如該如何抉擇了。

海琇又擔心又著急。她如今知道絡腮鬍子就是沐飛鳥，怕他吃虧。北越為當年之仇蓄意報復，一旦他們在這裡刀兵相見，邊境上真有可能血流成河。

「怎麼辦？」海琇看到蕭梓璘一副看熱鬧的神情，心裡稍稍踏實了一些。

蕭梓璘冷哼一聲，雙手攏在嘴上，變換了腔調，大喊道：「兄弟們，北越強盜在京城放肆，已踐踏了我盛月皇朝的威嚴，我們絕不退縮，與他們血戰到底！」

「血戰到底——」御林侍衛揮舞長槍，與北越勇士就要短兵相接。

銘親王和鑲親王使招降之策其實是想穩定局面，因為朝廷根本不想和北越打仗。此刻不知是誰喊出了挑唆激進的話，令御林侍衛熱血沸騰，都不聽他們指揮了。

就在這節骨眼上，蕭梓融和烏蘭察來了，這兩人從高空飛落，還沒著地就和北越勇士打在了一起。他們聯手直逼絡腮鬍子，三個人都騰空而起，打成了一團。

御林侍衛和北越勇士都出手了，但彼此壓制，打得不算激烈。銘親王和鑲親王被人流困在中間，想退出去很難，可若不退，隨時都有可能傷了他們。

海琇急了，推了蕭梓璘一把。「他們打起來了，你快出手阻攔，要不……」

「勇士們，挽弓當挽強，擒賊先擒王！」蕭梓璘換了高亢的聲音喊出這一句。

「你……」海琇明白了，蕭梓璘是唯恐天下不亂，想要混水摸魚了。

絡腮鬍子聽到蕭梓璘這句話，立刻改變招數，邊打邊退，把蕭梓融和烏蘭察甩給幾名北越勇士。蕭梓融和烏蘭察要聯手合擊他，卻被幾名北越勇士拖住了。

「擒賊先擒王。」絡腮鬍子用唇語向幾名北越勇士下了令。

銘親王和鑲親王都懂武功，但相比強壯的北越勇士，他們的武功便成了花拳繡腿，力氣差了太多。結果，不出三招五式，他們就束手就擒。

「哈哈哈哈……勇士們，做得好。」絡腮鬍子擊掌大笑。

御林侍衛見銘親王和鑲親王被擒，士氣頓時低落，有人甚至想後退了。絡腮鬍子振臂一呼，北越勇士攻勢更猛，很快就以少勝多，占了上風。

蕭梓融和烏蘭察武功都不弱，但北越勇士鬥志昂揚，人手又多，很快就把他們包圍了。看到銘親王和鑲親王被擒，蕭梓融想要突圍施救，卻被烏蘭察攔住。

絡腮鬍子得志忘形，臉上的假鬍子掉了也顧不上黏了。「哈哈哈哈……勇士們，我若把盛月皇朝這兩名親王吊在樹上活活勒死，結果會怎麼樣？」

「結果很簡單，只有四個字，你必死無疑。」蕭梓璘終於開口。

「你是誰？不管你是誰，反正你不識數，你必死無疑明明是五個字。」絡腮鬍子掰著手指很認真地數了一遍，引來了幾聲低低的嘲笑。

蕭梓璘冷哼一聲，躍到馬上，朗聲說：「我數三聲，你立刻把人放了，否則你和你的勇士、隨從會被萬箭穿心，你可以想像你們被射成刺蝟會是什麼樣。」

「你數，你數四聲我也不放，你能怎麼樣？北越勇士是不怕死的。」

「你剛才說你們在這裡流一滴血，北疆邊境會血流成河，我若說這流成河的血出自北越人之身，你信嗎？你爭強好勝，一定會說不信，但沐呈澧信。」

絡腮鬍子的假鬍子在這關鍵時刻又掉了一塊，他氣急了，乾脆把臉上的鬍子全撕下來，一張深麥色的臉呈現於人前，深刻的五官英挺俊朗。

第五十八章　明華親事

銘親王和鑲親王被鐵鍊捆住，北越勇士扛起他們，準備把他們吊起來。他們此時不只害怕，更覺得丟臉，見蕭梓璘出面震懾起到作用，他們更加懊惱。

蕭梓璘冷眼一掃，就看出銘親王和鑲親王的心思，暗暗冷哼一聲。

他現在也算得上是親王爵，和銘親王與鑲親王平起平坐，比他們更有實權。在權力爭奪上，別說銘親王是叔父，就是鑲親王這個爹也會把自身的利益擺在第一位。因為鑲親王不缺兒子，他不想讓他不喜歡的兒子站得比他高。

所以，蕭梓璘要利用今天這突發事件，為自己增加籌碼，讓銘親王和鑲親王丟臉。他會抓住適當的時機替他們解圍，取代他們替皇上分憂。

「你到底是誰？」絡腮鬍子沒了鬍子，氣勢不減反增。

「沐飛鳥，我是誰並不重要，我能制伏你才是關鍵。」蕭梓璘語氣愈加淡定。

「你、你知道……」被人識破真身，又沒鬍子可抓，沐飛鳥都想展翅高飛了。

「沐飛鳥，他叫鳥兒，哈哈哈哈……」諸多暗衛聽到這個名字，放聲大笑。

沐飛鳥最佩服的人就是他的祖父沐呈灃，他對沐呈灃有一種近乎瘋狂的崇拜。但有時候他對沐呈灃也頗有微詞，原因就是這個倒楣名字是沐呈灃給他起的。

沐呈灃希望子孫擺脫被囚禁的命運，像鳥兒一樣自由飛翔，可這名字叫起來就變了味。尤其沐飛鳥漢字學得多了，他對這個名字不只厭惡，而是恐懼了。

蕭梓璘站於高處，衝人群擺了擺手，嘲笑聲和議論聲戛然而止。

「沐飛，本王讓你立即放人。」

「放人？休想，有本事你數，數四聲，看結果會怎麼樣？」

短短幾句話，還沒有真正的交鋒，形勢急轉直下，沐飛就已處於劣勢了。他心中憋屈，被眾人嘲笑，又氣憤不已，這更激起了他的鬥志。沐飛皮鞭甩響，北越勇士馬上把銘親王和鑲親王捆得結結實實，往樹上提。

蕭梓璘氣勢沈穩，心裡毫不在意。反正被吊上樹的也不是他，他正想找機會殺殺銘親王和鑲親王的銳氣呢，老天就給了他一個絕佳的契機。他不急著攤牌交鋒，也不急著救銘親王和鑲親王，他們也該吃點苦頭了。

「傳令，弓箭手準備。」蕭梓璘拿出權杖，扔給護衛。

片刻工夫，輕碎急促的腳步聲響起，高處也有衣袂翩飛之聲傳來。眾人循聲望去，看到數百名弓箭手以匍匐交替之勢伏身於街道兩旁房屋的牆上、樹上，正張弓撥弩，對準北越勇士，隨時準備開弓放箭。

沐飛不害怕，但他為自己失去主動和先機懊惱惋惜。一個灰衣人湊到沐飛耳邊低語了幾句，沐飛先咬牙冷哼，隨即衝蕭梓璘勾起手指，放聲大笑。

「原來你就是有殺神之稱的臨陽王啊？你殺過多少？咱們比比誰殺得多。」

「我沒殺過人。」

「放屁。」

蕭梓璘冷哼一聲。「死在我手裡的東西不少，但我從來不承認自己殺人，因為死在我手裡的都不是人。今天你死在我手裡，我還是會說我從沒殺過人。」

「你……」沐飛也是強勢之人，感受到蕭梓璘對他的蔑視，氣得直咬牙。「勇士們，把盛月皇朝這兩位親王勒死，我們跟他們血戰到底，大不了同歸於盡。」

「且慢動手，手下留人、手下留人——」

聲音傳皇城的方向傳來，堵在街道上的御林侍衛立即讓出一條路。十幾名護衛開路，四個太監抬著一頂敞篷轎子，轎子裡坐著一位年過花甲的老人。

這位是謹親王，皇族活著的人屬他輩分最高，年近古稀，剛剛死去的英王都要叫他王叔，當今皇上、銘親王和鑲親王等人都叫他王叔祖。皇上連謹親王都請出來了，可見並不想和北越翻臉。只是沐飛遠道而來，不一定能明白他的一片苦心。

轎子停在人群中間，謹親王並未下轎。他眯眼仰頭，看到銘親王和鑲親王都上了樹，正一臉期望乞求地俯視他，他雙手捧胸，牙齒也哆嗦起來。

「太叔公，您中暑了嗎？怎麼臉色這麼難看？」

「小璘兒，我知道你有辦法，你快把人救下來，你父王、你王叔吊在樹上多難受。人家都打到門口，還抓了我們兩位親王，傳出去多丟人哪！」
蕭梓璘為難搖頭，嘟囔道：「現在早傳得京城皆知，還能堵住眾人的嘴巴不成？」
謹親王嘆了口氣，又轉向沐飛。「小娃兒，你是北越攝政王派來的嗎？我認識他，他被囚禁前一個月，我們還一起喝過酒呢，真的，你快回去跟他說。」
「老頭，你現在想找北越攝政王喝酒我都能帶你去，但我不能放人。我們一行來打頭陣，是為私事而來，你們皇上已選擇開戰，就沒得說了。」
沒得說了，那就走吧！謹親王很痛快，當即下令起轎，原路返回了。
吊在樹上的銘親王和鑲親王都咬牙切齒。碰上北越這群不怕死的東西，他們的臉面可丟盡了。在他們的府門口被外人綁起來，他們這人丟得可不比英王少。
銘親王和鑲親王極有默契，寧願在樹上吊著，也不催促蕭梓璘。因為他們知道蕭梓璘會有一百句中聽不中用的話等著他們，讓他們更加無地自容。
「沐飛，把人放了，把你的條件亮明白。」蕭梓璘的語氣溫和了許多。
「我們剛來時，條件就已說得清清楚楚，你們朝廷沒聽到嗎？」
蕭梓璘冷哼道：「逍遙王府是我朝堂的中流砥柱，是鎮守北疆的柱石，我朝絕不會捨棄重臣，懼戰求和。再說，北越國剛剛改立新主，憑北越攝政王的隱忍和智慧，就是與我朝有血海深仇，也不會在此時挑起戰爭，若我所料不錯，帶著開戰檄文，又打著私事的幌子不惜捨命來試探我朝底限，這是你的主意吧？要讓沐呈灃知道，肯定會罰你，說不定會把你囚禁，把你手下的勇士全部賜死，你信不信？」

「你……」沐飛聽蕭梓璘這麼說，有點心慌，仍強作鎮定。「我若把盛月皇朝的兩個親王吊死，揚我北越神威，他、他們就不會罰我。」

蕭梓璘冷冷一笑。「今天你惹了大禍，你匹夫之勇，死不足惜，連累了朝廷花費重金培養出來的勇士，就是你的過錯。我可以替你出主意圓場，北越攝政王知道今天發生的事，不但不罰你，還會賞你，你覺得怎麼樣？」

沐飛琢磨片刻，半信半疑說：「你說出來聽聽。」

「你先把我朝兩位親王放了，我自會告訴你。」

「先把人放下來，談不好再吊上去。」

銘親王和鑲親王被放下來了，隨從扶住他們問長問短，兩人都不說話。蕭梓璘上前施禮問安，兩人沒理他，更沒有道謝，低著頭悄無聲息離開了。

「人放了，你有什麼主意，快說。」

蕭梓璘沒理會沐飛，下令道：「御林侍衛留一隊招待遠道來客，其餘全部歸營。通知巡城衛、順天府加強巡防，以防不法之徒佯裝強盜，乘勢作亂。」

「是，殿下。」御林侍衛統領領命指揮。

「蕭梓璘，你要我嗎？」沐飛急了，可手裡沒有籌碼，只能乾瞪眼。

「我根本不屑耍你，因為你只有匹夫之勇。你若是有心之人，就不會催促我，我剛才吩咐的事你若看在眼裡，記上心上，可是受益匪淺。」

「像你這樣的有心人都是奸賊。」沐飛臉上一萬個不服，底氣卻也弱了許多。

沐呈灃總告戒他不能只有匹夫之勇，要學會運籌帷幄、調兵遣將，坐鎮營中而知天下。只可惜這些東西他涉足太晚，想速成，卻總是力不從心。

蕭梓璘走近沐飛，低聲道：「你們大概也查到當年沐公主並沒有死，我可以告訴下文，條件是你帶你的勇士在我皇城外叩頭謝罪，之後，馬上出城。」

北越攝政王確實查到其妹當年詐死逃脫，只是再無足跡可尋。他讓沐飛私下查探些事。沐飛恨透逍遙王府，想出一口惡氣，就鬧出了這麼大的動靜。

「叩頭謝罪可以，但我也有條件。」

「你說。」蕭梓璘暗暗鬆了口氣。

「我對在我馬前勇敢救人、被馬踢傷的女孩一見傾心。我知道她是你朝的郡主，你們若讓她和親北越，我來接人時，自會衝皇城下跪叩頭。」

蕭梓璘抓住機會，幾句話就折服了沐飛。沐飛不是蠢人，他退了一步，是想為再進一步創造條件，來迎親時向清華郡主的故土家人下跪合情合理。

「你想都別想，至少現在，你絕不可能，你連我這關都過不了。清華郡主是跟本王最要好的堂妹，我看不上眼的人絕對不可能讓她嫁，其他就看你怎麼做了。」

沐飛撓頭問：「你的標準是什麼？」

「沐公主的下落還有清華郡主擇婿的標準，本王只跟北越攝政王說。你連王爵都沒有，充其量只是一等勇士，莽夫一個，我為什麼要告訴你？」

沐飛沈思片刻，衝蕭梓璘抱拳道：「你等著，我會回來的。」

看到沐飛帶人離開，蕭梓璘才鬆了口氣，他又吩咐了隨從，才向海琇走來。

「我要進宮面聖，看看謹親王給我求了什麼樣的賞賜？妳到府裡等我，臨陽王府要改建，衛長史正跟工部的人商議畫圖，妳有什麼想法就跟她們說。」

「清華郡主受了傷，我先去探望。」海琇主僕來到銘親王府門口，遞上拜帖。

門人看了拜帖，剛要拒絕，就見清華郡主房裡的管事嬤嬤急匆匆走過來。

「琇瀅縣主，妳可來了，我們郡主正等妳用午膳呢。」管事嬤嬤狠狠瞪了門人一眼，不由分說，攙起海琇就朝清華郡主的院子走去。

「嬤嬤，可是郡主出了什麼事？」

管事嬤嬤嘆息哽咽。「做奴才的置喙主子是重罪，可有些話我不得不說。那會兒，太貴妃娘娘來給太后娘娘請安，聽說連潔縣主鬧起來了，非讓我們郡主去勸。郡主去了一趟，受了傷不說，還讓北疆蠻子戲弄，壞了名聲。太貴妃娘娘聽說這件事，不但不安慰，還提出把我們郡主嫁給那年長粗魯的武夫，以保皇家名聲。我們郡主可是太后娘娘的親孫女，可太后娘娘卻沒為郡主作主的意思，任由太貴妃娘娘胡說。郡主聽說此事，連午膳都不吃了，王妃娘娘也急哭了。」

海琇笑了笑，說：「我也沒用午膳呢，正好與郡主同用。」

李太貴妃總想壓陸太后一籌，這麼多年，也沒機會痛痛快快施展一次，現在又想插手清華郡主的婚姻，讓陸太后丟人，真是無孔不入，讓人防不勝防。

管事嬤嬤很為是難。「琇瀅縣主不只要勸我們郡主用午膳，還要想辦法幫她度過難關。她馬上就要定親了，就算逍遙王府不說什麼，我們家也覺得難堪不是？」

海琇點點頭，急匆匆朝清華郡主的院子走去。清華郡主正在院中花樹掩映的涼亭內發呆，看到海琇，就讓下人在涼亭擺飯。兩人遣退丫頭，把食不言的規矩抛到腦後，邊吃邊商談。一頓飯吃完，清華郡主又恢復了以往的神采。

「妳想好怎麼應對了嗎？」

「不用想，她既然知道我的名聲關係到皇族名聲，就應該明白肆意胡言的後果。璘哥哥知道我當街倒下是為朝廷爭取應對的時間，自然會幫我說話。我現在最擔心家人，我父王被吊到樹上臉面丟盡，肯定氣急攻心；我母妃和太后娘娘聽說她對我的婚事指手劃腳，都氣昏了，現在暑重天熱，我怕氣壞她們。」

「銘親王殿下是大度之人，銘親王妃和太后娘娘也不是遇事想不開的小氣人，妳不用擔心。妳為朝廷應對才出此下策，她要再說妳，妳也無須客氣。」海琇沈默了一會兒。「聽臨陽王殿下說，大鬍子是北越皇帝的長子，北越攝政王最看重的孫子，若他真對妳有心，以國書來求，我擔心朝廷為兩國交好會讓妳和親。」

清華郡主皺緊眉頭，才嘆一聲。「現在及笄未指婚的公主有四位，和親不是該她們去嗎？他來求也沒用，我不願意，太后娘娘捨不得我，肯定不讓我去。」

海琇怕加重清華郡主的心事，沒再說什麼，只寬慰了她一番。她現在只希望沐飛不是認真的，或者沐飛回去被北越攝政王懲罰，就不敢再提起這件事了。

「太后娘娘請琇瀅縣主到椿萱堂說話。」

海琇和清華郡主剛午睡醒來，正並肩躺在大炕上說悄悄話。聽說陸太后讓海琇過去說話，想到見陸太后，就要見李太貴妃，兩人都皺起了眉頭。

「我到銘親王府就直接來看妳了，沒先去給太后娘娘和太貴妃娘娘請安，肯定會被人指責。」海琇輕哼一聲，想好了應對的言辭，心裡仍然很彆扭。

「不怕，若有人挑飭妳，妳就說說我的終身大事，太后娘娘就顧不上聽別的了。」

「好，我先過去，妳去寬慰王妃娘娘吧！」

第五十九章　藝壓才女

海琇走出清華郡主的院子，就跟飛花和落玉說了陸太后請她過去說話以及她的顧慮。飛花和落玉是蕭梓璘派給她的暗衛，對新王妃自是言聽計從。

椿萱堂內，諸多閨秀及明華郡主都端莊而坐，正同銘親王府的庶女、側妃一起陪陸太后和李太貴妃說話。陸太后和李太貴妃臉色都不錯，可氣氛卻有些壓抑。

海琇恭恭敬敬給陸太后和李太貴妃施禮請安，又向其他人見禮問安。

「說說吧！」李太貴妃眼皮也沒抬，但誰都知道她這句話是衝海琇說的。

被李太貴妃為難在海琇意料之中，只是不知道她們會耍什麼花招？李太貴妃的能耐都在表面上，不難對付，這也是李太貴妃一直敗給陸太后的原因。可海琇現在還不能跟李太貴妃鬥得太狠，畢竟李太貴妃是蕭梓璘的親祖母。

「小女子不知道太貴妃娘娘讓小女子說什麼，還請太貴妃娘娘明示。」海琇不卑不亢、面色坦然，她微微低頭，同樣不以正眼看李太貴妃。

「妳傻嗎？不知道自己做了敗壞名聲、不知廉恥的蠢事嗎？」明華郡主咬牙發威，剛想再罵海琇一頓，看到飛花和落玉正冷冰冰瞅她，當即就老實了。

「我不是八面玲瓏之人，蠢事自是做過不少。但蠢與不蠢，不同的人有不同的界定，只要不是讓人隨意指點的醜事，沒造成嚴重後果，我都不在乎。」海琇笑了笑，又說：「敗壞名聲、不知廉恥，這頂帽子扣得太大，我難以承受，還請明華郡主把話說明白，也請太貴妃娘娘不吝訓導。」

李太貴妃冷哼一聲，轉向陸太后。「我說什麼來著，她就是斤斤計較不謙讓的人，您也看到了。做為長輩，我教訓她一句，我就知道她有十句等著我。人的出身和教養很重要，出身卑微的人總怕吃一點虧會被瞧不起，就處處爭先，其實越是絲毫不讓，越顯得她底氣不足，反而更讓人笑話了。太后娘娘也知道我們李家是書香大族，女孩個個嬌養，我真沒見過這樣沒規矩的。但凡我還有一點用，這樣的人可是入不了我的眼，可璘兒偏偏鬼迷了心竅。」

蕭梓璘還是唐二蛋時曾定有婚約的事，明明是李太貴妃鬧出來的，現在知道自己上了當，反到怪上了蕭梓璘，也恨透了海琇。

海琇見李太貴妃哽咽唏噓，沒有半點惶恐之色，反而笑了。她是斤斤計較不謙讓，可比起明華郡主的嬌蠻無狀，早被甩出了八條街。

海琇不想再一爭長短，不是她突然學會了謙讓，而是覺得可笑。在座的不乏陸太后那樣的聰明人，明眼人看得清清楚楚，公道自在她們心中。

陸太后溫和一笑，拉著海琇坐到她身邊，詢問上午發生在街上的事。早知和李太貴妃的矛盾無法調和，陸太后示好，海琇不推卻，還樂於接受。

海琇把上午發生在街上的事詳細講了一遍，略去了蕭梓璘暗使陰招激化矛盾的細節，也省略了沐飛對清華郡主一見傾心的表白，只著重突顯沐飛的身分。

沐飛是北越皇上的長子，不是皇后所出，卻由無子的皇后撫養長大。只要他爭氣上進，不出意外，將來北越皇上的寶座就是他的。

李太貴妃聽說戲弄清華郡主的人是個粗蠻武士，才打著保全皇族名聲的旗號讓清華郡主下嫁，得知那人的真實身分後，她暗暗咬牙，難掩嫉妒不悅之色。

聽說蕭梓璘折服了北越勇士，讓他們在皇城外磕頭賠禮，在場的人都鬆了一口氣，屋裡的氛圍很快就變得活躍。打上門的敵人走了，任誰都由衷高興。

陸太后嘆了口氣，剛要說話，就見清華郡主神采奕奕地走進來。見禮後，不等陸太后說話，清華郡主就坐到海琇身邊，衝她眨了眨眼睛。

屋裡陷入沈默，連風聲都聽得清晰。此時，有人岔開了話題。

「聽說程三姑娘是江東才女，琴棋書畫、詩詞歌賦無一不通，頗有其姊之遺風；而海大姑娘更是京城有名的才女兼美人，想必才藝也有獨到之處。」說話的人是李冰兒，李太貴妃的姪孫女，若不是海琇橫空出世，她就是臨陽王正妃了。

李冰兒一邊恭維海琪和程文釧，一邊冷眼掃視海琇。她的用意很明顯，就是想貶低海琇。正妃一無才情樣貌，二比側妃出身低，何以服眾呀？

「哪裡哪裡，李大姑娘也是華南有名的才女，我等素來仰望。」海琪和程文釧自是明白李冰兒的意思，三人氣味相投，開始互相恭維。

陸太后長嘆道：「只可惜了程大姑娘，我很喜歡她譜的〈鳴春曲〉和〈吟秋曲〉，想必妳們也都會彈吧？今天正好閒著，妳們彈給哀家聽聽，權當解悶。」

能彈琴給陸太后聽是莫大的榮幸，又能壓海琇一頭，三人都想展示一番。尤其是李冰兒，臨陽王正妃的位置落於海琇頭上，她早恨得咬牙切齒了。

「小女子獻醜了。」李冰兒趕緊讓丫頭去抬琴，想必早有準備。

「妳們一個一個彈。冰兒先來，海大姑娘第二，程三姑娘押後，趁這個機會也展示一番。誰彈得最好，不愧對這才女之名，哀家也另有獎賞。」李太貴妃給丫頭使了眼色，丫頭拿出一只精緻的錦盒打開，裡面是一對光潔純淨、成色上佳的芙蓉玉鐲。不說玉鐲精美貴重，單這錦盒都價值不菲。

陸太后笑了笑，說：「我記得這對芙蓉玉鐲是妳剛進宮時先皇送的，聽說是南齊國的貢品，妳又是華南人氏，先皇好不容易得了，就送了妳。」

「太貴重了，我一直沒捨得戴，人老了，也就襯不起來了。先皇說能戴這對鐲子的人必是一等一的尊貴人，我擔心自己沒那麼大的福，怕壓不住。」李太貴妃料定這對鐲子會落到李冰兒手裡，以比賽得魁的方式送出去，要比直接給體面得多。李冰兒做不了臨陽王妃，將來不是還有太子嗎？

這對芙蓉玉鐲確實名貴，海琇不禁多看了幾眼，心中也衍生出了些想法。

「瞧妳說的。」陸太后看出海琇很喜歡那對芙蓉玉鐲，便笑了笑，說：「既是比賽，也別侷限於她們三人，其他人也可以參加，反正也是閒來無事湊趣。」

眾人都贊同陸太后的主意，也想看看玉鐲花落誰家，可想參與的人卻不多。畢竟李冰兒、海琪和程文釧都是小有名氣的才女，也都練過這兩首曲子。海珂聽了陸太后的話，躍躍欲試，觸到李太貴妃輕蔑的目光，又不敢參賽了。

三人很快就彈完，彈得各有特色，每個人都贏得了陣陣掌聲和喝彩聲。

若論綜合實力，當然是程文釧居首，畢竟她常聽程汶錦彈這兩首曲子；若論曲譜掌控恰到好處，自是李冰兒奪魁；海琪發揮得不好，比她們二人要差一些。

「太后娘娘覺得誰彈得好？」

陸太后若是不傻，自然會選擇李冰兒，李太貴妃很確定自己的想法。

「自然是冰兒彈得好。」陸太后見李太貴妃正要笑，馬上又說：「不過，哀家以為似乎欠缺了什麼。妹妹知道哀家聽程大姑娘彈過這兩首曲子，耳朵都養刁了。」

李太貴妃勉強一笑。「太后娘娘聽程大姑娘彈過，挑剔也理所當然。誰還想一試？若沒人試，那我們可就矮子裡面拔將軍了，畢竟程大姑娘也亡故了。」

「我想試試。」海琇站起來，立刻招來一片質疑的目光。

「妳？妳就別獻醜了。」李太貴妃沈下臉，連諷刺海琇幾句都嫌費力氣。

陸太后也很懷疑，但她給海琇面子。「讓她試試吧，彈好彈壞就圖個熱鬧。」

「那妳就試試吧，若是丟了臉，可別怪別人不買妳的面子。」

海琇微笑點頭，沒多說什麼，道了謝，就朝程文釧走來。程文釧這架琴原是程汶錦的，她熟悉這架琴的韻律，熟悉每一根弦的音色，自然能駕輕就熟。

她先試了試音，找到熟悉的感覺後，不看琴譜便一氣呵成。優美的琴音如清泉鶯啼、珠落玉盤，似高山流水、林野松濤，從她的指尖圓潤地迸出。

〈鳴春曲〉彈完，餘韻嫋嫋，眾人仍沈浸在清越的琴音中。看她微笑調音，眾人剛要鼓掌，她馬上又彈出了〈吟秋曲〉，把眾人帶入另一個世界。

兩曲彈完，眾人一片安靜，似乎仍在回味，門外就傳來了有力的掌聲。

「是誰在外面作死？」李太貴妃聽海琇彈完第一曲，就知道李冰兒輸了，而且還無法糊弄挑剔，自是心中憋氣，聽到有人鼓掌，她忍不住大罵。

「回太貴妃娘娘，臨陽王殿下來了，求見太后娘娘。」

「讓他等著。」李太貴妃聽說蕭梓璘來了，心中更氣，卻不敢肆意發洩。

陸太后心中暢快。不用她動手動嘴，李太貴妃就自己打了自己耳光，海琇又為她出了一口惡氣，那她也要投桃報李，把那一對芙蓉玉鐲給海琇爭取過來。

「清華，把太貴妃娘娘的芙蓉玉鐲取來，讓哀家看看。」

清華郡主去取玉鐲，明華郡主想要阻攔，卻被李太貴妃狠狠瞪了一眼，忿忿退下了。李太貴妃也算敞亮人，輸了就要輸得起，因賴帳丟了身分會讓人笑話。

陸太后接過錦盒，仔細看了看。「妹妹認為誰彈得好？這鐲子該賞給誰？」

「妳心裡沒數嗎？何必來問我？」李太貴妃臉都青了。

「哀家以為琇瀅縣主彈得最好，這對玉鐲該賞給她。」

在眾人嫉妒、怨恨、質疑的目光注視下，陸太后把玉鐲遞給了海琇，又說了一堆鼓勵的話。

海琇小心翼翼地收好玉鐲，又給陸太后和李太貴妃行大禮謝恩。

「我聽說琇瀅縣主不喜琴棋書畫，充其量會畫一些河流圖，也從未見她展示過才藝；我還聽說她不喜歡程汶錦，怎麼可能彈好這兩首曲子呢？」李冰兒臉色鐵青、雙眼冒火，第一個站出來質疑海琇。臨陽王正妃的位置被海琇搶走了，她心儀許久的玉鐲也落到了海琇之手，她恨得牙疼，心更疼。

程文釧暗暗咬牙。「一個未曾學過韻律的人，第一次彈琴就能把這兩首曲子彈好確實不可思議，莫非這其中有什麼蹊蹺？還請琇瀅縣主給我們一個解釋。」

海琇坐到陸太后腳下，坐得穩如泰山，臉色更是沈靜悠然，面對眾多滿懷仇恨的猜測眼神，她不怯場慌亂，也沒有半點要解釋的意思。

「臨陽王殿下請太后娘娘、琇瀅縣主到廂房說話。」

「哀家去看看璘兒有什麼事？」陸太后看了海琇一眼，慢騰騰站起來。

海琇扶住陸太后，對清華郡主說：「勞煩郡主把我中午跟妳說的事告訴大家。」

「妳得河神點化的事嗎？好，我跟她們說，海二姑娘也知道的，一起說。」

眾人恭送陸太后出來，就被清華郡主叫進去，聽她講故事了。

蕭梓璘站在門外，看到海琇扶著陸太后出來，趕緊上前與海琇一起扶著陸太后進了廂房。

「璘兒，你找哀家有事？哀家現在手頭不充裕，你就別打哀家的主意了。」

海琇聽到陸太后無可奈何的話，掩嘴想笑，被蕭梓璘拉住了手。

「孫兒知道皇祖母手頭不充裕，就來給皇祖母送銀子了。」蕭梓璘把海琇拉到懷中，又說：「琇瀅縣主想孝敬皇祖母十萬兩銀子，不敢明說，請孫兒來牽線。」

陸太后撇了撇嘴，一副「你的話我半個字都不信」的樣子。「那你就牽線吧！」

「琇瀅縣主，妳趕緊告訴太后娘娘妳為什麼要給她送銀子？」

海琇以平緩的語氣講起當年舊事，如同一雙大手撕開了記憶長河的一角。

從涓涓細流、山泉湧動到波濤洶湧、巨浪滔天，充滿恩怨糾葛、生離死別的人生長河裡，訴說了此去經年、物是人非的絕唱。

撼人心弦，感人熱淚。

陸太后聽完海琇講述，如泥塑一般靜止了許久，才長吸一口氣，淚水潸然而落。貼身伺候的嬤嬤要給她拭淚，被她擋住了，流淚成了她追憶前塵往事的方式。

「哀家剛到京城就由逍遙老王妃介紹而認識了沐公主，那時候，她們倆好得跟一個似的。皇上是哀家第一個孩子，懷時胎位還不正，臨產前怕得要死。那時候沒有親人在身邊，逍遙老王妃又回鄉成親了，只有沐公主天天來陪哀家。她是爽朗熱心的人，有能耐又會做事，對人也真心，連先皇都佩服她，後來怎麼就會……」

「識人不明、對人太真，裕王那一脈慣於寵妾滅妻，沒個章法，弄出了多少是非。」想到陸太后便是由側妃之位登上鳳座，蕭梓璘就不強調妻妾之分了。

陸太后點頭嘆息，看向海琇，見她眼角並無淚痕，她更為感慨。海琇跟沐公主長得很像，只是她對沐公主的記憶被時間淹沒許多年，乍一見面根本沒想起來。

「哀家跟沐公主相識沒幾年，卻聽了她很多故事，以後妳閒來無事，常到哀家宮中坐坐，讓妳母親也來，哀家講給妳們聽。」陸太后拉著海琇的手，又長長感嘆了一番，才想起問蕭梓璘帶海琇來的用意。

「皇祖母想要銀子嗎？十萬兩呀！夠孫兒娶親的花費了。」

「有十萬兩也不能全給你，融兒還沒娶親，還有……頂多給你一半。」陸太后推開蕭梓璘，拉過海琇，問：「妳母親和妳兩個舅舅是不是想認祖歸宗、承襲裕王爵位？妳們不用給哀家那麼多銀子，他們本是皇室中人，回歸是應該的。」

「恰恰相反，他們希望用銀子堵太后娘娘的嘴，別把身分公開。」蕭梓璘高深一笑。「這十萬兩銀子也不是周家人出，而是跟皇上要，從國庫裡拿。」

陸太后愣了片刻，掄起枴杖打向蕭梓璘。「猴崽子，你又耍哀家！」

海琇蹲在陸太后腳下，說：「我母親和兩個舅舅確實不想公開身分，尤其不想回歸皇族。他們習慣了如今的身分、適應了現在的生活，就不想再改變了。在名門大族眼裡，周家是低微的商戶，可他們過得安逸、富足。今天看到北越送來了開戰的檄文，小女子害怕打仗，臨陽王殿下也擔心北疆戰亂禍及百姓，就想把隱秘告訴太后娘娘。若北越攝政王真以此事向我朝發難，朝廷也有應對。」

「為什麼不直接跟皇上說？」

蕭梓璘冷笑幾聲，說：「皇祖母讓孫兒探查沐公主當年懷了誰的孩子，孫兒也要跟皇祖母有個交代。再說，皇上要是知道了這件事，那些整天無事生非的文臣就不用為難了，那些整日閒得發慌的武將也不用擔驚了，孫兒跟誰要銀子呀？」

「小猴崽子，你是人都算計！」陸太后又掄起枴杖要打蕭梓璘。

「皇祖母說錯了，我不算計皇祖母，還想讓您賺銀子，也不算計我的王妃。」

陸太后冷哼了一聲，又問海琇。「妳今天跟哀家說明了身分，妳母親和兩個舅舅知道嗎？要是北越攝政王真要認親，他們又有何打算？」

「小女子回去跟他們說明，問問他們的想法。」

「好，妳是懂事的孩子。」陸太后摸著海琇的臉，哽咽唏噓。

——未完，待續，請看文創風508《媳婦說得是》3（完結篇）

2017年3月出版

翻身嫁對郎

文創風 501～505

前世，她錯將狼人當良人，以悲劇結束一生，
如今老天爺大發慈悲，讓她來人間走一回，
她還不擇個如意郎來扭轉乾坤！

攜良人相伴，許歲月安好／方以旋

她顧妍貴為侯府嫡女，前世卻因錯愛了涼薄人信王，
搞得自己家破人亡，最終香消玉殞，
今生重來一回，她只求此生能現世安穩、親人安康，
因此這一路走來總是步步為營、如履薄冰。
哪知道她無心嫁人，
老天卻屢次安排鎮國公世子蕭瀝當她的救命恩人，
而這一牽扯可真是不得了，
蕭世子竟發下豪語，說要上門提親來娶她了？
這也就罷了，連天家都要來湊熱鬧亂點鴛鴦譜，
竟為她和信王夏侯毅賜婚？!
橫豎她這輩子的運道是萬不可折損於那人手中，
既然聖命是要她嫁人，
讓救命恩人來做這如意郎，
似乎是逆轉前世命數的最佳選擇……

2017年3月出版

琢玉成妻

文創風 499～500

玉不琢，不成器，
身分低微配不上他？
沒關係，待她將自己磨得發光發亮……

世態冷暖無常，兩情遠近不渝／畫淺眉

人家穿越是金枝玉葉，玉琢穿越是真的好累，
爹早逝、娘軟弱，還有個小弟要照顧，
她一面維持生計，一面和鄉里打好關係，這生活還算過得去，
但這田裡的稻子，總是長的不如意。
幸而上天眷顧，讓她結識了朝廷校尉鍾贛，
有了這貴人相助，她終於解決了收成問題。
日子漸漸寬裕，麻煩卻也接連而來，
先是鍾贛私下表露情意，可門第差距令她無法答應；
後是大戶威逼出嫁沖喜，仗勢欺人讓她滿是怒氣。
對前者，她逃之夭夭；對後者，她直言相拒，
無奈奶奶竟抬出孝字要迫她屈從，
好在他及時出手相助，讓她鬆了口氣，沒想到他卻乘機來個當眾求娶 ?!
既然他一片真心，她也不再逃避，
誰知半路殺出程咬金，朝他潑髒水，還要賴他負責做夫婿 ?!
哼！這般欺辱她的男人，她怎麼能不還點顏色？

2017年2月出版

冤家勾勾纏

文創風 497～498

上一世，他為了忠君令她抑鬱而終，
這一世，他誓言再不負她、傷她，
所有阻礙在他們之間的人，他都要一一除去……

願得一人心　白首不相離／紅葉飄香

即便她是身分尊貴的郡主，還有個皇帝舅舅又如何？
他身邊及心中最重要、最關心的人永遠不是她寧汐。
新婚之夜，他那青梅竹馬的表妹突然生病，還昏迷不醒，
他在表妹屋外守了一夜，而她則天真地認為兩人兄妹情深；
兩年後她懷孕了，尚在驚喜中就被表妹的一番話打蒙了，
表妹說自小在侯府長大，願意屈身給她夫君做妾，望她成全。
笑話，她為何要與其他女子分享丈夫？何況這人還是自己的摯友！
不料她拒絕後，表妹竟下藥生生打掉她的孩子，害得她再不能受孕！
為了安撫她，侯府將表妹遠嫁江南，呵，這算哪門子的懲罰？
於是，她與舒恒的夫妻緣分走到了盡頭，至死都是對相敬如冰的夫妻，
幸而上天垂憐，讓前世抑鬱而終的她重生回到了未嫁人前，
這一世，她不奢求潑天的富貴，也不奢望什麼情愛了，
只求能活得肆意些，想笑就笑，想哭就哭，不再委屈了自己便好，
無奈，只是這麼個小小的希望，竟也是求之卻不可得。
她不懂，他既不愛她，又何苦與她糾纏不清，甚至求了皇帝賜婚呢？

文創風 507

媳婦說得是 2

國家圖書館出版品預行編目資料

媳婦說得是 / 沐榕雪瀟著. --
初版. -- 臺北市 : 狗屋, 2017.03
冊 ; 公分. --（文創風）
ISBN 978-986-328-708-7（第2冊 : 平裝）. --

857.7 106000361

著作者 沐榕雪瀟
編輯 王佳薇
校對 黃亭蓁 簡郁珊
發行所 狗屋出版社有限公司
地址 台北市104中山區龍江路71巷15號1樓
電話 02-2776-5889～0
發行字號 局版台業字845號
法律顧問 蕭雄淋律師
總經銷 知遠文化事業有限公司
電話 02-2664-8800
初版 2017年3月
國際書碼 ISBN-13 978-986-328-708-7
原著書名 《朱门锦绣之爱妃至上》，由瀟湘書院〈www.xxsy.net〉授權出版

定價250元
狗屋劃撥帳號：19001626
網址：love.doghouse.com.tw E-mail：love@doghouse.com.tw